偏愛俏郡守

上

卿心 著

文創風 594

目錄

自序

卿心

我們生活的這個時代節奏很快，一則文字訊息就能夠傳遞消息，一張機票或車票就能很快見到一個人，兩個陌生的男女馬上就能建立起一段感情，甚至連離婚都很迅速。

很多時候我不喜歡步調這麼快，我偏好鴻雁傳書、書信傳情；我渴望一舟一馬，奔波百里，跨越迢迢山水，只為見想見的人一面；我也嚮往一人一心、相伴一世的長情，所以，我想寫一個這樣的故事。

這個女主角是芸芸眾生之一，她與我們一樣過著尋常的生活，甚至也遇見過喜歡的男人，然而最終發現那不是良人，只是錯託。她幸運地穿越了時空，在遙遠的時代裡遇見可以廝守一生的對象，然而她是新時代的女性，擁有與古代人不同的思想，她不求一輩子的榮華富貴，但求她的良人給她一世一意一人心。這樣的女性懂得愛自己，自然備受寵愛。

我自幼生活在有山有水的地方，不管是小時候還是長大成人，都喜歡青山綠水、藍天白雲，然而現實是，純淨天然的景色，終有一日被摩天大樓取代，天真可愛的小夥伴長大後成了陌路人，許多童年的美好記憶變了樣子。漸漸地，我只能用手中的筆寫下心底那些純粹的故事，後來，這些故事變成電子文字，又在個人喜好下轉為鉛字。它們有幸能被許多追求單純的人閱讀，我也慶幸自己寫的故事能在他們心中引發同感。

世間故事千萬，有無數人閱讀，可若要產生心靈共鳴，靠的卻是緣分。當你拿起這本書，我便覺得我們有緣。你、我、這本書的女主寧禾，能見字相識，就是一種難以言喻的緣分。

我想賦予筆下的主人公幸福的生活，也喜歡堅毅獨立的女性。在這個節奏飛快的時代，總有那樣一類人，她們堅信愛情、堅守崗位，也堅持心底的信仰，這些女人是最應受到尊敬與疼愛的人。書中的女主角寧禾正是這樣的女性，我想寫的是她在古代時空下面對逆境不屈服的心態，以及靠她自己贏來的璀璨人生；我也想塑造一個心懷大愛的女性，她用智慧平定一方，以一城女郡守的形象受到百姓尊重與愛戴，最終獲得她心中那個男子的長情相守。這樣的女子，具備我鍾愛的女性形象，我也期待看到這裡的人與我一樣喜歡上這個故事。

我是卿心，想將這份美好分享給正在閱讀這本書的人。喜愛這種故事的人，必定擁有一顆溫暖誠摯的心，理應擁有幸福。願你我平安順遂，能享受故事中一往情深帶來的感動。

第一章　落水重生

身體漸漸往下沈，她只能在水底絕望地閉上眼睛……那一刻，寧禾不是已經死了嗎？

此刻，寧禾睜著空洞的一雙大眼，出神地望著帳頂刺繡的成雙鸕鴣。她一動也不動地躺在床榻上，一言不發，就這樣呆呆望著帳頂。

香閨熱暖，因為室內燒著炭火，便不覺冬日的氣息有多冰冷。

婢女阿喜靜候一旁，眸中俱是憂色，她焦急不安地想著：小姐如此出神發怔已經有半日了，非但不說話，更是滴水不進，怎生是好！

房裡的梨花雕窗是虛掩的，因正在燒炭，須得讓外面的新鮮空氣進來，然而此時虛掩的窗戶卻傳進刺耳的女聲──

「也不怪她，她是安榮府的三小姐，就算想死，那也是成全寧家全府的名聲；若是不想死，咱們寧家也伺候得了她，一、兩個婢女，百千銀兩就能給她養老送終了！」話語裡皆是尖酸刻薄。

「嘻嘻，那豈不是賴上我們安榮府了？咱們寧家百年都未出過這等醜事，依妹妹我看啊，就該將她賜死或逐出府去，身為寧家人，自當保全寧家的名聲！」

阿喜的臉色突地變得慘白，她快步奔至窗前死死合上了窗戶，又焦急地回到床榻前俯身，望著出神的寧禾，忍不住流眼淚。「小姐，您別聽四小姐跟五小姐的話，她們在亂嚼舌根，會遭報應！小姐，阿喜去做您最愛喝的肉糜湯，這會兒您定是餓了吧！」

見寧禾並未有反應，阿喜只得唉聲嘆氣地退出房間。

房門合上，一室寂靜。

寧禾目不轉睛地望著帳頂發怔，終是感覺累了，她緩緩側身，望著這一室古典而華美的閨房，視線停留在掐絲琺瑯盆那團玉堂祥花上，然後從喉間長長嘆出一口氣。

她明白四妹寧攬與五妹寧玥所說之事——在從盉州去京城與六皇子成婚的路上，距離京城不過十幾里的地方，送親隊伍突遭劫持，馬車上的新娘寧禾被神秘人擄走。

一夕之間，失去貞節。

這一段羨煞旁人的好姻緣頃刻淪為笑柄，原本府中姊妹都在嫉妒寧禾能嫁給當朝六皇子顧衍為皇子妃，此時卻將寧禾當作一個笑話。

送親隊伍渺無聲息地返回盉州，雖然皇上尚未降下任何旨意，但是結局已經能夠預料。開朝百年以來，雲鄴雖然民風開放，卻並未開明到男子會心甘情願娶一個失去貞節的女子——儘管六皇子顧衍與寧禾之間如阿喜所說，有青梅竹馬之情。

寧禾是個失貞的女子，所有人都巴不得她去死。

她若死了，皇上便會稍感欣慰。「哦，寧家那個嫡孫女就該死，這樣才不辱我皇家顏面！」

她若死了，整個安榮府的兄弟姊妹心上便會落下一塊大石頭，他們肯定欣喜地想：寧禾就該去死，這樣才會少一個繼承人。誰教雲鄴自開國就允許女子當家呢？

瞧，寧禾此刻的處境就是這般萬人不容，甚至連雲鄴的百姓都希望她一死了之，畢竟依據自古以來的文化風俗，女子失去貞節，便該自盡而亡。

寧禾，也選擇了一條死路。

她在冰冷冷的農曆一月時節，縱身跳進安榮府最大的觀景池塘，當時她是真的一心求死，可她偏偏活了，只是靈魂已經轉換。

眼角不知何時滑下一滴淚來，寧禾伸手抹去，費力地起身，踱步到菱花鏡前坐下。鏡中女子不過十六歲的年紀，肌膚細膩潤澤，明眸皓齒，一頭及腰黑髮柔和地披在雙肩上。前一世，她看過許多人，深知眼前此女美貌非常，如果換到她所處的二〇一七年，這樣的長相足以覓得一個良配。

是的，寧禾穿越了，又或者，她重生了。

明明是剛剛才經歷的事，短短一日之間就變成了前世。寧禾閉上了眼睛，回想起過去種種——

她與楊許大學四年的甜蜜情意，因為畢業後投入職場、價值觀不同所產生的磨擦，慢慢消失殆盡。不知道從什麼時候起，楊許越來越不喜歡聽她說話、不喜歡吃她做的飯、不喜歡陪她宅在家裡看電視劇打發時間。他變了，常去酒吧，沈醉於工作上的應酬，經常在通話中且頻繁與女性來往。

一開始寧禾只當他是對兩人的關係有些倦了，加上職位晉升了，生活忙碌所致；誰知半個月前，寧禾被檢查出懷孕兩個月，楊許的第一個反應卻是提出分手，他告訴她，他要娶億達影業的獨生女。

這消息對寧禾來說猶如晴天霹靂。她雙親早亡，楊許在她心裡不僅是愛人還是親人，如今他卻出軌，還要拋棄她，這是真的還是開玩笑的?!

在她難以置信的目光裡，他懺悔，跟她說「對不起」。

寧禾明白，雖然她在職場也很順利，但是他們兩個人不過是在大都市一角打滾的青年。他要娶的那個影業千金，雖然先天就有殘疾，但是背景雄厚，寧禾比得了樣貌，卻拚不了背景。

她想用孩子留住楊許，說她離不開他，也承諾婚後會做一個好妻子，甚至將父親生前留給她的房產與商鋪都寫上楊許的名字，簽下贈與協議。雖然這些行為很傻，可是寧禾覺得，兩個人相愛了這麼久，原諒他這一次也沒什麼，目前的日子雖苦，但是終究會過去。

旁人不是說，不欺少年窮，守得百年情嗎?

這些舉動，終於感動了楊許——也只有當時的寧禾才這麼想吧!

楊許預定了一場婚紗攝影，她穿上拖尾的潔白婚紗，兩人一起拍攝海底寫真。寧禾其實不會游泳，可是為了讓楊許高興，她小心翼翼地護著腹部，穿上長長的婚紗下水，攥緊了楊許的手。

可是在水下只待了幾秒鐘，楊許就忽然放開她的手，她猛然下沈，驚慌地在水中掙扎，朦朧中，她看見楊許划水過來救她。

救她……?不，是害她!

他假裝要拉她的手，卻「不小心」將長長的白紗纏上她的脖子，她的呼吸更加困難，雙手揮舞得更厲害，他貌似被她拍開，卻在離開她身邊的同時，將一雙腿纏上白紗，一拉就是好遠，就這樣，那白紗死死勒緊寧禾的脖子，在最後一點意識裡，寧禾瞧見楊許在水中的嘴型：對不起。

她死了。

啪嗒一聲——窗外的積雪從梅枝上墜落。

屋子裡極悶，寧禾吃力地站起身，走到案邊拿起茶壺，澆熄了因她怕冷而點的炭火；她又推開窗，望著深庭積雪，忍不住大口呼吸新鮮的空氣。

四妹寧攬的聲音漸行漸遠。「這個死女人，為什麼偏偏她運氣好，泡在水裡一整夜都沒死成！」

五妹寧玥嗤笑道：「哪裡是運氣好，被人奪去貞節，已經嫁不成她心心念念的六皇子殿下嘍，我看啊，她這輩子恐怕都再難嫁人了！」

她們的聲音漸漸消失耳邊，讓她腦中的思路更加清晰。與楊許當戀人的前一世裡，她曾一心以為自己離不開他，可是死過一次以後，她終於明白她錯了。

這世間沒有任何人離不開誰，能依靠的只有自己。

有機會重活一次，是陌生的時代又怎樣，失去貞節又如何，不能再嫁人又有何懼？她要撐下去，無論這安榮府是天堂還是地獄，她都要拚命活下去！

寧禾習慣性地將手撫上小腹，心中一痛。只是，她的孩子終究沒能留住⋯⋯

晨起，院外的天氣大好，一線陽光透過那扇梨花雕窗，照入房中。

由於寧禾是安榮府的嫡孫女，她的閨房風水好，四周都有窗戶，但是卻都掛上厚重的錦簾，擋住了外面的陽光，將屋子遮擋得分外陰暗。

寧禾喚來阿喜，要她將錦簾全部撤掉。

阿喜發起了愣，她凝望寧禾許久，不禁滾下淚珠道：「小姐，您終於開口說話了！」她傻傻站在寧禾身前摀臉哭泣，又是難過、又是欣喜。

寧禾倚在床榻上，扯出一個笑容。「從水裡走一遭，我這身體一點力氣都沒有，否則我便自己扯下這些簾子了。」

其實寧禾不明白自己為什麼會重生至此，這並不是她所知的歷史中記載過的時代，雖然依舊名為寧禾，但是容貌都已改變。或許是重生的緣故，她並不適應這副身軀，全身沒有力氣，連昨日下床都是拚盡了全力。

阿喜聞言，趕緊抹掉眼淚，急忙去扯下錦簾。

簾子落下，陽光頓時照入房中，投在妝檯，映在地面，照亮了屋子裡每個角落。

阿喜有些疑惑地說：「小姐，您從前可是最怕光的。」

因為寧禾父母早早就離世，悲傷過度的她變得不喜歡陽光。

「從前所有——我已經全忘了。」是的，她要忘卻過去的一切，這一刻，她是嶄新的寧禾，只想為了自己而活。

此時，房門外響起一道聲音。「三三……」這蒼老顫抖的聲音裡藏不住擔憂。婦人跨進門，坐到寧禾床榻前握緊了她的手，低聲道：「我的傻孩子。」

眼前這五旬婦人衣著華麗，雙眸自含威嚴，但面對寧禾時，卻是真真切切流露出心痛。

寧禾知道，這是安榮府的當家，她的祖母許貞嵐。自她被家奴從水中救起醒來後，有很多人來看過她，然而除了三張臉，餘下十多號人她都沒記住。

第一個，就是許貞嵐。前一世裡，寧禾的家世並不算好，在社會上努力打拚，她吃過虧，也見過形形色色的人，一眼便知許貞嵐是真心疼惜寧禾這個孫女。

第二個，婢女阿喜。初睜眼，寧禾瞧見的便是阿喜滾著淚珠的一雙杏眼。這雙紅腫的眼睛在望見她醒來的一刻，瞬間釋放光亮，是真心替她歡喜。

第三個，是寧禾這身體的親哥哥寧一，也是安榮府的嫡孫。寧一不僅疼愛寧禾這個妹妹，同時也感到心痛與自責。

許貞嵐緊緊攥住寧禾的手道：「傻三三，祖母知道妳心中難受，但是妳記著，妳的命就是祖母的命，不許妳再有輕生的念頭。」

寧禾感動不已。或許在這個偌大的家族中，就只有這三個人真心對待原本的寧禾了。

「祖母，我已記不得前事了。」寧禾平靜地說。

許貞嵐雙眸中泛出一絲驚訝，轉瞬間又似是了然一般。「好，那我們就將它統統忘掉。」

寧禾搖了搖頭。「祖母，我的確是不記得落水前發生的事了，或許是傷了腦子，前塵往事皆已忘懷，您放心，我此後不會再做什麼傻事。」

哪怕寧禾再不清楚，也知道現在的她身上發生的事。差一點，她就是雲鄴這個朝代的六皇子妃；差一點，原本的寧禾就要嫁給她心愛的男子。

寧禾心中失笑。從送親途中返回到現在已經過了七日，這個寧禾一心愛著的男人卻沒傳來一絲一毫的消息。寧禾知道，這是一個貞節比性命都重要的年代，經此一難，顧衍不會再迎娶寧禾。

許貞嵐又陪伴了寧禾一些時候，沒奈何府中事務繁多，她不得不抽身離去。此刻已近正午，照進屋內的陽光，恰將一個頎長的身影投來。

寧禾抬眼望去，門口正站著寧一躊躇的身影。

這是一個十九歲的少年郎，他身材高䠷，一身月色長袍，樣貌俊俏，眉宇間流露出一絲不羈。見寧禾凝望著自己，寧一極不自然地走進房中。

「阿禾，哥哥對不起妳。」那梗在喉間的話，終究是飽含痛苦地吐了出來。

寧禾蹙了蹙眉。前一世她是獨生女，又活到了二十五歲，重生醒來，面對這十九歲的少年，她始終叫不出一聲「哥哥」。

「我知道妳心中定是怪我的，只恨哥哥無用，送親路上沒有護妳周全。我對不起父親、母親，更無顏來見你！」說罷，寧一轉身逃開。

透過阿喜的敘述，寧禾明白了寧一的愧疚。

安榮府的三位兄長中，寧一作為她的同胞哥哥，第一個站出來要領隊送她去京城成婚。送親隊伍都是安榮府的人，從盉州出發到京城，不過三日的路程，寧一萬萬沒料到在離京城不過十幾里的地方會遭人率隊襲擊。

他是領頭的人，沒有保護妹妹周全，從回盉州到寧禾醒來，他始終都在自責，更替自己的妹妹心痛。

寧禾也順勢弄清了當下朝政——天下原本七分，七國交戰後剩下雲鄴與祁水，兩國互約停戰不爭，重建新國。

雲鄴新建不過百年，初期全倚靠雲鄴三大家族扶持。「安榮府」這三個字是先祖御筆所賜，寧家祖上從經營糧食、布疋開始，到如今各行各業都有涉及，家族中人也都為朝中重臣，與京城中的北順府與宏福府相比，安榮府一直都是三大家族之首。

只是時局並非表面上看起來這般單純。皇上年邁，未立儲君，膝下皇子中屬六皇子與三皇子最有實力。六皇子之所以迎娶寧禾，其一為喜歡她，其二無非是希望安榮府支持他爭儲。

原本擔任盉州郡守之職的許貞嵐針對皇上立儲一事不願插手，只想採取中庸之道，因而辭官經營自家產業；豈料一道聖旨令寧禾出嫁，繼而使她在送親隊伍抵達京城的那個夜晚被擄走，在驛站房內失去貞節。

寧禾並不知道施暴者是誰，經阿喜轉述，她似是被下了藥，望不清那個人的長相，但是在掙扎中，她用髮簪劃破了他的背，他還在現場落下了一枚玉墜子。

寧禾望著手上的玉墜子凝思。這是半面白玉雲紋，不過看起來並非原本就是半面，而是裂開之後重新被黏合過。手中的這半面玉墜子足以證明在被人欺辱的時刻，拚命反抗的寧禾將經過黏合的玉墜子抓裂了。

只要找到另外半面玉墜子的主人，就能知道到底是誰這般狠毒地對待寧禾，可是，茫茫人海中要找到這個人，談何容易？

究竟是誰在那個夜晚擄走寧禾，毀了這樣一個如花的少女？是歹人，還是酒鬼？又或者是有心人不願安榮府支持六皇子？

寧禾重生而來，尚未完全與這具身體融合，一仔細思考，腦袋瓜子便疼得厲害。從阿喜手中接過藥，寧禾決定先讓自己養好身體，一碗藥喝下，睡意便漸漸朝她襲來……

第二章　性情驟變

安榮府極大，光寧禾所見就有數十院子，每一院皆是一房子嗣的住所，她住的院落叫春字苑。府中亭臺樓閣甚多，樓閣下方多是曲水環抱，池中種蓮，阿喜說，夏日景象最是宜人。

這幾天，寧禾終於養好了身子，她已適應這個身體，不會再有重生醒來時的無力感。阿喜陪她走出閨閣呼吸外面的新鮮空氣，因為寧禾說自己忘了前事，阿喜便挑些從前歡喜的事對寧禾說。

「這是小姐最喜歡的一處池塘，您會與少爺泛舟採蓮，好為老夫人燉上一碗蓮子羹。」阿喜不過十五歲，說起往日的事情，臉上滿是笑容。

有這番心意，難怪從前的寧禾即便內向柔弱、不喜交談，也能讓祖母許貞嵐疼愛有加。畢竟過去的寧禾孝順，雙親又過世得早，許貞嵐自然憐惜她。

「三姊，這大白天的，妳也來這邊走動，看樣子果真是身子好全了。」嬌軟的一道女聲由遠及近，聲音裡帶著不善。

寧禾循聲望去，四妹寧攬與五妹寧玥正朝她這邊走來，透過她們的表情，不難看出這兩人是來取笑她的。

阿喜緊張地在寧禾身後喚道：「小姐，咱們去那邊。」她想拉著寧禾避開。

寧禾倒是不懼這兩個丫頭，笑著回道：「四妹是關心我嘍？」

寧攬睨著寧禾。「是啊，三姊，四妹與五妹尚且不經人事，想請教三姊，與男子一夜歡好是什麼滋味？」寧攬說完，與寧玥對視一眼，兩人皆忍著笑，只等寧禾出醜。

望著面前這兩個剛及笄的官家貴女，她們容貌出眾、華服加身，卻是滿身戾氣與嫉妒。寧禾泰然自若地回道：「四妹若想知道歡好的滋味，找個男子一試不就知道了？」

「妳！」寧攬到底是未出閣的女子，這一句話將她噎得脹紅了臉。

見自家姊姊被欺負，寧玥揚手就要朝寧禾搧來。

寧禾早料到這對姊妹不會輕易善罷甘休，她抬手接下寧玥的巴掌，緊攥住其手腕道：「五妹要做什麼？」

寧玥貝齒緊咬紅唇，惱道：「妳這個不知羞恥的賤人，我要替我姊姊教訓妳！」

「為何教訓我？」

「妳出言不遜，羞辱我四姊，我要打妳耳光！」

「若想打我這個巴掌，五妹可敢先回答我的問題？」

「回答就回答，我還怕妳不成！」寧玥高抬著小臉，眼中怒火四射。

寧禾鬆開攥緊著寧玥的手，朱唇輕抿，露出一絲笑容道：「我問五妹，是不是只要出言不遜、出口羞辱人，就應當挨了這巴掌？」

「對！」寧玥趾高氣揚地答道。

「啪！啪！」

清脆的兩道驚響，瞬間震住迴廊中的所有人，那兩個巴掌剎那分別落在寧攬與寧玥白皙的臉頰上。

所有人都沒有想到寧禾會打寧攬與寧玥，當然，這「所有人」不包括寧禾自己，對她來說，出這口氣是遲早的事。

寧禾自問並非斤斤計較的人，但是重生而來後曾聽阿喜說起，原本的寧禾會投水自盡，其中一個原因就是三房這對姊妹的惡言中傷。

試想，在這視貞節如性命的時代，性格溫和、拙於言辭的十六歲少女寧禾怎麼受得了寧攬與寧玥這些惡毒話呢？如果今日她不這麼做，這兩姊妹是不是還會繼續欺負她？

寧禾冷若冰霜。「給四妹的這一巴掌，是因妳對嫡姊出言不遜；五妹的這一巴掌，是妳對我這嫡姊的字字羞辱。誠如五妹方才所言，這兩巴掌我寧禾還得合情合理。」

似是從沒見過此刻的寧禾，方才渾身氣焰囂張的寧攬與寧玥摀著臉頰，僵在原地。從前那個受她們欺負也不敢跟祖母告狀的三姊去了哪裡？那個只敢在角落獨自流淚的寧禾怎變得如此強硬？那個不敢在飯後信步閒逛，只敢日日待在見不得光的閨房裡的寧禾是怎麼了？

半晌，在寧禾準備轉身離去時，寧玥終於哇哇哭出聲來。「寧禾，妳居然敢打我，我要去告訴祖母！」

「妳們在鬧什麼？」婉轉清朗、溫潤如泉的一道聲音從前面傳來。

寧禾順著聲音望過去，迴廊花影處，一襲紫衣緩緩進入視線，她看清來人之後，知曉這是祖母二子的長女寧知，當然，也是他們兄妹之中的長姊。

若問寧府姊妹中誰最出眾，寧禾不得不承認是寧知。寧知貌若芙蓉，身段凹凸有致，除此之外，她還精通琴棋書畫，在盉州，寧知的才氣是貴女中出了名的。

六皇子顧衍選妃時，若不是因他堅持要選寧禾，寧知恐怕是安榮府的首選。

寧禾望著盈盈走來的寧知，恍若覺得自己正在目睹一朵花兒盛開。片刻失神後，她收回目光，喚了一聲「長姊」。

「五妹為何哭泣？遠遠就能聽見此處動靜，妳們在鬧什麼？」寧知蹙著眉，儼然一副長姊訓責妹妹的姿態。

不等寧禾開口，寧攬與寧玥搶先道：「長姊，三姊打了我們。」說罷，淚珠止不住地洶湧而下。

寧知很清楚這兩姊妹的脾性，倒是平靜。「三妹，妳可打了她們？」

「我確實各打了她們一耳光。」寧禾回道。

寧知秀眉微蹙，眸中透著疑惑，她問道：「為何？」

其實，寧知心底更疑惑的是素來膽小怕事的寧禾，今日為何會做出如此反常的舉動？

「為何？她們兩人出口羞辱我！」寧禾冷笑了一聲說。

寧知生性聰慧，自是沒追問她們羞辱寧禾的緣由，她繼而對寧攬與寧玥道：「三妹是妳們的姊姊，遭此厄難，她已患上失憶之症，妳們不可再提往事。」

寧攬、寧玥與寧知不甚親厚，只是礙著她是長姊，她們的母親也囑咐過表面上要尊敬寧知，這是因為寧知的父親在朝中勢力穩固，三房有求之處甚多。

此刻見寧知這般息事寧人的舉動，寧玥恨恨道：「她以為她說失憶就能把什麼都忘掉？

那我索性好好給她提個醒，三姊在去京成親的途中被人施暴，失了貞節！身為女子，三姊難道不感到羞愧，不應該以死替我安榮府向陛下謝罪嗎?!」

「放肆！」一道有力的聲音響起，許貞嵐朝她們一行人走來。

在場所有人皆是臉色一變。當家主母早已下令不讓府中任何人再提及此事，寧玥卻口出這般惡毒言語，恐怕……

「寧玥，跪下！」果真，許貞嵐精明的鳳目發出怒光。「妳身為安榮府五小姐，怎可對妳姊姊說出這般狠心的話來！」

寧玥不得不在許貞嵐面前下跪，卻仍是倔強地揚著腦袋道：「祖母為她說話，怎麼不為我與四姊評評理？三姊打了我們啊！」

「身為小輩先口出惡語，妳三姊打得沒錯。」身為安榮府當家，許貞嵐難道看不出三房這兩個丫頭的心思跟性子嗎？她本就痛心寧禾，愧對寧禾早逝的雙親，此刻更怪自己教導無方，才讓寧玥敢不把自己的姊姊放在眼裡。

見祖母不幫妹妹說話，寧攬連忙拉著陪同祖母前來的母親冉如芬求情。冉如芬是三房的媳婦，三十有幾，體態豐腴，她的面容雖然娟秀，卻生著一雙精明的眸子。

寧禾這才算是第一次瞧清冉如芬這個人，她跟寧玥跟寧攬一樣，皆讓人生不出好感。似是感覺到有人打量自己，冉如芬對上寧禾的目光，狠狠剜了她一眼。她忙對許貞嵐求情。「母親，是兒媳教女無方，之後一定領她回去好好管教，只是……」

她故作委屈地朝寧禾投去一眼，繼而道：「只是阿禾打了她們姊妹倆，是否有些衝動了？畢竟您也是視為明珠般地疼愛她們；再說了，阿禾身體未癒，又染失憶之症，恐怕腦子已經……」

「都是我的孫女，我知道孰是孰非。三三這一病確是失憶不假，但是我覺得我的嫡孫女倒比以往自在隨興、思緒開闊了。」許貞嵐有意加重「嫡孫女」這三個字，一顆心分明向著寧禾這邊。

寧禾感動不已。她不比二房的寧知、寧玉，也不比三房的寧攬、寧玥，她們的父親都在朝中為官，兄長皆為雲鄴才俊。她沒有雙親的庇護，同胞兄長寧一也不喜權貴，只有「安榮府嫡子之女」這個身分庇護、舅父一載一探的問候，以及祖母的疼惜。

這廂寧禾欲道「息事寧人」，那廂寧攬卻搶先道：「祖母偏心，就因為她是您的嫡孫女，您就忘了我們這些兄弟姊妹嗎？呵，她寧禾有本事博您疼惜，怎麼沒本事讓她的六皇子殿下重新來迎娶她？」

「放肆！」許貞嵐與冉如芬同時斥道。

喝斥聲剛落，冉如芬趕忙拽緊了寧攬的胳膊，低聲道：「妳閉嘴。」

寧攬不甘地嚷道：「我沒說錯，她如果有本事，又怎麼還在我安榮府中？她心心念念的六皇子殿下已經不要她了，不然怎麼會沒有聖旨下來！」

「聖旨來了，聖旨來了——」管家李叔飛奔而來，他一路穿過抄手遊廊，不敢停下，也正是這聲呼喊，止住了許貞嵐還未出口的話語。

李叔停在眾人身前，朝許貞嵐喘著氣稟道：「老夫人，京中來了聖旨，來使已在前院候著。」

此時無人再糾結方才發生的事，一眾人趕緊跟隨許貞嵐去了前院。

寧禾跟隨許貞嵐下跪俯首在來使面前，他緩緩展開聖旨宣讀。「奉天承運皇帝，詔曰：著安榮府嫡女寧禾二月八日入宮覲見。」

不過是一段簡短的話，不說原由，也沒有處置她的旨令。

今日是二月三日，盉州到京城須行三日路程，也就是說，後日便要動身了，這一去，她的姻緣將何去何從？

寧禾接下聖旨，那布滿祥雲瑞鶴的綾錦織緞以黑牛角為軸，是她第二次接到雲鄴皇帝頒下的聖旨。她在閨房中瞧見的第一道聖旨，是皇上賜婚的通知，那道聖旨與此道不同，以玉為軸，象徵著無限榮耀，而此刻她手中的……是雲鄴聖旨中最普通的一道製品。

許貞嵐遣退了眾人，前院頓時寂然，已逢立春，清風拂過，卻還帶了些冷意。寧禾攏緊了廣袖，突然微微抿出了一絲笑容。

瞧見寧禾臉上的表情，許貞嵐喟嘆一聲。「三三，妳這般……可是因為難過？」

「阿禾不難過。」寧禾答道。

「聰慧如妳，已知曉這道聖旨並非賜婚旨意，這趟去京城，陛下自是不會懲罰妳，但是……」

但是或許她再也嫁不成她心心念念的六皇子顧衍——這是阿喜夜間值夜時偷偷替她掉淚時自言自語說出來的。

無人知曉，此寧禾已非彼寧禾。經過前一世的情傷，她不願再涉及男女情愛，六皇子顧衍……她對此人並無好感，從寧禾出事到自盡，再到她清醒，他從未捎來任何消息，可見此人的薄情。

真正的寧禾不過是這場立儲之爭的犧牲品，嫁的是政治，而不是愛情。

「祖母勿掛心，不管陛下旨意如何，阿禾都願接受。」寧禾輕聲道。

許貞嵐心中暗暗惋惜這段姻緣，嘴上卻道：「好在妳已忘了前事。」不然……定是難過得緊！

看著寧禾此刻平靜無波的臉龐，許貞嵐囑咐道：「這兩日先好好休息，去了京城，切不可追究那夜之事，保住安危要緊。妳放心，祖母定會將那惡人尋來為妳報仇。」

囑咐阿喜送寧禾回房後，許貞嵐也離開了前院。

雖然得到祖母那番安慰的話語，寧禾卻是有些無奈。儘管許貞嵐在盉州勢力龐大，但她肯定難以尋到害她的那個神秘人。細細思考之後，她認為很可能是朝中爭儲的勢力連累她受害。

原本寧禾打算等身體恢復、風波過去之後，幫祖母打理盉州商鋪產業的，看來眼下這個計畫只能暫時擱置了。

第二日，阿喜已經提前為寧禾收拾好行裝，而寧一因不放心這個妹妹，執意要護她入京。寧禾與寧一在自己的院裡用過飯，便一起到府中散步。

憑藉前一世在職場打拚的經驗，寧禾很快就了解了寧一的性格。他們的父親受各方勢力煩擾，雖曾為朝中重臣，卻因病鬱鬱而逝，寧一因而相當厭惡官場上的爾虞我詐。在盉州與安榮府，寧一是俊俏的紈袴公子，只喜遊山玩水、不務正業，但是寧禾知曉，寧一只是太過孤傲。

閒聊之間，寧一說寧攬與寧玥竟到城郊一處破廟為難民施粥去了，寧禾聽了不禁咂舌。這姊妹倆恐怕是被冉知芬逼著做做樣子給祖母看吧，她才不信她們真有這麼好心！

信步到了一處梅林，遠遠就瞧見寧知與寧玉姊妹倆正在談話，寧一便道：「跟府中眾姊妹閒聊無趣得很，我先撤也。」

寧知與寧玉並未瞧見寧禾帶著阿喜走來，待離得夠近了，寧禾才聽見她們談話的內容。

寧玉的語氣頗為歡喜。「那道聖旨以黑牛角為軸，分明表示六皇子殿下不會再娶三妹了。」

「妳別亂說，讓有心人聽了去，怎生是好？」寧知責備道，可這委婉的語氣聽來卻含著一絲期待。

「姊姊，我可沒亂說，兒時妳們入京探望父親與大伯父，隨他們入宮時，是妳先遇見六皇子殿下扭傷腳，跑去找人來的，可誰知三妹也遇著了六皇子殿下，找人為他治傷。」

「兒時……離現在已超過十載了。」寧知感嘆道。

「可不是！你們三人當時一同玩耍，六皇子殿下偏偏念著三妹的好，總是處處護著她。姊姊，我知道妳喜歡六皇子殿下。」寧玉說道。

「休得胡說！」寧知連忙打斷寧玉的話，神情慌亂。

原本想上前打聲招呼的寧禾索性後退，拐入了另一條小徑。她問阿喜。「方才二小姐說的可是真的？」

「奴婢沒聽見二小姐說什麼……」阿喜怯怯地說。

自從寧禾失憶後，阿喜不願在她面前提及傷心事，寧禾卻命令阿喜將她與顧衍之間的事都說給她聽。

原來寧禾幼時曾與寧知入京探親，寧家人受邀參加宮廷宴會，母親便帶上她與寧知，她恰巧遇見顧衍扭傷腳行動不便，便為他找來醫者，自此兩人相識。

阿喜說，那時的寧禾天真爛漫，特別討喜，待在京城的那段時間，顧衍總是藉故找她，還承諾長大後要娶她當妻子。

待日後他們各自長大，顧衍每隔兩年、三載就會藉著辦公來盃州見她一面，那時寧禾的眼中全是顧衍，他們曾執手信步花海，也曾相擁泛舟賞月。

至於顧衍這個人，是皇上最寵愛的敏貴妃所生之子，子憑母貴，自是皇上最寵愛的皇子，然而因貴妃早逝、家族敗落，若立他為儲君，恐因無外祖家當靠山而受害。傳言皇上下旨讓顧衍娶寧禾，只是看上了安榮府的勢力，想確保顧衍得到扶持而已。

聽阿喜說完，寧禾不禁恨起那個毀了寧禾的人，也替原本的她惋惜。若無那場厄難，寧禾早已嫁給她心愛的人了吧……

第三章　奉召入京

遣走了阿喜，寧禾一人漫步庭中，腦中思考著一些事情。

她能預料到此番進京不會與顧衍成婚，但是若皇上將她指婚給其他人呢？她重生在安榮府的嫡孫女身上，婚姻就由不得自己決定，她的未來也與安榮府的命運同為一體。

在這個陌生的時代，她總該為自己做點什麼吧？

「三妹。」

一道婉轉的聲音喊住了寧禾，寧禾收回思緒，才發現是寧知。此刻寧知是一個人，並未與寧玉一起。

寧知說道：「我正要朝妳院中去呢！」

「長姊有事找我？」

「我是給妳送東西去的。」寧知掏出一個琉璃瓶送到寧禾手中道：「父親曾擔心我與玉兒，為我們從京城帶回這藥粉，若將藥粉灑到歹人身上，可致一時失明發癢，妳且拿著。」

寧禾握著手上的藥瓶，一言不發地看著寧知。

寧知微微一笑。「妳可不要誤會，我只是擔心妳。」

「多謝長姊。」收下藥瓶，寧禾邀她一道漫步。

關於寧知這個人，寧禾並不覺得她像寧攬、寧玥那般狠毒，寧知端莊大方、容貌出眾，又不妒不爭，她喜歡這樣的人。

與寧知漫步到亭臺小坐，寧禾突然問道：「長姊中意六皇子殿下嗎？」

寧知神色驚詫，一時之間雙頰紅透，慌忙道：「三妹，妳……妳莫取笑我。」

寧禾一笑而過，未再多提。

很快地，已經到了寧禾出發去京城的日子，隊伍由寧一護送，府中眾人皆在府門外相送。

許貞嵐握緊寧禾的手萬般囑咐，寧禾眨著眼巧笑。「祖母，聽李叔說府中有甚多產業，阿禾打算今生不再嫁人，為祖母分擔辛勞呢！」

「妳想怎麼樣祖母都答應妳，等妳回來，祖母便教妳打理家中產業。」

寧禾再次眨了眨大眼，嫣然一笑。「那阿禾與祖母說定了。」

語畢，寧禾轉身上了去京的馬車。她只希望這一路能快些抵達京城，早點入宮見駕，待她將所有的事情處理妥當，便是自由自在的一人。

隊伍緩緩駛出城門，漸離盉州，靠近京城。奔行的馬蹄揚起漫天塵埃，遠山迎來落日，時間悄然溜過。

只是寧禾不知，這趟京城之行，才讓她在這裡的命運正式揭開了序幕。

遠行的路坎坷顛簸，寧禾沒有想到這副身軀這般弱不禁風，兩日多的車程便讓她十分疲憊，此刻還有半日才會到京城，她卻已是面色如土。

寧禾對寧一說道：「到了京城，我們先找個客棧好好洗去身上的風塵吧！」

寧一頷首應下，他見寧禾面容憔悴，便命馬車停下。「不如妳先下車吹吹風，透個氣。」

點點頭，寧禾下了馬車，尋了一處樹蔭靠著。

春日已臨，綠芽抽絲，遠處山巒起伏，微風中飄散著野花清香，山腳淌過涓涓溪流，潺潺水聲伴著花香送入眼底與鼻中，讓寧禾的疲憊有所舒緩。

此時寧禾忽見寧一命隨從擺開几案，放上墨寶宣紙。

寧禾驚詫。「哥哥，你要作畫？」

見到寧一已經執筆描畫起遠處的風景，寧禾趕緊上前，卻發現寧一已畫出一片連綿的山來，她萬分驚訝道：「你怎麼畫得這麼快！」

原本寧禾擔心她哥哥的雅興會影響趕路的進度，未想寧一須臾已畫出群山。

寧一修長的手指如鳳飛舞，舉手間便帶出一片山水。他的外在給寧禾紈袴風流的印象，但她從來沒想到寧一筆力蒼勁，作畫如行雲流水，深藏不露。

在寧禾的驚嘆間，寧一不到片刻便畫好了一幅春日山水。

「哥哥，你好厲害。」寧禾由衷讚嘆。

她小心拿起尚未乾透的畫仔細端倪，因為寧一的畫風隨興所致，所以稱不上完全寫實，倒是神似她前一世所見的印象派。

「虛虛實實，真亦似假，我這一路見春意盎然，早想練練手。」擱下筆，寧一唇邊玩味地勾起一抹笑意。

寧禾忍俊不禁。「難怪盉州女子皆道我大哥風流英俊，原是又會作畫、又會以笑勾人魂魄！」

「妳這是取笑我了。」

兩人一路說笑。寧禾從這幅畫中已能確定寧一是個無拘無束、自在隨興的人，無怪乎祖母不逼寧一入朝為官，她是懂他的。

半日的路程很快結束，安榮府一行人已抵達城樓之下。

京城城門高聳，重簷處旗幟翻飛，遒勁的「雲鄴」兩字格外引人注目，然而此刻日薄西山，城門已閉，城垛與城牆下皆有守衛把守。

寧一下了馬車，寧禾與阿喜也跟隨其後，他上前與守衛道：「大人，我有文書，能否放我們進城？」

「你沒聽見方才響過了暮鐘嗎？城門已閉，明日再進吧！」那守衛正眼都不瞧寧一呈上的通行文書。

寧禾暗嘆了口氣，轉頭對阿喜道：「我們的聖旨呢？」

阿喜忙從包了數十層的包袱中將聖旨遞給寧禾，寧禾對那守衛道：「文書你瞧不上眼，那陛下親詔的聖旨你可願一看？」

守衛臉色一變，連忙恭謹道：「容小的一睹。」

他接過聖旨，看清以後連忙高抬著聖旨俯首跪地道：「是小的不清楚情況，還請小姐勿怪，既是陛下……」

守衛的話還未說完，他身後那道莊嚴厚重的城門突然徐徐打開，一名男子就站在燈火闌珊處，緩步上前。

憑藉著城樓的燈火，寧禾在望清他的形貌後，不禁發起了怔。

這是真實的人嗎？

待他從燈火處走出後，寧禾更能看清楚來人的模樣——面貌俊美絕倫，身形英武頎長，一雙黑眸好似不見底的深潭，吸引寧禾出神地凝望；清風拂來，吹動一襲錦衣長袍，他周身那強大的氣場使人腳下如同生了根，動彈不得。

此人的身分看來並不普通，那身華服繡著蟠龍紋，肩綴金花，腰間玉帶鑲有紅寶石兩列，鞋頭有東珠加蓋。

他……是皇室中人？寧禾的心毫無預警地突突跳了起來。

守衛聽聞開啟城門的聲音，回身望見那名男子，連忙躬身參禮。「殿下……」

似是感受到寧禾目光，男子凝眸回望，就這麼撞上寧禾的雙眼。

寧禾一顆心跳得更快了，然而他的眼神冷淡，無悲無喜，一瞬間便從寧禾身上移開。

此時寧禾猛然想起方才守衛的稱呼，頓時深感惱怒。殿下？他就是顧衍?!

察覺到寧禾的異樣，寧一低聲在寧禾耳邊告誡。「不要追問往事。」

不要追問往事——短短幾個字讓寧禾明白，這個人不是六皇子顧衍，還會是誰！

寧一躬身朝男子行禮。「安榮府之孫，寧一見過殿下。」

「寧一公子不必多禮。」男子的聲音隱含威嚴，沈靜無波。「本殿恰在城樓望見寧一公子，遂命人開了城門。」

「多謝殿下。」

「原以為安榮府眾人要明日才會到，便未派人迎接。你們先隨本殿進宮吧，父皇已將安頓之事交予本殿。」他的應答冷若冰霜，毫無溫度，一字一語皆像是履行公事一般。

寧一聞言轉身上車，寧禾也與阿喜坐進自己的馬車。此刻寧禾的心頭並不好受，她為那個天真單純，卻難敵世俗目光離開了這個世上的女子感到不值。

想到方才那個人冰冷又不近人情的模樣，就知道他太過無情無義，原本的寧禾怎麼會為他心動呢？

沈思之間，車伕已令馬車停下，寧一在車外對她喊道：「阿禾，下車吧，到皇宮了。」

阿喜先下馬車替寧禾挑開簾子，豈知寧禾伸腳一躍，已站穩在地，原本想過來替她當腳凳的侍從見狀，不禁愕然。

寧禾抬眸，瞧見那男子的雙眸中也閃過了一絲詫異。她倒是忘了古人還有這等禮數，方才在城門外下馬車時這麼做，也沒人提醒她啊……

男子似是譏諷又似玩味地說道：「倒不知寧三小姐這般『與眾不同』。」

寧禾淡然一笑。「寧禾也不知殿下這般冷酷無情。」

那雙俊朗的深眸一愣，浮現出一絲怒氣。「寧三小姐莫不是要本殿攙扶妳一把？」

「不敢當，寧禾不過一介草民，不配做六皇子妃，自然也不敢煩勞六皇子殿下貴手攙扶！」

寧禾此話一出，在場之人臉色皆是一變。

寧一喝道：「阿禾，妳胡說些什麼呢？」

話未說完，男子就含笑打斷了寧一，他戲謔道：「哦？本殿早就聽聞寧三小姐落水失憶，卻不知寧三小姐竟是壞了腦子。」

寧禾怒目而視。他敢羞辱她?!

寧一急忙拉過寧禾的手道：「還不快給三皇子殿下賠禮道歉！」

三皇子？不是六皇子顧衍嗎？

寧禾啞然地看著急切的寧一，又望了身旁欲言又止的阿喜一眼，才將目光轉到眼前這位「三皇子」身上，他正嘲諷地睨著她。

天啊，她認錯人了！

寧一忙對著顧琅予賠禮。「請殿下不要怪罪，我妹妹的確患有失憶之症，方才錯認殿下，是我這做兄長的沒教好。」

礙於顧琅予的身分，寧一不禁朝寧禾厲聲斥責道。「還不快向殿下道歉？」

看向有著一雙冷傲眸子的顧琅予，寧禾縱使有萬般不願，也知道是自己不對在先。

「寧禾向殿下賠禮。」她的口氣生硬，不情不願。

顧琅予不屑她的道歉，淡聲冷笑。「本殿不難為傷了腦子的人。」

這個人……真是無禮！

寧禾心中本就不情願，再看到顧琅予的態度如此不屑，她就更不好受了，然而他畢竟是皇室中人，此番來京只是為了順利地將婚事撇得一乾二淨，又何必跟他計較呢？

這麼一想，寧禾就對顧琅予盈盈福身，嫣然一笑後退至寧一身側。只要過了明日，她便與這人還有這裡的一切毫無瓜葛了。

她這一笑是顧琅予未曾預料到的，前一刻的她還飽含尷尬與怒火，轉瞬卻朝他綻開一笑，那雙眸子靈動深邃，倒讓他有些愣住了。

不過顧琅予畢竟不是普通人，片刻他便收回心神，淡淡道：「寧一公子與寧三小姐歇息吧，明日會有人帶寧三小姐面聖。」說罷，他就在隨從的簇擁中離開。

寧一忙躬身行禮，目送他們離開。

等顧琅予走遠之後，寧禾立刻表達不滿。「你們兩人都不告訴我他不是六皇子殿下，害我出了醜！」

寧一無奈地回道：「我早叮囑過不要追究往事，妳偏不聽。」

「我便是聽了哥哥那句話，才將他當作顧衍的。」寧禾回嘴道。

寧一沒再與寧禾爭論。他心中有愧，因此凡事都願讓著她，他只囑咐寧禾好生歇息，便回了自己的臨時住所。

稍作梳洗後，寧禾與阿喜歇下，阿喜躺在矮榻上道：「奴婢聽聞三皇子殿下生性冷漠，小姐還是莫再招惹他為好。」

寧禾不以為然地想著：她怎會再招惹這毫無禮貌之人呢？只要結束那段無緣的婚事，她就要回盉州替祖母料理安榮府產業，才不屑什麼皇子、什麼殿下呢，她跟顧琅予啊，八竿子都打不著吧！

在陌生的地方，寧禾睡得並不安穩，用過宮人端來的早膳，巳時左右，便有一位內監過來宣寧禾前去面聖。寧一原本要跟她同去，沒奈何無皇上旨意，不得前往。

一路上，兩人穿花越廊，經過宮闕，路遇眾多秀麗宮女，拐過重重高牆，過了許久，內監終於停在一道高聳的宮殿門前，對寧禾道：「寧三小姐且在這裡等候。」

寧禾抬頭往上看，只見上面題著「乾承殿」三個大字。乾承殿是雲鄴皇帝處理一般宮廷事務的地方，不是太過重大的事，都會在這裡解決。

內監入殿稟告後，只聽到一道粗啞卻厚重的聲音傳來。「宣安榮府寧三小姐覲見——」

寧禾邁步走入大殿，入眼處各角落皆有宮女與侍從垂首守候，然而這偌大的宮殿卻鴉雀無聲。待行得近了，她瞧見眾臣與顧琅予站立在一旁，身旁還有幾個和他一般華服加身的少年。這其中……可有六皇子？再稍稍往前走，大殿高堂處，那個端坐在龍椅上的男人略顯老態，卻是威嚴逼人。

重生而來的寧禾，一點都不懂雲鄴的禮數，但是不過瞬間，她就自然跪地俯首道：「罪女寧禾，叩請陛下聖安，陛下萬歲萬萬歲！」

這些臺詞是前一世裡她在書中跟電視上看過千百遍的，就算不知雲鄴的禮數，這樣請安應該也行得通吧？

皇帝充滿威嚴的聲音徐徐傳來。「妳就是寧禾？」

寧禾依舊恭謹俯首，聲無波瀾。「罪女正是。」

這威嚴的聲音問道：「為何自稱罪女？」

「罪女有負皇家聖恩，本應以死謝罪，沒奈何老天憐憫，留罪女一條小命。罪女雖然還活著，卻自知已無臉面再面對皇家，今日陛下召見，乃是陛下隆恩開明，罪女不勝惶恐。」能在這種場面下流暢地說出這番話，寧禾都想給自己點個讚了。

皇帝此時的語氣稍稍鬆了一些。「朕亦感惋惜，念妳知禮慎行，不必自稱有罪。」

「臣女謝陛下隆恩。」寧禾低聲說道。

大殿內眾人心中皆是始料未及。他們都設想過這被玷污了貞節的貴女會哭訴一番，懇求皇上開恩賜婚，卻不料她全放下了，還進退有常。

寧禾依舊跪在殿中，她的位置離顧琅予很近，能聽見他身旁幾個少年戲謔的談話聲。

「毫無羞恥之心，做出一臉乖巧的樣子。」

「此番六皇弟恐怕與安榮府無緣嘍……」

這些聲音斷斷續續，話中的意思寧禾卻聽得差不多了。他們都是皇子，肯定「慶幸」她的遭遇。皇上尚未立儲，身為皇子，難道不惦記龍椅那個位置？他們誰會希望顧衍獲得安榮府的支持？就連那顧琅予，此刻恐怕也在心中笑話她吧！

皇帝充滿威嚴的聲音再次傳來。「朕本已欽點妳為六皇子妃，但事生變故，妳與六皇子恐怕無緣再續，可會記恨我皇家？」

這番話不過是皇帝給安榮府的一個面子，雖是問寧禾，答案卻早已定好了。

寧禾語氣淡然。「臣女自當不會存此心念，在臣女心中，皇家至高無上，理應娶雲鄴品行高潔的貴女為妃。」

話落，寧禾好似聽到皇帝若有還無的嘆息，他道：「妳抬起頭來。」

寧禾這才抬起發疼的脖子，此時皇帝臉上的威嚴稍稍收斂，宛如長輩端視著她，而寧禾保持著晚輩該有的尊重與禮節，不卑不亢。

「朕聽聞妳落水失憶，朕宮中有朝臣送來的百年靈芝，就賜予妳調養身體吧！」

寧禾愕然，她的眼尾餘光瞧見顧琅予的眸中也閃過一絲驚訝，她望了皇帝一眼，便俯首道：「臣女謝陛下隆恩！」

話落，一個身著官服的中年男人便出列跪地，朝皇帝俯首道：「臣謝陛下聖恩，陛下此舉，教臣與安榮府上下更是羞愧。」

這個人是誰？也是安榮府之人？

皇帝道：「寧尚書請起，這件事也是朕欠了你們安榮府。」

「陛下萬萬不可這麼說，臣承受不起，是安榮府愧對陛下。」

從他們的對話中，寧禾確定這男人應該是她的二叔或三叔，也就是寧知與寧玉，或是寧攬、寧玥的父親。

皇帝道：「雖然安榮府的嫡孫女與我六皇子無緣，但朕既已欽點了安榮府的女兒嫁入皇家，自然不能失信。」

寧禾頓時錯愕不已，一顆心猛然狂跳。這句話的意思，就是還要從安榮府上選妃？

第四章　另行婚配

看著方才出來叩謝的臣子，皇帝問：「寧尚書可有舉薦之人？」

「謝陛下隆恩！寧禾之事確實是安榮府對不起陛下，安榮府卻還有幸得陛下信任，臣不勝惶恐！至於舉薦為妃之人……」他頓了一下，才又開口。「恕臣斗膽，臣想推舉寧家四女寧攬。她雖為臣之長女，卻無驕縱之氣，品性淑良，前些日子她聽聞城郊有流離失所的難民，憂其饑飽，還趕去施粥救濟……」

原來這個人是三叔！寧禾聽到這裡，差一點沒跳起身來揭發她三叔寧閒遠的滿口胡言。此刻寧閒遠還在一本正經地對皇上胡說八道，皇上好像還聽進去了……寧禾只恨自己根本沒機會插嘴。

這次皇上仍舊要安榮府的女兒入宮為六皇子妃，明擺著是偏心顧衍，如果六皇子妃的人選是寧知或寧玉，寧禾無話可說，但寧攬是什麼人她還不清楚嗎？寧攬欺她，她也不願讓她好過！

情急之下，寧禾朝顧琅予擠眉弄眼，顧琅予注意到了，卻好似不懂她的意思，面無波瀾，無動於衷。

寧禾忽然想通了，既然入京成親那場劫難連她都能想得到可能是有心人不願六皇子得勢所為，那麼此刻出來阻止的皇子，便是嫌疑最大的人，顧琅予又怎麼敢出面呢？

「父皇，兒臣不願意——」急迫而飽含痛苦的一道聲音從殿門口處傳來。

沒多久，聲音的主人就跑到了寧禾身旁，他撲通跪地，急迫地說：「父皇，您下旨要兒臣娶的人是寧禾，兒臣還沒娶她，兒臣理應再迎娶她的！」

寧禾望向她身旁的男子。原來他就是顧衍……他不是已經不理會她了嗎，怎麼還向皇上要求再迎娶她呢？

腦中思緒萬千，寧禾不由得細細打量起顧衍。眼前的他年約二十，面目俊朗，氣質溫潤，那英挺的鼻下一雙翕動的唇似乎還想說些什麼；不同於顧琅予的冷漠，顧衍給人的感覺是溫厚的。

此刻，他一雙眸子含著萬千情愫，深深望著寧禾。

寧禾不是沒經歷過男女之情，她看得很清楚，顧衍心中有她，那雙好看的黑眸裡寫滿了疼惜、痛苦，還有無可奈何。

這一瞬間，寧禾心中如雪一般明亮。顧衍沒有負寧禾啊！

「放肆！」皇帝龍顏震怒，嗓音陰沈駭人。「誰讓六皇子進殿的！」

殿門外一個侍從匍匐跪行，渾身發抖道：「陛下……奴、奴才攔不住殿下……」

就在此時，顧衍竟握住寧禾的小手，他的掌心溫熱，撩得寧禾一顆心臟不停顫抖，此刻她尚未緩過神，便忘記抽回手來。

「父皇，您禁得了兒臣的足，卻禁不了兒臣的心。兒臣與阿禾自幼相識……」

寧禾癡癡聽著顧衍對皇上傾訴心聲，臉頰忽然一片冰涼。她用另一隻手伸手摸去……濕濕的，竟是流淚了。

流淚？她沒愛過顧衍啊，可是內心深處卻蔓延著疼痛，控制不了。

寧禾很快就弄清楚，這是原本那個寧禾殘留的意念。她重生而來，花了數日才讓自己的思緒與寧禾的身體融合，此刻面對這具身體心愛之人的沈痛告白，她才會流淚。

心念一轉，抽回被顧衍緊握的手，寧禾跪行上前一步，打斷了他們父子之間的爭執。

「陛下，可否聽臣女一言？」

皇帝正在氣頭上，不耐煩道：「若是與他一條心，便沒什麼好說的！」

寧禾已經恢復了理智，她清脆的聲音迴響在大殿中。「臣女自知配不上六皇子殿下，誠如臣女方才所言，皇家至高無上，理應娶雲鄴品行高潔的貴女為妃。臣女贊同臣女三叔的說法，陛下重新從安榮府中為殿下選妃最為適合。」

皇帝沒料到寧禾會口出此言，顧衍也沒想到，這個俊朗的男子雙目黯然，愣然地凝視著她。

微微頷首，皇帝道：「既然寧家嫡孫女贊同寧尚書此舉，朕欲將六皇子妃的人選定為寧家四……」

「陛下——」寧禾打斷他。「臣女尚有事啟稟。」

料想寧禾不會在大殿上違背自己的意思，皇帝大手一揮。「說下去。」

「方才臣女三叔所言雖不假，但有些事情臣女不敢欺君。」

聽到「欺君」兩字，皇帝深沈的眸子一動，流露出精光，寧閒遠的身體頓時一顫。

寧禾繼續說道：「臣女身為安榮府之女，整日與府中眾姊妹生活在一處，自然比三叔更了解她們。臣女的四妹年紀尚輕，心性頑皮，臣女擔心她照顧不好六殿下的生活起居，亦難以為其打理諸事。」

打理諸事——還能有什麼？無非是爭儲！她都敢這麼說了，皇上肯定不會輕易欽點寧攬。

眼看皇上沈吟不語，寧禾繼續道：「陛下可知臣女的長姊寧知？」

見皇上沒有反應，寧禾繼而一笑。「陛下應該聽過盉州《沈瓷調》吧？」

皇帝頷首道：「這是去年流傳至京城的一闋詞，其風婉轉，寓意高潔，讚美雲鄴女子之姿態。」

寧禾揚起微笑道：「正是。這闋詞正是臣女長姊寧知所寫。長姊雖然一身才學，卻始終未在外大肆宣揚那是她所作之詞，因此至今無人知曉作者為何人；不僅如此，長姊端莊賢淑、聰明敏捷，深得祖母讚賞，臣女心想，這般聰慧之人，應能照顧六皇子殿下，協助其料理諸事。」

透過這次召見，皇帝對失了名聲的寧禾油然生出好感，他甚至有些惋惜寧禾禁受了那種事。

「顧衍接旨，今冊封安榮府長女寧知為六皇子妃，擇二月二十五日於成如宮大婚。」皇帝緊接著說道：「寧禾接旨——」

寧禾微怔，忙俯首在地。

「寧禾舉薦皇子妃有功，賜綢緞綾羅五十疋，珠寶十箱，夜明珠兩顆，黃金三萬兩；賜盉州錦宅一座，良田二十畝；賜城南雲芷汀為京城府邸，奴僕二十人。」

這一連串的賞賜讓寧禾詫異萬分，不禁發起了愣。

一旁的大內監辛銓連忙提醒道：「寧三小姐還不快領旨謝恩！」

「臣女……謝陛下隆恩！」

沒多久，皇帝與其他皇子就在侍從的簇擁下離開大殿，寧禾也終於緩過神來。皇上賜給她這麼多的厚禮是她從未料到的，可她內心卻只能苦笑。皇上會這麼做，不過兩個原因：一是安撫安榮府，二是針對寧禾的舉薦給予賞賜，好讓顧衍恨她。

寧禾心想，她不過是重生而來撿回一條命的人，只想過好自己的生活，而非涉入皇權鬥爭，皇上這麼做，其實對她也有利。

皇帝跟皇子們一走，大殿內眾人便不再拘謹，一時之間響起了低低的交談聲。

寧閒遠起身走到寧禾身邊，他那雙原本謙恭的眸子在望著寧禾時瞬間變得陰狠。「本以為阿禾乖巧聽話，今日再見倒是換了個人。哼！」說完便拂袖而去。

寧禾在心中冷笑。不正是因為乖巧聽話，才被逼得只能尋死？現在的她已經不同了，難道還要做回從前那個任人欺凌的寧禾？

雙膝已跪得發麻，寧禾緩緩地站起身來，手腕卻忽然被人緊拽，她抬眸一望，那個人正是顧衍。

顧衍拉著她大步朝殿門外去，寧禾不斷掙扎著，低聲輕喊。「殿下，放開我——」

豈知顧衍置若罔聞，一言不發、自顧自地繼續往外走，寧禾根本掙脫不開，只能任由他擺布。

顧衍越走越快，一路穿過遊廊，拐過座座殿宇，最後停在一處觀景臺旁。

箝制住寧禾手腕的力道這才消失，疼痛卻隨之蔓延開來。寧禾握著被顧衍拽疼的手腕，忿忿地抬起頭，卻瞬間怔住。

這個俊朗溫潤的男子神情黯然，雙眸盡是痛楚，眼中甚至閃爍著淚水。寧禾以為是自己看錯了，她凝視著顧衍，他充滿痛苦的雙眸也深深回望她。

一顆淚水倏然滑落在顧衍的臉龐上，他一把將寧禾攬入懷中，緊緊地擁住她。

「對不起，是我沒有保護好妳……對不起。」這聲聲「對不起」，飽含著深情。

寧禾感受到顧衍的聲音在抖動，他擁著她的手臂也在顫抖，一顆心不禁沒由來地一陣抽痛。

這個高貴的男子為寧禾流淚，他的深情不似虛假，可是……她如何能告訴他，他愛的那個女子已經死了？

在安榮府乃至雲鄴百姓的恥笑辱罵聲中，他愛的女子選擇了用死捍衛自己最後一絲尊嚴，如果顧衍知道此刻的自己不是他所愛的那個寧禾，他該有多難過，該有多自責？

思及此，寧禾奮力掙脫顧衍的擁抱，她漠然道：「不用跟我說對不起。殿下，從今以後，就當寧禾已經死了吧！」

「阿禾，妳就在我眼前，我為什麼要當妳已經死了?!」顧衍想拉寧禾的手，寧禾卻步步後退，他停下動作，顫聲問道：「今日殿上，妳為何要這般傷我的心……」

「寧禾已是卑賤之軀，配不上殿下。」

「我不在乎這些，我要娶的是妳這個人！」

寧禾心中一嘆。他要娶的是她這個人？恐怕不只是這樣，還有她身後的安榮府吧！就算顧衍此刻想娶她，可是他難道真的不會介意她已不是完璧之身嗎？

不著痕跡地稍稍拉開與顧衍的距離，寧禾道：「寧禾的長姊傾慕殿下已久，將您從前予我之心，付予寧禾的長姊吧！」

顧衍面色蒼白，苦笑道：「將我從前予妳之心，付予他人……」

寧禾低下頭福身行禮。「寧禾今日便要回盉州，殿下請多保重。」說完，她轉身離開。清風徐來，她大步向前走，拐過殿宇時，眼角餘光瞄到顧衍那透著無力又黯然的身影。

無人知曉，她寧禾多麼心疼這一對璧人。

相識相戀十載，卻因為皇權爭奪，生生遭到拆散。她終究是個局外人，無力去愛那個溫潤俊朗的男兒。

寧禾胡亂選了個方向走，此刻才反應過來自己並不知道出去的路。她環視四處，想找個宮人問話，不想這處不見人跡。

環顧四周，重重宮闕在寧禾眼中都是一個模樣，著實分辨不出她昨夜所住的那處宮殿。

抬頭望向日頭，寧禾思索片刻，便朝前方走去。

她一路照著日頭尋了小徑，終於望見前處的宮人。寧禾指了一個宮人問路，走了片刻便見一處高閣，閣樓中，有一襲玄衫迎風飄舞。

待寧禾經過高閣處，聽聞頭頂上方傳來一道冷冷的聲音。「寧三小姐可是迷了路？」

寧禾高高昂首，才發現那身著玄衫者正是顧琅予。

她先是行了個禮，才淡淡道：「已有宮人指路，寧禾先告退了。」

顧琅予緩緩步下閣樓，說道：「本殿方才站於此處，遙遙望見妳從朝晨齋出來，本欲命人為妳領路，未想妳只看了看日頭，便朝這個方向過來了。」

寧禾不願多言，只道：「出門時日頭在寧禾左側，今日大殿亦是往左邊走，因而寧禾妄自尋思了方向。」

顧琅予怎麼會不知道寧禾這是不想跟他多說呢？冷傲如他，亦不願再多問，他負手往前道：「妳跟著本殿便可。」

寧禾婉拒。「不必煩勞殿下帶路……」

「妳以為本殿願意？」顧琅予冷笑一聲，繼續往前走。「父皇將招呼你們兄妹之事皆交予本殿，寧三小姐可別像成親時那般憑空消失才好。」

「憑空消失?!」寧禾氣急。傳聞中顧琅予冷漠倨傲，但是此刻她不僅認為他冷漠，更覺得他完全沒有同情心。

「我會憑空消失，難道殿下不知道原因？」她被神秘人劫持，受益的那方，當然就是顧衍的對頭。

「寧三小姐此話是何居心？」顧琅予聲如寒霜。

禾罷了，不管是不是他做的，寧禾都不想再跟他多說什麼，她淡淡扯出一抹笑容。「寧「寧禾並沒有什麼居心，不過想快些離開皇宮，回去盃州罷了。」

既然寧禾有意迴避這個話題，顧琅予自然不會為難她這個弱女子。冷冷睨了寧禾一眼，顧琅予轉身大步往前。

寧禾料定顧琅予是故意的，但是身處深宮，她識不得路，只得小跑步跟了上去。

回到昨夜留宿的宮殿，寧一與阿喜已經在殿門外等她。寧一望見寧禾，便緊張地上前細細打量她。「殿上的事我都聽說了，妳……當真親口舉薦了寧知？」

「是我親口說的。」

凝視著面無悲喜的寧禾，寧一喟嘆道：「妳如此傷害六皇子殿下，又得罪了三叔……」

寧禾朝寧一眨了眨眼。「哥哥，且不說我已忘了前事，我如今又怎配得上六皇子殿下？再說了，三叔是我寧家人，自應為安榮府的榮耀著想才是。」

「三叔一房素來錙銖必較，我是怕妳往後在安榮府……」

「怕我受委屈？」寧禾反倒安慰起寧一。「哥哥不用擔心我，從今以後，寧禾的姻緣礙不著別人，我也不惦記府中家產；且不說我年方十六，還有大好年華，就是憑著陛下這些賞賜，你還怕我過不好後半生？」

寧一寵溺地搖頭一笑，心想，如今寧禾能有這樣的性子，算是老天對她劫後重生的恩賜吧！

阿喜收拾好東西，家僕抬上皇帝給的賞賜，寧禾便坐上回盉州的馬車，這次依舊是顧琅予受命送她出宮。

臨出宮門，阿喜撩開了簾子，囑咐家僕好生押運那些厚禮，忽然間，她嚷了起來。

「小姐，您看！」阿喜急切地說道：「後面城牆處……」

寧禾探出頭凝眸望去，那身著一襲月色長衫的身影從城牆後探出了大半個身子，不正是顧衍嗎？

他想朝宮門這邊奔來，沒奈何被身後的宮人與內監制止。

「阿——禾——！」嘹亮的喊叫聲劃破長風，從城牆處遙遙傳來。

耳邊掠過一陣疾風，這飽含眷念的聲音融入風中，一點一滴消散，最後變成虛無縹緲的空氣。

放下車簾，寧禾泰然自若地端坐在馬車內，她面容平靜，可藏於袖間的指尖卻下意識地掐進了肉裡。她以為自己感覺不到痛，可手上的疼還是蔓延到了心口。

她並非顧衍所愛的寧禾，為何會替他心痛？

或許是因為這身體還殘存著那些美好回憶；也或許，顧衍太像前一世的她了，愛而不得，痛不欲生。

顧衍，忘了寧禾吧——她在心底默默地說。

馬車駛出宮門，行至京城城門處，顧琅予的隊伍便停下了腳步。

寧一向顧琅予道別。「此番有勞殿下了。」

「本殿就送到這裡，寧一公子一路好走，父皇的聖旨已在寧三小姐處，聘禮會在今日由禮部整裝後送入盉州。」顧琅予說道。

由於婚期近在眼前，這次的婚禮沒有納采、問吉等繁瑣的流程，皇帝直接讓寧禾宣讀賜婚的聖旨，再著人送聘禮入盉州，吉日到來的前十日，隊伍將在盉州迎寧知入皇宮大婚。

寧禾並未下車與顧琅予道別，有寧一出面行這個禮節，便已足夠。

顧琅予交代完這些公事便策馬返宮，寧禾一行人就此返回盉州。

第五章　同行送嫁

馬車行駛了三日後終於抵達盉州，快入盉州城門時，寧禾眼波一轉，抿唇淺笑。「停車。」

阿喜疑惑地眨眼問：「小姐，馬上到府了，您可是要先停下歇息？」

寧禾雙眸中泛出一抹亮光。「阿喜，寧攬待我如何？」

阿喜咂咂嘴，不滿道：「雖然小姐是四小姐與五小姐的嫡姊，可她們老是欺負小姐，仗著小姐從前性子溫和、不喜計較，便沒一日安生過。小姐會投湖自盡，還不是因為她們亂嚼舌根……」

說到這裡，阿喜連忙摀住嘴，生怕寧禾為往事難過。

寧禾此刻臉上寫滿了俏皮。「那日大殿之上三叔為寧攬求旨賜婚，還道她心憂難民、施粥救濟，這分明是事先計畫好的一齣戲，可眼下這齣戲被我破壞了，她們還不知道六皇子妃這個位置已是長姊的。」

阿喜瞬間明白過來。「小姐是想藉這件事出口氣？」

寧禾眨了眨眼，含笑點頭。

此時寧一走到了寧禾的馬車外，問道：「阿禾，為何停下了？」

阿喜與寧禾相視一笑，撩開簾子道：「公子，小姐想派個人先回府中傳話，通知眾人準備迎旨。」

寧一聽了頷首道：「的確應該如此，雖然陛下遠在京城，但亦應禮數周全。」

瞧著寧一並不知道她們的如意算盤，阿喜與寧禾忍不住低低發笑。

寧禾忙叫住寧一安排去傳話的那名家僕，佯裝正經道：「你去府上後且這般說，說三叔在殿上為安榮府求旨賜婚，陛下開恩，我安榮府出了一個六皇子妃，讓府中人準備迎接聖旨。」

那家僕領命後快馬加鞭先行而去。

寧禾回頭對一干人等囑咐道：「大家連日趕路，此刻快到府上了，不用著急，慢慢走便好。」

眾人忙謝過寧禾的體恤，馬車因此慢了下來，悠悠哉哉地駛入城門、進了市集，一路行到安榮府門外。

阿喜掀開簾子，攙扶寧禾出馬車。

寧禾下車站穩後，只見眼前站滿了人，因為安榮府又出了一個六皇子妃，府中眾僕都在此候旨。

看到祖母許貞嵐，寧禾連忙行了禮。「祖母，我回來了，這幾日您身體可好？」

許貞嵐頷首。「我聽家奴說妳帶了陛下的聖旨來，且宣讀旨意吧！」

寧禾點了點頭，眸光搜尋到寧攬，只見她那張小臉滿是藏不住的得意與欣喜，而她身旁的冉如芬與寧玥亦是難掩歡喜。

微微一笑，寧禾道：「此番回府，我的確帶了陛下賜婚的聖旨回來，陛下將我安榮府中的女兒指婚給六皇子殿下。」

接著，寧禾刻意朝冉如芬說道：「三嬸，那日陛下賜婚，起先還是三叔在殿上求的呢！」

冉如芬薄薄的紅唇向上揚起，笑道：「是嗎，妳三叔還真是為咱們著想，竟能為安榮府博得這份榮寵信任。」她抬高下頷，神情略帶傲意。

寧攬的眼角與眉梢都含著分明的笑意，她催促道：「妳快將旨意宣讀開來！」

寧禾不動聲色地朝寧攬點頭，移開眸光後，她望見寧知那聘婷端莊的身影。寧知端正地站在人群之中，美貌的面容恬靜，鳳目裡卻藏了一絲淺淺的失落與心痛。

她的反應在寧禾預料之中，畢竟寧知傾慕他，她肯定也以為三叔替寧攬或寧玥求到賜婚顧衍的旨意了。

阿喜俯首將聖旨遞給了寧禾，唇角忍不住微微上揚。

聖旨一展開，眾人齊齊跪下。

寧禾站於人前，一字一句清晰地唸了出來。「安榮府之女寧知，淑慎含章，率禮不越。著冊封六皇子妃，於二月十五日啟程入京，二十五日大婚……」

「為什麼是她?!」寧攬倏然抬起頭，難以置信地瞪大了雙眼。「妳將聖旨給我！」她一個箭步衝到寧禾身前，一把搶過聖旨。

「怎麼會這樣，怎麼會這樣……」寧攬恍若失了魂魄，呆立原地。「父親明明是為我請旨的，怎麼會是她……」

寧知亦是難以置信地望著寧禾，她遲疑地問：「三妹，妳可是讀錯了？」

寧禾從寧攬手上拿回聖旨，緩步上前，親手將聖旨遞給寧知。「恭喜長姊。」

話聲剛落，府上眾僕皆高喝。「恭喜大小姐——」

眾人道賀的聲音音聲如鐘，寧攬卻置若罔聞，仍傻傻地站在原地。

寧知說不出話來，一雙眼含著喜悅的淚水，她有些顫抖地接過聖旨，感激地望著寧禾。

不遠處忽然傳來一陣馬蹄聲，馬兒長長嘶鳴一聲後停下腳步，一名男子從馬背上躍下。只見男子快步奔至冉如芬身前，他先朝許貞嵐行禮，才對冉如芬道：「夫人，老爺從京中給您捎了話……」

剩下的話，他用耳語傳給了冉如芬。

當他說完話的一瞬間，寧禾感覺到一抹似刃的目光罩在自己身上，她凝眸望去，正是冉如芬含恨的眸子。

呵，寧閒遠這麼快就命人捎話回來了啊？

寧禾並不懼怕冉如芬，她重生醒來，原本打算不嫁，幫祖母打理盉州產業，就此度過餘生；然而重活的這十多日裡，她漸漸明白，就算她安分守己，也會因為「安榮府嫡孫女」這個身分礙了某些人的眼。

如今，皇上給她的賞賜無數，就算她不作不為，也足夠過富足的後半生，若這些人真要與她針鋒相對，那就走著瞧吧！

經過寧禾一事，安榮府竟然還能再出一個皇子妃，因此府中一時十分熱鬧，皇上命人送來的聘禮，也都陸續送到。

眼看臨近婚期，不到幾日便要出發到京城，府上眾人都圍著寧知轉，許貞嵐更是將逢歲進貢的雲錦與軟煙羅都拿來為寧知裁新衣。

最清閒的人當數寧禾。她連日趕路，身體好不容易才鬆快一些，加上她原本為六皇子妃，許貞嵐怕她多想，便什麼事都未讓她插手；而寧玉、寧攬、寧玥全都被叫去幫寧知挑選新衣、首飾與成婚後送給各宮娘娘的禮物。

這日午時，阿喜進屋來稟。「小姐，大小姐邀您去她院中用午膳。」

寧禾與阿喜去了寧知的錦沇院，房間裡已擺好了菜餚。

見寧禾來了，寧知連忙上前握住寧禾的手。「三妹，自領旨那日以來，便沒機會跟妳坐一會兒，今日得閒，總算見著妳了。」

寧禾眨了眨眼。「長姊這般想我，我可要臉紅了。」

入座後，寧知說道：「三妹，我聽三嬸那房的人說了，原本這婚不該賜在我身上，而是三叔為四妹求的，誰知妳在大殿上為我力爭……」

寧禾問道：「三嬸與四妹可曾為難妳？」

寧知搖了搖頭。「她們的臉色雖不好看，但是這一切已成定局。」

「長姊此番話，可是害怕三嬸難為二嬸與妳？」

寧知依舊搖頭。「我不擔心這個，只是……」

她望向寧禾，一雙鳳目滿含愧疚。「六皇子殿下原先要娶的人是妳，妳我多年姊妹，我豈不知妳亦心儀殿下，你們本是天造地設的一對……」

「長姊，阿禾已忘了往事，長姊又何必再讓阿禾憶起？」寧禾打斷寧知的話道：「發生那樣的事，我已與六皇子殿下無緣，那日大殿上三叔求旨賜婚，我人就在那裡，自當不會讓寧攬承了這婚事。」

寧禾緩緩說道：「雖然我對過去不復記憶，可我總覺得長姊與六皇子殿下最為般配。長姊容貌傾眾，卻不驕傲；才華洋溢，卻從未如寧攬與寧玥般在外作秀。六皇子殿下要娶的是一個傾心於他，且能助他成大事的女子，在寧禾心中，這個人便是長姊。」

這番話委實是寧禾的肺腑之言。如果這世間還有一個人願意用滿腔柔情去溫暖顧衍，那便是寧知。

雖然寧知極力隱藏自己對顧衍那份愛慕，可是寧禾還是從這溫婉的女子身上看到那掩飾不住的柔情。

寧知明明喜歡顧衍，卻沒像三房姊妹那般對寧禾落井下石，甚至還為她憂心，有這樣一個姊姊，寧禾心中滿是感激。

寧禾這些話同樣感動了寧知，她輕輕握住寧禾的手，雖未多語，卻真實地表達了她略微激動的心情。

寧知的婚期將至，京城那邊派來的人馬已經到了安榮府。今日是迎親隊伍出發前去京城的日子，寧禾尚在睡夢中，便被阿喜喚醒。

「小姐，我們該去前庭接駕了。」

寧禾矇矓間睜開眼，望向窗外的黯淡天色，依照她的生理時鐘來看，此刻剛過卯時。

「什麼事……接什麼駕？」

「三皇子殿下已到達府中，此刻外面車馬駢闐，很是熱鬧。」阿喜不是沒見過這種場面，不過畢竟是喜事，她也是替寧知開心的。

寧禾猛然坐起身來。「我倒忘了，今日是陛下派人接長姊入京的日子！」

梳洗完畢、穿戴好衣物，寧禾連忙小跑至前庭，此刻那裡已擠滿了人，阿喜努力跟在她身後，想勸她別跑又說不出口。

黑壓壓的人群中，唯有一人鶴立雞群，他俊美的輪廓硬朗分明，眾人皆俯首於他。是顧琅予。

小跑中的寧禾一時收不住腳，就這樣衝進了人群中，此刻在場者皆跪地行禮，她差點被絆倒，只得半屈著身子道：「參見殿下。」

阿喜及時停住腳步，她找了一小塊空地伏下身去，完全不敢看顧琅予一眼。

顧琅予並未正眼瞧寧禾，只對許貞嵐道：「一切可準備妥當？我們巳時便要出發。」

「俱已備妥，此番煩勞殿下了。」許貞嵐恭敬地回道。

寧禾聽著顧琅予與祖母的對話，輕聲問著身旁的寧知。「長姊，送妳入京的隊伍由三皇子殿下帶領？」

寧知點了點頭。「此番入京，確是陛下派三皇子殿下護送。」

寧禾沈默了一會兒，轉頭低聲問阿喜。「我入京那一次，隊伍是由何人護送？」

「那次陛下未從京城派人護送，送親之人都是咱們府上的，是大公子親自挑選的人。」阿喜答道。

寧禾明白，此番皇上唯恐再出像上次那樣的「意外」，所以特地派顧琅予護送。交給臣子處理，皇上不放心，派皇子來，不但心裡有底，還能彰顯皇家對安榮府的重視。

寧禾凝眸望著顧琅予，眼前的他一身玄袍錦衣，俊美威嚴，雖不過二十有三，舉手投足間卻氣勢非凡。

那一次，劫持了寧禾的神秘人，會不會與顧琅予有關聯？

此時，寧禾耳邊忽然傳來竊竊私語聲。「沒想到三皇子殿下比六皇子殿下還英俊吶……」

「我覺得六皇子殿下要俊俏些，三皇子殿下瞧著有些不近人情，不過，他這番強勢冷峻的樣子，倒更想讓人接近呢！」

是寧攬與寧玥在交談，寧禾失笑，起身回了自己的院子。

其實寧禾心裡一直有些擔憂，她害怕發生在她身上的事情，會再一次讓寧知遇上。

就這麼想著想著，竟已到了巳時。

外面鑼鼓喧天，還有京城來的司儀高聲唱和，寧禾倏然站起身，跨門而出。「阿喜，簡單收拾些行裝，妳跟我入京去！」

待寧禾跑到前庭時，寧知已上了喜車，眾人見她奔來，皆是滿臉疑惑，坐上了馬背的顧琅予也回過頭看她。

許貞嵐道：「三三，妳可是來送妳長姊？」

二嬸黃玲兒說道：「阿禾是想與知兒道別吧，妳長姊已經入喜車了。」

冉如芬在旁嬌笑一聲。「莫非是阿禾見知兒真的上了喜車，心中不是滋味？」

寧禾不語，緩步直朝顧琅予走去。「殿下。」她福身行禮。「寧禾想送長姊入京，待大婚後便回盉州，不知殿下可否同意？」

顧琅予望著寧禾，隨即開口。「那請寧三小姐自備馬車。」

「多謝殿下。」寧禾鬆了口氣，忙叫阿喜跟隨李叔去收拾馬車。

寧禾回身朝許貞嵐輕聲說道：「祖母，雖然阿禾不記得前事，可是卻覺得長姊此番路途凶險，阿禾想陪長姊入京，待她順利與六皇子殿下成婚，便回盉州。」

許貞嵐未拒絕寧禾，只囑咐她一路小心，早日返家。

出了盉州，寧知才得知寧禾跟著隊伍護送她，忙叫貼身婢女雲香請寧禾到喜車上。

待寧禾上了車，寧知便笑道：「我看史書中說前朝公主遠嫁他國，其妹不捨，便隨姊一同遠行。此番三妹可是捨不得長姊，要一路相伴？」

寧禾淺淺一笑。「是啊，阿禾確實捨不得長姊，待我將長姊平安送到京城，親眼見到妳成婚，再回盃州。」

寧知握住寧禾的手，說道：「三妹，妳這樣……我既感動又愧疚。」想到寧禾與顧衍那段過往，寧知的內心充滿了矛盾。

寧禾裝作不明寧知話中之意。「長姊愧疚阿禾一路舟車勞頓？那不如將陛下賞賜給妳的嫁妝撥給我一些，我最喜歡那一顆夜明珠了。」

豈料寧知一臉認真地回道：「此刻恐怕不行，待我入宮，由司禮點了數之後方能將那夜明珠送給妳。」

寧禾忍不住笑出聲道：「我逗長姊的……」

不過是開開小玩笑，寧禾卻覺得與寧知更親近了一些。

止住了笑，寧禾掀開車簾望著外面，樹木青翠，山巒連綿，四周不時傳來鳥啼。

她稍稍探出頭，望向坐在馬背上、引領著隊伍的顧琅予。他的衣袂迎風翻飛，嘴唇緊抿，臉部線條與周身氣場仍舊是那般生硬與漠然。

寧禾轉回身子，對寧知說起。「我要送長姊入京，是因為我怕會再出事。」

寧知身體微微一顫。「怎麼會……此番陛下派三皇子殿下為首護送，自當會保護隊伍周全。」

「陛下確實派了隊伍護送，然而上一次的意外不也是在眾人眼皮子底下發生的嗎？」

寧知頓時緊張起來，她握緊寧禾的手，滿是信任地望著這個妹妹。

寧禾沈穩地說道：「長姊知道雲鄴目前最重要的事，莫過於儲君之位由誰坐上。陛下有六子，卻獨寵六皇子殿下，無疑將他推到了風口浪尖上；然而論起待人處世，卻是三皇子殿下更成熟穩重，有能力掌控大局。舉國皆知陛下有意將太子之位傳給他們其中一人，若妳此番出事，受益最多的人會是誰？」

經過寧禾這麼一提點，寧知立刻驚道：「是三皇子殿下——」

意識到自己脫口說出了什麼，寧知連忙掩嘴噤口。

寧禾繼續道：「若沒有安榮府背後的支持，受益最多的人自然會是三皇子殿下，但是若真有人要攪亂這門親事，那也不會只有三皇子殿下一人。」

這些日子寧禾已將顧琅予與其他皇子都打探了解了一番，正如皇上心之所屬，六位皇子中，確是顧衍與顧琅予能堪重任。顧衍知禮有節，懂進退，有善心；顧琅予卻恰恰相反，他冷漠倨傲，一向不喜與朝中人來往，但是雲鄴大事每每落到他身上，他都能雷厲風行、處理妥當。

這兩人是截然不同的棟梁之材，他們唯一相似之處，便是母妃同為貴妃、皆早早過世，不過顧衍的母妃曾是皇上最寵愛的妃子。

且不說顧衍之前與寧禾的婚事，此番選妃，皇上率先為顧衍打算，再次選了安榮府的女兒，態度再明顯不過。

寧知全然沒有頭緒，她望著寧禾。「儘管妳這麼說，我心中卻沒個底。這龐大的隊伍中，除了妳跟幾個丫鬟還有車伕，便沒其他安榮府的人，若當真有人欲加害於我，那……」

「長姊先別擔心，我不過是揣測，尚無證據。」寧禾沈吟，將心底那份不安隱藏起來。「一路上小心些便好，這是長姊的喜車，我不能久留，若妳覺得哪裡不對，一定要告訴我。」

寧知連忙點頭。

第六章　舊事重演

雲鄴很重視婚嫁習俗，未出閣的女子不能待在喜車中，寧禾囑咐過寧知便下了車。

此時隊伍正巧停下，已是申時，顧琅予令眾人原地休整，用些乾糧。

寧禾朝自己的馬車走去，顧琅予剛好在前方，寧禾走到他身側行了禮。「辛苦殿下了。」

「本殿奉命行事，何來辛苦。」顧琅予的語氣依舊冷淡。

寧禾已經習慣他的態度，並不以為意。「夜間我們也要繼續趕路嗎？」

「這麼做的話，只怕寧大小姐身體吃不消，夜間會借宿在客棧。」顧琅予答道。

「幸得殿下如此周全，寧禾與長姊這一路便託付給殿下了。」寧禾凝眸朝顧琅予望去，他亦回望她。

顧琅予是個聰明人，只一眼，他就明白寧禾這番話背後的意思，他臉上浮現一絲笑意。「寧三小姐言重了，此去京城路途遙遠，本殿自當盡全力護送寧大小姐，但是若遇天要下雨，本殿可是無力回天。」

這人實在狡猾！寧禾微惱地朝顧琅予施禮，就要回自己的馬車，此時剛好有個一身文氣的男子朝他們走來。

男子停在顧琅予身前，將手上的乾糧遞給他。「殿下，先用些東西。」

阿喜瞅了一眼，對寧禾說道：「小姐，咱們馬車上什麼都沒有……您渴不渴？」

經阿喜這麼一問，寧禾確實覺得有些渴了，也有點餓。她們隨迎親隊伍出門的時候，因為擔心誤了吉時，實在太過匆忙，竟忘了帶點吃的跟喝的。

此時顧琅予尚未收下來人遞給他的食物與水，似是聽到了阿喜說的話，他對那男子道：「將這些給寧三小姐吧！」

寧禾微愣。顧琅予這麼好心？

阿喜倒是對這天上掉下來的「恩賜」感激不已，連忙接過東西並道謝。

待她們轉身離去時，寧禾聽見身後那男子說道：「殿下，每個人的食物只此一份，您沒吃，怎麼有力氣帶隊前行？」

「本殿現在還不餓，我們走吧！」顧琅予淡然回道。

上了馬車，寧禾望著阿喜手上的東西：兩塊餅，一塊燻肉，一個雞蛋，外加一壺水。這些原本就填不飽一個成年男子的肚子，更何況離晚上借宿還有些時辰，他又是領頭……

「將肉與雞蛋送去給殿下，妳跟我先吃兩個餅墊墊。」寧禾吩咐道。

阿喜領命去找顧琅予，片刻後回來時，手上竟拿了兩個柑橘。

在寧禾疑惑的目光中，阿喜回道：「未想殿下心思這般細膩，他瞧見小姐將大半食物都退了回去，說我們主僕沒水可喝，便將身邊人給的柑橘送給了咱們。」

寧禾著實有些意外。顧琅予的冷淡不似虛假，但是她從未想過他那樣的人，竟這般細心體貼！

春日雖漸有暖意，然而到了夜間，空氣仍舊濕冷，馬車內也瀰漫著寒氣。因匆忙出行，寧禾與阿喜並無任何厚衣，她們只盼著能快些抵達客棧，好有個溫暖身子的地方。

忽然間，行駛中的隊伍停下腳步，不再前進。

「隊伍為何停了？」寧禾掀開車簾朝車伕問道。

「三小姐，是前面的喜車停下了，我們走不了。」車伕答道。

長姊的車子停下來了?!

寧禾放心不下，便下了馬車朝寧知的方向走去。顧琅予亦下馬，與寧禾稍早見到的那個文人在一處。

看到他們，寧禾上前問道：「殿下，隊伍為何不走？」

「寧大小姐身體不適，叫停了隊伍。」顧琅予回道。

長姊不舒服？寧禾連忙奔向寧知的喜車，可是她並不在車上，寧禾轉頭問車旁一個丫鬟。「長姊呢？」

「回三小姐，大小姐去了前頭的樹林。」

她跑去樹林做什麼?!順著丫鬟手指的方向，寧禾快步跑去。

夜風掠過，樹葉窸窣作響，更襯得四周越加寒寂。寧禾大著膽子繼續走，就瞧見雲香正焦急地在前方來回踱步。

聽聞動靜，雲香回頭瞧見了寧禾，忙道：「三小姐，您快進去看看我家小姐吧！」

「長姊怎麼了？」寧禾的心漏跳了一拍。

「小姐一直腹痛難忍，只得命隊伍暫時停下……她都進這樹林好一陣子了！」

寧禾忙提著裙襬踏進樹林，沒奈何今夜並無月光相伴，根本望不清前路，她只得高聲大喊。「長姊，妳在何處？」

「……三妹。」

虛弱的回喊聲在夜色裡迴盪，寧禾循聲小心地行至樹林深處。

「長姊！」摸索了半天，寧禾終是尋到了人，她一把握住寧知的胳膊。「長姊，妳到這裡做什麼？」

「我來方便。說來也是丟人，白日妳離開那會兒我用過一些乾糧，之後就腹痛難耐……」

雖然看不清寧知的表情，但是一聽到她的聲音綿軟無力，寧禾便趕緊攙扶著她離開，待走出樹林，寧禾才追問：「長姊的乾糧是自己準備的，還是殿下命人送來的？」

寧知倚靠著寧禾站穩了身子。「我並未自帶乾糧，那些皆是殿下命人送來的。」

寧禾沈默了一會兒才說：「長姊有何症狀？可好些了？」

「應該是吃壞了肚子，本想到了客棧再好好歇息，未想實在是忍不住……」

寧禾心中那股擔憂更甚，就算她並未親身經歷過皇子奪位，可是不管任何朝代，都難以避免這類狀況。她不在乎是顧衍還是顧琅予登上帝位，只希望這場儲位之爭與她以及她要保護的親人無關。

「今夜留宿客棧時，我會與阿喜備足這餘下兩日多的乾糧，回喜車之後，長姊不要再吃任何東西，水也莫再喝。」暗夜裡，寧禾的聲音異常沈穩。

寧知驚詫。「妳是說……我的食物被人動了手腳？」

寧禾搖了搖頭。「我並不知曉是否是食物的問題，總之長姊明日起吃我準備的東西就是。」

「此刻我口渴得厲害，連水也不能喝嗎？」

「我車上還有一個柑橘未吃，稍後我讓阿喜給妳送來。」

寧知輕輕點頭。

待寧禾將寧知送上喜車後，寧知不禁說道：「三妹，我想這應該只是我身子太弱，妳不用想太多，我已有三、五載未這般長途遠行了，上次我出遠門還是跟妳一道呢，那時妳也遞水跟手絹給不停嘔吐的我。」

「是嗎，我記不得了。」寧禾輕聲回道。

安頓好寧知，寧禾回到自己的馬車中。她並不知道寧知的不適是否跟顧琅予或他人有關，或許這只是寧知身體太過嬌弱，不適應長途趕路吧！

然而之前發生在寧禾身上的意外，卻讓她無論如何不敢掉以輕心。重獲新生後，雖然這具身體的名聲不好，但是除了祖母、寧一還有阿喜真心待她好，寧知對她也稱得上真誠，就算是為了他們，她也不希望安榮府再出任何事端。

將近亥時之時，顧琅予才命隊伍在綏城找了個客棧歇下。綏城並不大，此刻城中燈火闌珊，路上只有兩、三行人。顧琅予選的客棧是城中兩層樓的大院，寧知與寧禾的房間挨在一處。

進了房間，精疲力竭的寧知連連喝了三大碗茶水，寧禾雖然同樣疲累，卻準備與阿喜一道出門去街上買些乾糧備好。

一踏出房門，透涼的冷風便迎面拂來，寧禾像是想到了什麼，倏然收住腳步，回身朝阿喜道：「我一個人去，妳且留在屋內。」

「小姐，這麼晚了，阿喜應該與您一道，這樣才安全啊！」阿喜不放心地說。

寧禾搖了搖頭，將擔憂她安危、執意要陪她的阿喜勸回了房間。

現在是非常時刻，若是寧知當真出了什麼意外，總得有個自己人知道情況才行。雖然這麼深的夜裡一人外出確實讓寧禾有些害怕，但是阿喜一定得留在房裡。

孤身出了門，此刻街上已不見人跡，路旁的商鋪皆已歇業，偶有三三兩兩還亮著燈火的，店頭卻沒有東西可賣了。寧禾在街道上約莫走了一刻鐘，才尋著一個還亮著燈的鋪子。

店中的男人正準備打烊，寧禾對他說道：「煩勞你給我備些能放兩日的乾糧。」

那男人瞧著實誠，回她道：「這位小姐，您瞧起來應該是吃不慣粗饅頭、大餅的貴人，且這是今日卯時做的，擱到此時已不新鮮了。」

寧禾笑道：「不要緊，你且給我全裝上，越多越好。」

待店家全部打包好時，寧禾卻傻住了，這些乾糧足足有兩大袋，她稍稍掂了掂——好沈！

「還得煩勞你幫我送到前頭客棧去，我再加一百文錢給你。」寧禾說道。

那男人搖了搖頭。「我抽不開身吶，賤內有孕在身，都這麼晚了，鋪子該打烊嘍。」

眼看沒其他辦法，寧禾只得一邊肩頭各扛一袋乾糧，走出了鋪子。迎著冰冷的夜風，寧禾腦中迴盪著那位老闆使用的詞——賤內。

即便在雲鄴，女子也可當家，可若是家裡有男人，那不過就是替人管理雜務罷了；就算雲鄴准許女子為官，但放眼這百年以來，還從未有哪個女官的職位在郡守之上。

賤內——女子生來就與男兒有別，儘管表面上被賦予當家的權力，大家心裡卻清楚得很，女人的地位終究卑微。

想著想著，寧禾覺得肩頭這兩袋乾糧實在有些過重，此刻冷風又呼呼地吹，她只能邊哆嗦邊咬牙扛著。其實她不是吃不了這些苦，只是這個身體就是個嬌弱的千金，她實在力不從心。

「寧三小姐為何獨自在此？」寂靜的夜色中，響起了男子極富磁性的嗓音。

寧禾望著面前站著的人，雖然是逆光，看不清楚他的臉，但是她卻認得這個聲音的主人。

顧琅予擋住了她的去路。

「殿下不也獨身一人嗎？」寧禾扛得累了，索性將袋子擱到地上。

「方才點人頭時未清點到寧三小姐，妳的丫鬟說妳來了外面。」

寧禾揉著疲疼的雙肩，說道：「怎地，殿下是想說您特地出來尋我？」

「雖然本殿的職責是護送寧大小姐，但是妳既然要跟著去京城，這責任本殿無法推託。」

聽見顧琅予這如夜色一般涼的語氣，寧禾反而輕輕一笑。「殿下可以不用管寧禾的安危。自落水一次之後，寧禾恍若重生，不僅轉了性子，膽子也變大了，雖是獨身一人，卻沒什麼好怕的。」

顧琅予仍站在寧禾前方，他未再開口，轉身往客棧的方向走去。

寧禾連忙提起地上的兩個袋子跟上。雖然她嘴上這麼說，可是夜都深了，路上沒什麼人家點燈，她一個人在這寂靜的街道上行走，心底還是有些害怕的。

顧琅予此刻的腳步並不算快，寧禾卻因扛著兩袋重物而跟不上，不過她心中清楚顧琅予不待見她，因此並沒想過叫他幫忙。

他們就這樣一前一後地走著，沒多久，前方忽然奔來一個人影。

待來人離得近了，寧禾才發現那是個有些單薄的身影，似乎是白日見過的文人。

「殿下。」男子對顧琅予行禮，又瞧了瞧寧禾，問道：「寧三小姐，您一人出來，怎不帶個隨從？」

「我餓得不得了，便出來尋些吃的。」寧禾隨口答道。

「哦……」男子打量著寧禾，說道：「一尋便是兩大袋？」

寧禾暗惱這人多事，立刻回嘴。「是吶，我出行匆忙，又怕麻煩殿下，便自己出來備些糧食。」

「我來幫寧三小姐提吧！」那名男子並未追問為何寧禾不是派阿喜出來，反而主動要幫她。

寧禾心中一喜。這人雖然不太會說話，但是還挺識相的嘛！手上的重量落到男子身上，寧禾道了聲謝，這才藉著少許燈火認真地望清這個人。白日寧禾雖然瞧他與顧琅予站在一處，卻並未多看他幾眼。

他的年齡應該與顧琅予相差不大，卻生得十分文氣，身材也有些削瘦。此行的主要目的是護送迎親隊伍，因此寧禾有些驚訝顧琅予在奔波趕路時，竟會帶上這樣一個秀氣的人。

寧禾道：「我瞧你一身書卷氣，要不我自己拿一袋吧！」

「寧三小姐客氣了，這不礙事。」男子答道。

心中雖然疑惑這人與顧琅予的關係，但是寧禾並未開口詢問。她不願與皇家有所牽扯，避著顧琅予都來不及呢。

他們三人一路行走在夜色中，沒人多說什麼，很是安靜。

過了一會兒，顧琅予身邊的文人似乎是無法掩飾對寧禾的興趣，他問道：「我方才跟隨殿下清點人數時，在寧三小姐房門口瞧見了一顆夜明珠，那顆夜明珠懸於高處，將房間照得分外明亮。」

寧禾頷首。「是我讓我的婢女放上去的。」

「文曾聽聞寧三小姐前些日子進京，得了陛下的賞賜。那顆夜明珠應該是公良氏進獻的上乘品，據說那般明亮的珠子，雲鄴舉朝也只有十幾顆，寧三小姐便有兩顆了。」

「是嗎？我不知道這件事，不過它照明甚好。」寧禾不以為意地答道。

顧琅予啞然失笑，這低低的一聲笑在這靜夜裡分外清晰。

寧禾不解，他在笑什麼？

「寧三小姐，陛下的賞賜……」顧琅予身邊的文人說道：「應該藏於箱匣，扣上三、五道鎖，小心供奉著。」

這次換寧禾失笑了，她不解地回道：「陛下賞賜給我，我十分感激，但是既然已是賞賜給我的東西，怎麼不能拿出來用，反倒要藏起來？」

那人淡淡一笑，未再與寧禾爭論。

寧禾好奇地問：「方才你自稱『文』，這可是你的名字？」

「寧三小姐叫我何文便是。」

寧禾輕輕點頭，未再開口。

到了客棧，何文將兩袋乾糧送到寧禾的房間，寧禾道了聲謝，便目送顧琅予跟何文離去。

關起房門之後，寧禾問阿喜道：「我走的這半個時辰，可曾出什麼事？」

阿喜搖了搖頭，說道：「只有三皇子殿下帶人來點過人數。」

望著燭臺高處懸放的那顆透亮的夜明珠，寧禾道：「將這夜明珠收起來吧，這幾日別再用了。」雖然她並不認同何文的觀點，但還是照雲鄴的規矩來比較好。

那次面聖得到的賞賜當中，寧禾最喜歡的就是這兩顆夜明珠，不過她並不是看重它們稀少昂貴、價值高，而是亮如電燈的光明。

沒錯，就是亮如電燈。寧禾真的十分惱火黑漆漆的夜裡只能靠燭火照明，不夠亮不說，還傷眼睛。這夜明珠可不同了，如梨般大的一顆，便似一顆電燈泡般能釋放光亮。

顧琅予與何文那兩人這般看重皇上的賞賜，但是說穿了，這夜明珠不過是火山岩漿噴發後，透過地質運動，由許多稀有發光元素聚集而成的礦石罷了。

一日下來趕路十分疲累，籌備乾糧的任務也已完成，寧禾便寬衣歇下了。

這一覺寧禾睡得極沈，也做了個沈甸甸的夢，夢中似是有人壓在她身上，令她喘不過氣來，她好不容易掙扎著翻了身，卻又像有人在搖晃她的身體。

寧禾蹙著眉頭，十分不耐煩，她手一揮，不耐煩道：「別搖了……」

「小姐、小姐！」一道焦急的呼喊傳進了寧禾的耳朵。

這不是阿喜的聲音嗎？寧禾睜開眼，發現阿喜急迫地在搖晃著熟睡的她。

「大小姐出事了！她……」

出事了?!寧禾猛然起身，直奔寧知的房間，當她衝進去時，房中已是燈火透亮，站滿了人。

寧禾奔過顧琅予身邊，直接跑向坐在床沿、緊靠著床柱的寧知。

「長姊，出了什麼事？」

寧知見寧禾來了，忙緊緊攥住了她的手，顫抖地說：「我、我……」

見寧知說不出話來，寧禾連忙望向雲香，雲香低著頭小聲道：「小姐睡夢中依稀見著一個男人，待我們喊人時，他已從窗戶逃跑了！」

第七章　暗夜遇襲

她害怕的事情終究還是發生了！寧禾緊張地問道：「他可有傷人？」

寧知搖了搖頭。寧禾拍了拍她顫抖的雙肩，緩緩起身朝顧琅予走近。

她面容沈靜，亮如星辰的雙眼直直望向顧琅予深不見底的一雙眸子。「殿下，陛下重視您與六皇子殿下，更欽點您護送迎親隊伍，此番良將、良兵皆在，為何仍有歹人闖入？」

顧琅予面色不改，負手道：「這個城裡的人並不多，因而本殿並未命人全面看守各處。寧大小姐所住的房間外有兩兵巡守，興許是她睡夢中瞧錯了。」

寧禾氣急。堂堂皇子，難道只會推卸責任?!

「請殿下看看，那扇窗戶大開，分明是歹人逃竄所致。現在是二月，難道我長姊與婢女安寢時會開著窗吹冷風不成？」

「本殿已派人去尋，暫未發現蛛絲馬跡。」顧琅予輕描淡寫道。

「殿下接下來準備如何？」

寧禾這句話讓顧琅予怔住了，他蹙著眉，倨傲的下頜微微揚起。「準備如何？未見歹人，自當是讓寧大小姐好生歇息。明日一早還須趕路，本殿會增派人手守在客棧各處。」

「殿下的意思，是就這樣算了？」

寧禾的語氣冰冷，顧琅予亦是冷冷地睨著她，空氣中似乎揚起硝煙的味道。

此時寧知溫婉的聲音低低響起。「三妹，既然我無事，便算了吧！」

望著身前高傲挺立的這個男人，寧禾清楚自己占不到一點便宜，就算真的是他錯了，她也討不到任何好處。

收回目光，寧禾不再看著顧琅予。

何文輕咳一聲，開口道：「此刻已是丑時，寧三小姐也勿再糾結此事，這一路寧大小姐委實辛苦，是該讓她好生歇息，不如我們卯時初刻起早趕路，寧大小姐與三小姐意下如何？」

眼看寧禾沈默不語，寧知趕緊說道：「如此亦好。」

既然事情告一段落，顧琅予便欲轉身離開，此時寧禾徐徐開了口。「殿下。」

因為這一聲呼喚，顧琅予前行的腳步微微一頓。

寧禾正色道：「今日之事，我們到京城再議，請殿下管好手下人的嘴，安榮府的名聲沒那麼好玷污。」

這段冰冷的話語從寧禾這個看似嬌弱的女子口中說出，竟讓人肅然生畏。

一向倨傲冷漠的顧琅予猛然回首，迎上寧禾無懼的對視。

從小到大，從無人敢威脅他；在這世上，也從無人敢這般與他說話！

「今日之事，我會以事實證明自己的清白。」丟下這句話，顧琅予就出了房門。

寧知不敢睡，寧禾也未回自己的房間，她與寧知擠在一張床榻上，阿喜與雲香則打地鋪，大夥兒一起陪伴寧知。

寧禾輕聲安慰道：「長姊睡吧，餘下還有兩日多的路要走呢！」

在寧禾的安撫下，寧知放鬆了心神，她的呼吸聲漸漸平穩，寧禾卻毫無睡意。

如果說之前她只是懷疑她在成親路上被歹人施暴是皇子爭儲所為，那此刻她已能肯定這點就是主因。相同的手段，一樣在深夜，如果不是寧知恰巧醒來，恐怕她已經遭遇不測。

下手的人真的是顧琅予嗎？可是從他方才留下的那句話看來，分明不屑這種行為。她並不了解顧琅予，但他是皇上中意的儲君人選，品行又會差到哪裡去呢？用毀人貞節的法子獲取自己所須的利益，那個倨傲的男人恐怕做不到。

然而……如果不是顧琅予，又會是誰？這趟去京城，她是否該追查那毀了她清白的惡人是誰？

想起那半面玉墜子，寧禾一夜輾轉無眠。

天一亮，他們又踏上了旅途。

寧知食用的乾糧是寧禾親自準備的，顧琅予差人送來的水也先讓雲香喝過，確定沒問題才讓寧知飲用，但是她一路上仍舊不停腹痛。這個時候寧禾算是弄清楚了，這恐怕是水土不服的症狀。

昨天寧知腹痛時她本來懷疑顧琅予給的東西有問題，但眼下她明白自己誤會了顧琅予，現在她只盼望寧知到了京城讓大夫看過後能好轉。

迎親隊伍整整行走了一日，因為顧及安危，這個晚上顧琅予並未停下。雖然夜晚路上較少車馬，但畢竟看不清楚道路，儘管隊伍前頭有人舉火照明，走得還是比白日慢一些。

此刻，聽著車外呼嘯而過的夜風，寧禾掀開車簾，借著微弱的月光，她望向顧琅予騎在馬背上的身影。他就這般筆直地坐在馬背上將近八個時辰。

寧禾不禁凝望著夜色下那道漆黑卻筆挺的身影。顧琅予不同顧衍那般溫潤如月，更像是一場疾風勁雨，那麼強而有力，像能滲透每個人的心。

到了隔日天明，顧琅予才下令眾人停止前行，原地休整半個時辰。

寧禾下馬車活動筋骨，望向那群累得東倒西歪的護衛，多少有些不忍心。回過頭，寧禾瞧見了何文。何文是斯文人，並未像那些護衛一般躺到地上，而是懶散地倚靠在樹幹上。

顧琅予並不在何文身邊，於是寧禾朝他走去。「何公子。」

見到是寧禾，何文站直了身行禮。「寧三小姐。」

「這一路何公子可還吃得消？」

何文答道：「文七尺男兒，這點小事有何困難？」他停頓了一下，又道：「寧三小姐，您喚我的名字便好。」

寧禾抿唇一笑。「你不也寧三小姐來、寧三小姐去的嗎？我瞧你並非那些身強力壯的護衛，是哪家的俊俏少爺？」

何文面上一紅，有些尷尬地說：「文哪如寧三小姐所說。」

見寧禾依舊淺笑著凝視自己，何文才道：「文出生平民之家，幸得殿下垂憐，才有一口飯吃。」

聽著何文謙恭的話語，寧禾心知他說的不過是客套話，便未再多問。

休息過後，顧琅予便命眾人起身整裝出發。寧禾坐在馬車內，聽顧琅予在外面說的那些話，好似要在今天夜裡趕赴京城。她覺得這不切實際，除非是鐵打的人，不然哪能兩天一夜不合眼？

馬車搖搖晃晃地一路行駛著，原本未有什麼不適的寧禾，此刻也不由得有些暈眩。在這樣單調而連續的趕路行程中，她漸漸閉上了眼，在車裡睡著了。

突然間，行駛中的馬車劇烈顛簸起來，接著「咯噹」一聲，馬車在剎那像是射出去的箭般，似閃電疾馳。

寧禾被這劇變驚醒，她坐都坐不穩，頭也重重地磕在車壁上。

阿喜驚慌失措地大喊。「小姐，您沒事吧?!」說著，她自己也在這陣顛簸中滾落到車廂地上。

寧禾正想伸出手拉阿喜一把，馬車卻在這一瞬間傾斜，將阿喜嬌小的身體直直從車簾處甩出。

「阿喜！」寧禾大叫。

寧禾緊緊抓住車壁，一把扯掉了車簾，眼前的景象令她錯愕不已。

微弱的暮光中，湧出數十道人影，全朝喜車的方向圍過去，顧琅予則領隊與他們搏鬥。

寧禾所乘馬車駕車處的木板上有一灘血跡，車伕已經不見蹤影，她一顆心提到了嗓子眼。

阿喜，長姊，妳們可好?!

由於馬兒受到驚嚇，此刻正橫衝直撞，轠繩不停甩動，寧禾伸長了手，卻怎麼樣都無法搆到。

在一片混亂中，寧禾心想，地面碎石無數，馬兒又受了驚嚇，到底要怎麼樣才能讓馬車停下來？如果跳下車，馬車疾馳的速度加上她跳車的衝擊力，足以讓她受重傷，此刻她該如何是好？

若是按照電視劇跟小說的劇情，此刻不是應該有個英雄會來救美嗎？

寧禾不禁暗惱起自己此時竟然還有心情胡思亂想，她心一橫。乾脆就跳車吧，否則不知道這匹馬要把她帶去哪裡！

正當寧禾做好了跳車的準備，卻聽見急促的馬蹄聲，她一回頭，愣住了。

馬車後方，顧琅予正策馬朝她疾奔而來。

眼見顧琅予的身影越來越近，朦朧中，寧禾瞧見他稜角分明的臉龐，雖然英氣逼人，卻依舊一臉冰冷。

顧琅予朝她奔來，毫無疑問是為了救她，可是寧禾卻很清楚他並不待見自己，為何要這般費力？

就在寧禾恍神之際，耳邊傳來顧琅予沈沈的低吼。「把手給我！」

像是著了魔一般，寧禾怔怔地伸出手。

夜風襲來，寧禾的手指冰涼，顧琅予寬厚溫熱的大掌握住了她的手，讓她不禁微微一顫。顧琅予用力一帶，就將寧禾穩穩甩上自己的馬背。

這一瞬間，他們都沒有留意前方的道路，待寧禾坐上馬背，被安置在顧琅予身後，他們才聽見嘩啦啦的水聲。

電光石火間，空氣中好似發出骨頭斷裂的聲音，顧琅予的馬兒發出一陣長長的哀鳴，癱倒在地。

寧禾瞬間落入一片黑暗而恐怖的冰冷中。水漫進她的眼中、嗆進嘴裡，欲衝破耳膜的氣壓也襲擊了她的耳孔。

接著，寧禾發覺自己的手使不上力，她不住撲騰，卻一腳踩空、身體失衡。這是在水中！

驚恐的感覺頓時蔓延到寧禾周身。

她在冰冷的水中閉上眼，好似望見那個身穿一襲白紗的自己。長長的白紗纏上她的脖子，楊許在水底假裝要救她，卻刻意勒緊了白紗，害她死去……

忽然間，一雙強而有力的手臂摟住了寧禾的腰，她驚懼不已，想要躲開，可是她不諳水性，也使不出力氣。

那雙手臂緊緊箍住了寧禾，將她帶出了水面。

寧禾一邊大口呼吸，一邊拚命地用手掰開緊箍在她腰間的手臂，她渾身顫抖，不斷大喊。「放開我、放開我！不要碰我，走開——」

腦中嗡嗡作響，寧禾的眼前只有楊許那雙腿纏上白紗，死死勒住她脖子的畫面，她反覆尖叫。「快走開！不要碰我！」

雖然寧禾不斷掙扎，但是他們終究平安回到岸上，那緊箍在她腰間的手臂也鬆開了。

寧禾立刻躲得離那人遠遠的，卻因重心不穩跌坐在地面，她嘴裡不斷唸著。「走開、走開！不要碰我，我求求你不要碰我……」

她將頭埋在雙膝之間，用覺得最安全的姿勢將自己圈住，嚶嚶低泣。

顧琅予站在寧禾面前。這渾身防備且顫抖的女子，與那個敢與他爭論甚至威脅他的人完全不一樣。

不遠處，他們身後漸漸傳來呼喊聲。「殿下！您在何處……」

「殿下！」何文尋了過來，當他走近顧琅予身邊時，急切地問道：「殿下可有受傷？」

寧禾依舊蹲坐在地上，渾身濕透，卻好似感覺不到冷意，她不斷打顫，微弱的哽咽聲斷斷續續從她口中傳來。

何文遲疑道：「這……」

顧琅予道：「本殿的馬兒前蹄受傷，她落水後便是這般模樣。」

寧禾聽不見他們的對話，她沈浸在自己的恐懼與悲痛裡，四周的聲音好似與她隔絕。

何文意味深長地說道：「我原以為寧三小姐與其他女子不同……恐怕她仍無法忘懷去京途中被劫一事，而且怕極了溺水。」

窩在自己的世界裡，寧禾耳中只有嘩啦啦不絕於耳的水聲……

清醒過來後，寧禾人在馬車上，卻已到了皇宮。
阿喜興奮地說：「小姐，您可醒了！」
寧禾連忙問阿喜。「妳被馬車摔出去，可有哪裡傷著？」
「奴婢只是皮外傷，倒是小姐被殿下送回來時失魂落魄的。」阿喜答道。
說來是阿喜幸運，當時馬車傾斜，速度稍微減緩了一些，加上她摔出去的地方正巧是一片草地，這才沒受重傷。
被阿喜一說，寧禾這才回憶起她落水時的窘樣。
她被顧琅予所救，馬兒卻失蹄落水，在落入水中那一瞬間，她憶起了前世那恐怖的過去。
是的，已經是前一世了。寧禾下意識地將手撫上小腹。可惜，她原本懷著孩子……
「外面這景象……是到皇宮了？」寧禾問道。
阿喜點了點頭。
寧禾這才想到寧知。「長姊可還好？到底出了什麼事？」
聽阿喜徐徐道來後，寧禾才知道，原本大夥兒正在趕路，卻突然被數十人攻擊，好在顧琅予早有防備，才能悉數俘獲這些人，沒奈何最後他們都服毒自盡，沒留下一個活口。
顧琅予命手下人圍剿歹人時，親自策馬去救寧禾，也是他將寧禾送回那輛好不容易才停下來的馬車。寧知只是受了驚嚇，沒有傷到半分，然而與寧禾從安榮府一道前來的那個車伕，已不幸中箭身亡。

寧禾揉了揉有些發疼的太陽穴，疲憊地說道：「回盉州後記得好生打點車伕的身後事。」

阿喜應下。

寧禾掀開車簾下了馬車。宮牆內殿宇重重，迴廊與簷下皆高懸宮燈，雖是夜晚，四周卻分外明亮。她位在一座偌大的庭院，馬車正穩穩停在中庭，不遠處有宮女垂首侍立。

夜風拂來，寧禾這才察覺到冷意，她緊了緊兩側的衣領，才發覺自己不但已經更換了衣物，身上還披了一件大氅。

這件玄色大氅肩綴紫寶石，胸前繡有蟠龍紋路，厚重卻輕盈溫暖，飄散著淡淡的木質清香。

趕路途中，顧琅予坐於馬背上時，披的似乎就是這件大氅。

她與他一同落入水中，夜間行路，沒有這大氅，不覺得冷嗎？

此刻阿喜已經下車，她隨侍在寧禾身側，見寧禾打量著身上的衣物，連忙道：「小姐未帶換洗衣物，可渾身已經濕透，是大小姐找來衣物命阿喜為小姐換上，至於這件大氅，是殿下身邊那文人送來的。」

寧禾點點頭，問道：「長姊可去了她應去的地方？」

阿喜有些躊躇，她心中擔憂自家小姐還惦記著往事，不過終是回道：「大小姐有殿下安頓，應是去了別的宮殿等候大婚。」

寧知無事便好……寧禾望著迴廊下搖曳的宮燈，沈思起來。從一開始在客棧出現的神秘身影，再到路途中遭遇劫持，明眼人都能看出來這絕非意外，也不是什麼山賊所為。

這背後，是實實在在的皇子奪嫡呢！

此時迴廊下走來一個內監，他走到寧禾身前，行了個禮道：「寧三小姐，陛下知曉寧三小姐送姊入京後命您在此處歇息，待寧三小姐恢復精神，便命人護送您回盉州。」

言外之意，是皇上不希望在顧衍的婚禮上看見她。

寧禾說道：「煩勞公公通報一聲，臣女想求見陛下。」

內監臉色一詫。「陛下正在與三皇子殿下議事，夜又深了，恐怕今日沒有機會。」

寧禾卻堅持道：「臣女與公公一起去殿外候著，若陛下不願召見，臣女回來就是。」

內監見寧禾堅持己意，便領她一道回殿，待內監進去通傳後，方才回來對寧禾道：「寧三小姐進去吧！」

第八章 金鑾對峙

放輕腳步，寧禾邁入乾承殿，顧琅予站在殿中，皇帝則端坐於高堂處，四周有數十宮女與侍從侍立，寂靜無聲。

寧禾行至殿中跪拜行禮。「陛下萬歲萬萬歲。臣女深夜求詔，如果打擾了陛下，還請陛下原諒。」

皇帝語氣低沈。「朕已命人去流雲齋服侍妳，聽三皇子說你們途中受驚，妳且休息一、兩日，人好些了便回盉州吧！」

雖然清楚皇帝的心思，寧禾還是想把話說完。「謝陛下。臣女求詔，是有要緊的事稟奏。」

寧禾抬起頭，正巧對上顧琅予投來的日光，只一瞬，他就率先移開視線，可寧禾卻好似望見了他眸中的一份等待。他應該明白她來這裡所為何事，而身為這次護送隊伍的領隊，他第一時間向皇上稟告的，一定也是途中遭遇兩次意外之事。

此刻，顧琅予應與她想法一致，他們都想查出幕後指使者。

見皇帝不語，寧禾開口說道：「陛下對安榮府皇恩浩蕩，臣女的長姊卻在出嫁途中遭遇兩次變故，若非三皇子殿下及時搭救，後果恐怕不堪設想。」

皇帝並不喜歡聽寧禾談論此事，她是一介女流，且名聲已壞，就算是安榮府的嫡孫女，終究是無權無勢之輩。

沒得到回應，寧禾繼續道：「安榮府對雲鄴的忠心日月可鑑，這回途中出的兩次意外並非巧合，即便真是湊巧，也請陛下查明真相，替安榮府討個公道。」

皇帝矍鑠的雙眸深沈地看著寧禾，仍舊一言不發。

寧禾心中明白，就算是有人故意為之，安榮府這邊也不該由她出來討個說法，可是之前出事的人是寧禾，她總還有那麼一點權利開口吧？皇上那次選擇退了親事，息事寧人，她別無他法，結果這回又出了類似的狀況，難道他還能忽視嗎？

偌大的宮殿一片死寂，許久之後，皇帝開口道：「朕此刻正在與三皇子商討此事。」

看樣子皇上終究顧著安榮府這份薄面。寧禾吁出一口氣，問道：「敢問陛下可有線索？」

此時顧琅予說道：「父皇，那數十人皆已服毒自盡，一個活口都未留下。」

「寧禾，妳聽到三皇子的話了，此事無從查起。」皇帝淡然道。

「父皇。」顧琅予凝視那威嚴的身影。「服毒自盡此舉，反而加重了他們身分上的疑點。」

他轉頭詢問寧禾。「敢問寧三小姐，安榮府可與什麼人結有仇怨？」

寧禾正要回答時，皇帝的聲音響起。「安榮府嫡孫女落水失憶，怎麼會記得這些事。」

短短兩句話，寧禾就明白皇上不願意再追查下去。

短暫的沈默之後，顧琅予說道：「是兒臣糊塗，忘了這件事，那麼眼下只能從他們身上搜來的物件追查下去了。」說完，他從腰間錦袋中掏出一塊錢幣。

寧禾不解，只是一塊錢幣，如何能當作物證？

然而待內監將那枚錢幣呈給皇帝時，他瞬間臉色大變。「琅予，這真是從那群人身上搜出來的?!」

顧琅予沈聲頷首道：「千真萬確。」

「宣大皇子顧琻、四皇子顧姮！」

皇帝的聲音聽起來低沈駭人，寧禾頓時緊張起來。

不到一盞茶的工夫，殿門處走進兩個少年，寧禾抬眸望去，他們一人顯得老成，一人瞧著很是輕浮。

兩人行了叩拜之禮，寧禾這才知道那個老成的人是大皇子顧琻，另一人則是四皇子顧姮。

顧琻與顧姮同時問道：「不知父皇深夜急召，有何要事？」

話音剛落，四皇子顧姮立刻一臉歡喜地說道：「父皇，兒臣前些日子尋到一個道長，兒臣已經連著三日與他鎖在房中煉補藥了，待藥煉好便獻給父皇。雖然父皇正值盛年，但是兒臣希望父皇長命百歲。」

聽到這番話，寧禾不禁蹙了蹙眉頭。四皇子顧姮在輕描淡寫間便撇清了自己的嫌疑，這個人，不是善類。

皇帝點點頭，沈聲發問：「琁兒，你這幾日忙於何事？」

「回父皇，兒臣白日處理父皇交代的事務，夜間……便在宮中歇息。」顧琁神色自若，最後那句話卻稍有遲疑。

顧姮嬉笑著打趣道：「皇兄夜間恐怕是在城中的西柳閣喝花酒吧，哈哈哈……」

顧琁面色尷尬，惱怒地瞪了顧姮一眼。

皇帝又問道：「製造新錢幣之事朕交付你們兩人，朕想聽聽進展。」

寧禾雙眸一亮。原來顧琅予搜到的錢幣還有這種用處！她雙膝跪得發麻，卻緊緊盯著眼前這兩人不放。

顧琁率先稟道：「這批新錢幣因與雲鄴如今流通者大有不同，故而兒臣一直嚴加監管，未敢鬆懈半分。按照父皇的旨意，這批新錢幣在兩日後便可發行，屆時將會押運往各郡、各縣。」

顧姮道：「兒臣……兒臣有錯，還請父皇赦免！因兒臣好不容易才尋到那個雲鄴有名的『活神仙』，便日日與他鑽研如何為父皇研製仙丹妙藥？兒臣心想有大皇兄監督，就未再往造幣司跑了。」說完，他忙跪地磕了一個響頭。

寧禾的思緒清晰無比。四皇子顧姮看似無害，心思卻陰沈得可怕，從進殿到此刻，他已經全將責任都推到大皇子顧琁頭上了。

皇帝將手中的錢幣狠狠地丟到顧琁身前，怒道：「你給朕仔細瞧瞧這是什麼！」

看清楚地上的東西之後，顧琁雙膝顫軟，跪地連連磕頭。「父皇勿動怒，可是兒臣做得不夠周詳？」

「你自然是做得不夠周詳，否則豈會留著這物證讓人發現！」皇帝已經完全相信迎親隊伍來京途中發生的事故都是顧琻策劃的。

原本不願追究的皇帝狠狠拍了案頭。「查，詔大理寺給朕嚴查！」語畢，他拂袖而去，離開了大殿。

寧禾望著失魂落魄的顧琻。恐怕他至今都還不清楚來龍去脈吧？

顧姮緩緩站起身，朝靜立在一側的顧琅予走去。「三皇兄，這錢幣是怎麼一回事？」然而他的語氣卻不是詢問，而是帶著質問，一雙細長的眸子直直與顧琅予對視。

一旁的顧琻失聲問著殿內內監，這才清楚事情經過。他連忙奔到顧琅予身側，喊道：「三皇弟，我萬萬不會做這種事，畢竟我與六皇弟跟安榮府無冤無仇，怎麼會去攻擊喜車？」

顧琅予並未回答顧姮的問題，只對顧琻道：「大皇兄，這件事我沒辦法幫你，父皇有意磨練你與四皇弟，這次製造新錢幣的事務未讓造幣司各官員插手，若大皇兄當真冤枉，便與四皇弟好好配合大理寺查案吧！」

顧姮急忙撇清關係。「大皇兄，新錢幣之事都是你在張羅，我可沒插手！」說罷，他深深望了顧琅予一眼，大步走出殿門。

一臉挫敗的顧琻在隨從的攙扶下離開了大殿，一時之間，殿內只剩下寧禾與顧琅予。

顧琅予並未與寧禾談話，準備離開大殿。

「殿下。」寧禾叫住了他，解下身上大氅遞給顧琅予。「多謝殿下。」

然而顧琅予只是望了寧禾一眼，並未接過她手上的大氅，逕自出了殿。

既然顧琅予不把東西收回去，寧禾只能把大氅穿回身上，帶著滿腔疑慮往自己留宿的宮殿走去。

她心中確實存有諸多疑慮。顧琅予從襲擊他們的人身上搜到了錢幣，結果矛頭就這麼指向大皇子顧琀，連轉移焦點的空間都沒有，如果真是他做的，那也太愚蠢了吧？另外，從顧姮的話中聽來，他完全與此事沒有關聯，然而寧禾卻始終覺得顧姮有些可怕。

這個人並不知曉殿上發生的那些事，卻用半盞茶的工夫就讓自己從這泥潭中抽身，實在高明。

搖了搖頭。寧禾確實不喜歡這些勾心鬥角的事，方才皇上已經當著她的面做了嚴查的決定，她應該可以放鬆歇下了。

第二日，寧禾用過早膳，便得到皇帝傳召。這回她去的地方是金鑾殿，不同於乾承殿，這裡是皇帝處理天下大事的地方。

大殿內，皇帝泰然端坐於龍椅上，左右站有文武百官，金鑾之下所站者皆是皇子。

寧禾恭謹地行了大禮，皇帝便開口道：「起來吧！寧禾，朕宣妳來，是為了給安榮府一個公道。妳身為安榮府嫡孫女，又在我雲鄴皇宮內，朕便讓妳站於此殿細聽調查經過。」

才一個晚上就查出眉目了？寧禾有些訝異地躬身道謝。「臣女代祖母謝陛下隆恩。」

再抬眸，寧禾的眼尾餘光掃到四周投來的複雜視線。她的名聲已壞，這些人的眼神中多少都帶了些輕視。

對寧禾而言，這根本算不了什麼，若她非要介意如今的處境，那她早已抑鬱而亡了吧！

有大理寺官員出列稟道：「按照陛下的旨意，針對迎親隊伍遇劫之事，臣等連夜調查，情況如下。」

他呈上奏本。「根據每日出入宮廷的紀錄與造幣司官員的口供，大皇子殿下白日皆親自監督製造新錢幣過程，到了酉時便出宮門。這十日內，大皇子殿下有三日於亥時回宮，餘下七日則在隔日辰時回宮；至於四皇子殿下，這十日內並未出過宮。」

聽到這裡，皇帝的雙目如一汪不見底的深潭，教人瞧不出情緒。

那名官員繼續稟道：「六位皇子殿下在宮外皆沒有府邸，根據臣等查證，大皇子殿下出宮後所去的地方有兩處，一是城中的西柳閣，乃京城最大的煙花之地，另一處則是……」

他抬眸望了皇帝一眼，續道：「是大皇子殿下去年所置的一處宅子，據閹者所言，大皇子殿下在那裡會從酉時待到第二日辰時，宅內……有數十名男子。」

「閹者可在？這數十名男子又如何？」皇帝沈聲發問。

官員回道：「看門的閹者今晨已不知去向，亦未見這數十名男子。」

顧琀跪地大喊。「父皇，您不能因這些就定兒臣的罪啊！兒臣是去過煙花之地沒錯，京中的宅子……是，是兒臣私自所置，這點兒臣有錯，可兒臣只是為了，為了……」他似有難言之隱，後半句話結結巴巴，並未說下去。

皇帝微慍道：「為了什麼？你私自在宮外置府，又藏了數十名男子，做何解釋？」

「兒臣……」

顧琻俯身跪地，寧禾就在他身側，清楚地瞧見他青筋暴起並顫抖的雙手，他似乎在猶豫什麼，卻終究未開口回答。

顧姮面露不忍，望著顧琻好言相勸。「大皇兄，你快解釋給父皇聽，讓父皇為你評判吶！」

可在這勸慰聲中，寧禾卻清楚地望見顧姮細長的眸子中閃過一絲得意。

官員稟道：「根據造幣司提供的資料，此次的銅與鐵器可造五萬箱新錢幣，最後驗收卻只有四萬五千箱，臣等在大皇子宮外的宅子中，搜出百餘枚新錢幣。」

顧姮這時跪地道：「父皇，兒臣有錯，兒臣太過沈迷替父皇煉製仙丹妙藥，耽誤了正事。兒臣完全不知情，是兒臣的過錯！」

皇帝並未責怪顧姮，只盯著顧琻問：「你說，銅與鐵器可有剩餘？」

「並未剩餘。」顧琻面如死灰。

「錢幣可有增重或增厚？」

「沒有……」

「那你如何解釋剩下的五千箱錢幣去了何處，難不成它們長了翅膀飛出皇宮？」皇帝勃然大怒。「你劫持你六皇弟的妻子，還私藏新錢幣，你好大的膽子，竟敢在朕眼皮子底下做這些事！」

「父皇，兒臣冤枉，兒臣沒有劫持六皇弟的妻子，也沒有私藏新錢幣。宮外宅子中那百餘新錢幣是兒臣拿回去研究的，兒臣只是想早早將父皇交代的事辦好啊……」此時的顧琻涕泗橫流，不住磕著響頭。

皇帝正在氣頭上，他的兒子當著群臣的面出這種醜，令他既痛心又覺顏面盡失。「王子犯法與庶民同罪，你既然敢這麼做，便該知道後果。」

大殿內眾人屏息以待，靜候皇帝宣判。

在這片沈默中，寧禾只覺得事有蹊蹺。這些「證據」也許讓所有人都確信一切是顧琻所為，但是她卻不這麼認為。

很明顯，顧琻有隱情，可是到底有什麼事情比他自身的清白更重要？

「寧禾，這件事牽扯到安榮府，是朕讓你們受委屈了。」

「陛下萬萬不可這麼說，臣女慚愧。」聽見皇帝這麼說，寧禾的胸口忽然一跳，有種不妙的預感。

「是顧琻害得妳與妳長姊受驚，皇家既然於安榮府有愧，便將懲罰的權力交給妳。」皇帝端坐龍椅之上，望著寧禾說道。

寧禾愕然，皇帝竟然留了這一手！

說到底，顧琻是他的兒子，就算他嘴上說「王子犯法與庶民同罪」，可還是想放顧琻一馬，不過他卻不願有損自己一世英名，因此把這個任務丟給她。

寧禾遲疑地答道：「回陛下，臣女不諳律法，難以受命。」

「謀害皇親，其罪當誅；私吞庫銀，罪亦可誅。」皇帝不疾不徐地說道。

這燙手山芋拿在手裡果然難受！殿上文武百官皆注視著寧禾，在他們眼中，這是皇上對安榮府的榮寵，但是在寧禾心中，皇上簡直是老奸巨猾。

沈吟了半晌，寧禾昂首迎向皇帝的目光。「陛下，既然雲鄴的律法如此，陛下也說王子犯法與民同罪，那就恕臣女斗膽了。」

一時之間，殿內鴉雀無聲。

寧禾緩緩開口。「大理寺所查之證據皆指向大皇子殿下，大皇子殿下也未能辯解清楚，這罪名難以洗清。劫持皇親之罪，大皇子殿下當誅，然臣女的長姊並未真正與六皇子殿下成親，因而大皇子殿下不算謀害皇親；且由於三皇子殿下及時發現，是以隊伍中只有臣女的車伕一人不幸遇害，故大皇子殿下罪不至死。」

此時群臣之間響起細碎的驚呼與討論聲。沒人能料到，被神秘人劫持施暴的貴女竟然不藉機報復，實在出人意表。

皇帝凝望著寧禾。「還有私吞新錢幣之罪。」

寧禾低頭道：「陛下，大皇子殿下只有一條罪狀與安榮府沾上邊，私吞新錢幣之罪，臣女無權定奪。」

當著眾人的面，寧禾再一次拒絕了皇帝的旨意，群臣不禁感嘆起她的大膽。

皇帝沈聲開口。「朕欠安榮府一個說法，便讓妳做主一回，私吞新錢幣之罪，妳有權定奪。」

此刻寧禾心中再明白不過，皇帝果真不忍對自己的兒子下重手。

她再無顧忌，緩緩說道：「臣女學識淺薄，只知餘下的五千箱新錢幣尚未找到，因此不能將大皇子殿下定罪；況且製造新錢幣之事，並非是大皇子殿下一個人的職責，若真要定罪處罰，造幣司、四皇子殿下皆有過錯。」

在一片驚嘆聲中，寧禾說完最後一句話。「至此，臣女無話再說，大皇子殿下確實罪不至死。」

她將這燙手山芋拋回顧姮與造幣司身上，顧姮當即下跪叩首，請了失職之罪。

最後，皇帝依照「安榮府嫡孫女」說的話下了最後的定奪，他「堅決嚴懲」，命顧琀去他那宮外的宅子禁閉思過，無詔不得入宮，待尋到那消失不見的五千箱新錢幣，再決定如何懲罰。

第九章　意外之請

待到第二日，離寧知的婚期已經不遠了，然而皇帝卻沒傳旨讓寧禾繼續待在皇宮見證寧知的婚禮，因此寧禾準備離宮，回去盉州。

身為準新娘的寧知有許多事情需要準備，因此沒機會見寧禾。寧禾心想，寧知此刻身處皇宮，且皇上現在警覺心應該不低，寧知應該沒有危險。

收拾妥當後，負責照看寧禾的內監，已召來六名侍衛準備護送她離開。

寧禾覺得沒這個必要，說道：「請公公代替寧禾謝過陛下的好意，但寧禾自己回去便好。」

正當內監欲言又止時，寧禾忽然想到一件事，那就是來到這裡以後才發現她們身無分文，如今見不到寧知，實在找不到借錢的對象了。她有些尷尬地說：「煩勞公公替寧禾向陛下借一百兩銀子，此次匆忙出行，身上未帶盤纏。」

那內監似是不敢相信自己聽到的話，他怔怔地看著寧禾許久，才回去稟報。

此時皇帝正待在惠林宮，也就是他目前最寵愛的妃子蘭妃的住所，內監辛銓得到來人的通稟後，入殿道：「陛下，安榮府的寧三小姐今日要回盉州了。」

「嗯，朕已經派了幾個人護送她。」皇帝心不在焉地淡淡應了一句。

「寧三小姐說不用煩勞陛下親自派人護送，不過她說自己未帶盤纏，想向陛下您借一百兩銀子。」

皇帝頓了一下，這才凝眸望向辛銓。「向朕，借銀子？」

辛銓訕訕道：「寧三小姐是這麼說的沒錯。」

此時宮殿深處走出一貌美婦人，她眉目溫婉，膚色如雪，聽聞此言，紅唇綻出一抹笑意。「陛下，便是那在朝堂上領悟了您的意思，救了大皇子殿下的寧三小姐？」

皇帝朝辛銓揮了揮手道：「替朕送些賞賜給寧禾，再備輛好車送她們兩個回去。」

見辛銓領命而去之後，蘭妃笑道：「這位貴女很是聰慧。」

皇帝淡然道：「她雖聰慧，卻不能留在京城。」

蘭妃會意一笑，未再多問。

寧禾深知自己不能留在京城，她曾是顧衍想要娶的女人，光是這層關係，就足以讓愛子心切的皇上顧忌她。

起初她真的只是想向皇上借一百兩銀子，他日由祖母或舅父代為歸還，但是等那內監離開之後她便後悔了。這話一說出去，不是明擺著討賞嗎？

果真如寧禾所擔憂的，皇帝身邊的公公辛銓領著宮人從門口魚貫而入，將一盤盤金銀珠寶端入了房間。

「寧三小姐，這些是陛下賞給妳的盤纏。」辛銓笑著說道。

寧禾謝過恩，趕緊說道：「寧禾方才請那位公公去傳話時，便知失了禮數，可否煩勞公公收回這些賞賜，並轉告陛下是寧禾說錯了話，寧禾真的只須一點盤纏即可。」

辛銓說道：「寧三小姐無須客氣，這些是妳應得的；況且妳不找陛下討盤纏，便會找妳長姊或六皇子殿下，陛下並不介意寧三小姐此舉。」

寧禾有些愣住了，不知道該怎麼回話才好？

辛銓笑道：「寧三小姐，雲鄴建朝百年，您可是向帝王借銀子的第一人啊！」

寧禾尷尬不已，只能請辛銓替她謝過皇上。

領著大量金銀財寶坐上出宮的馬車，寧禾在回程的路上，看見車窗外嫩綠的樹葉長滿了枝頭，道路兩側還有野花飄香，偶有幾隻鳥雀飛過，嘰嘰喳喳的聲音，讓四周充滿了朝氣。

寧禾撩開車簾，讓陽光照進馬車內，她閉著眼睛，唇角微微上揚。「阿喜，小姐以後一定帶妳過好日子。」

阿喜微微有些詫異。「小姐，我們現在過的不正是好日子嗎？」

寧禾仍舊揚著唇角。「妳算算小姐我有多少金銀財寶？」

「……讓阿喜想一想。」阿喜勾著手指頭算了半天，才道：「陛下前後賞賜了這麼多東西給小姐，足足能養活安榮府三十多口人差不多八十年了！」

養活安榮府所有人？就算她要養，也只養祖母、寧一跟阿喜。

睜開眼，寧禾望向馬車外宜人的景色，雙眸湧現一股志在必得的氣勢。「我要用這一缽銀，掙百、千缽金回來。」

重活這一回，她剩下的責任便只有為祖母盡孝。今生她已不願再相信男女情愛之事，待回了盉州，她一定要好好過這得來不易的新生活。

只是寧禾並不知曉，朝堂政局已經發生翻天覆地的變化，從一開始被神秘人劫持失去貞節那一刻開始，她的命運就已經與這場奪嫡之爭糾纏在一起。

大皇子顧琀一事只是一個開始，真正的鬥爭還在後面。

今夜，月光皎潔，夜風和暢。往東宮的方向，有數十宮殿林立，僅剩東宮無人居住。目前六位皇子都尚未封王，因此仍未出宮建立府邸，除東宮之外，其餘各宮皆是皇子的住所。

按照雲鄴皇室的規矩，唯有太子能於舉辦各項祭祀大典的崇明殿內大婚，皇子們只能在自己居住的宮殿裡成親，但也僅限於娶正妃，娶側妃時會在永寧宮。

成如宮是顧衍的居處，那裡絲竹聲不絕於耳，賓客歡鬧不休，這是顧衍與寧知的大婚之夜，皇宮內各處因而喜氣洋洋，甚至整個京城都感染了這份喜悅。

常熙宮內，迴廊簷下，宮燈搖曳，廊下站著一個挺拔的身影。何文從洋溢著絲竹聲的地方走來，停在那個人身邊。

「殿下今日在成如宮飲酒太多，可需要琴姑備些醒酒湯？」

顧琅予回過身來，昏黃的燈光讓他整個人看來柔和許多，他答道：「不必了。」

此刻的他褪下冷漠倨傲，夜風吹動他散落肩頭的黑髮，他有些迷茫地說：「我們這六個兄弟中，只有大皇兄與六皇弟成婚，餘下之人都未敢輕易請婚。」

何文遠眺夜色回道：「四皇子殿下欲求娶北順府的大小姐。」

顧琅予不禁輕笑一聲。「雲鄴這三大家族當中，屬安榮府實力最為雄厚，北順府雖然不甘於後，卻只是稍稍比過了宏福府。」

「殿下，這三大家族中，無論您娶哪一家的女子，對殿下而言都是一樣的。」何文低聲道。

沒錯，都是一樣的。因為父皇鍾情顧衍那死去的生母，所以也寵愛顧衍這個最小的兒子，那是一份明擺著要將江山都送給他的疼寵。

然而論實力，他有哪一點不如顧衍？

何文道：「二皇子殿下常年臥病，娶親之事早就不在考慮之中；四皇子殿下心機深重，想娶北順府的小姐並不意外；五皇子殿下素來與四皇子殿下走得近，也是一心要幫他求得這門婚事。」

遠處的成如宮因滿掛燈籠，將四周的空氣染得嫣紅，顧琅予靜靜凝視著那個地方，淡然道：「對本殿來說，婚姻不過是成大事的一條捷徑，娶誰都一樣。」

所以，他也不會對他的妻子付出真心。

三日後，乾承殿之上，顧姮跪地請旨。「兒臣年已二十又二，見六皇弟都有了美妻作伴，不禁心生羨慕，也想求父皇賜個良配。」

皇帝瞧著顧姮，笑問：「哦？那你中意誰家女兒？」

顧姮朝百官看了一眼，說道：「兒臣在春節時去了上雲寺敬香祈福，那日碰見一個溫婉有禮的小姐，詢問後方才得知她是北順府的大小姐張綺玉，兒臣想求娶的，正是這位小姐。」

此時一位中年男子出列道：「陛下，臣亦聽小女提過上雲寺這回事，那一日……」

顧琅予站在殿上，聽著這一前一後、完美無缺的對話，深知他們早已串通好。

皇帝點了點頭，既然是喜事，沒有不答應的道理。「皇宮已多年未有這般喜事，看來六皇子成婚，引來了更多良緣啊！」

聽皇帝這一說，群臣趕忙附和，連連稱是。

顧姮這門婚事算是定下來了，在眾臣的道喜聲中，皇帝忽然出口喚道：「琅予、末兒。」

顧琅予與五皇子顧末連忙出列行禮。「父皇。」

「既然姮兒的終身大事已定，今日就當著眾卿家的面，將你兩人的婚事也辦了，說說看，你們想娶哪家的小姐，可有如姮兒這般瞧中意的？」

話音一落，群臣沸騰。誰不想將女兒嫁給皇帝的兒子呢？除了病懨懨的二皇子，這兩位可是皇家僅剩的未婚男子啊！

只見顧末望了望顧琅予，先開口道：「兒臣但憑父皇做主。」

見五兒子把事情交給自己決定，皇帝挑起眉問顧琅予。「琅予，你呢？」

顧琅予面色平靜，聲無波瀾。「父皇讓兒臣受寵若驚，兒臣還未想好那女子同不同意。」

言下之意，就是有中意的人嘍？皇帝哈哈一笑道：「朕的兒子娶妻，還須問她同不同意？」

見顧琅予不語，皇帝便只為顧末指了婚事，不過卻給了顧琅予幾天期限，要他想清楚之後再稟告即可。

退了朝，回到常熙宮，何文迎上前道：「殿下，今日之事文已聽說了，殿下那番回答最是妥當。」

顧琅予回道：「本殿深知父皇的顧慮，他年事已高，疑心較以往更重，若本殿求娶三大家族的小姐，只怕他心中多想。」

頓了一下，顧琅予又道：「還有，若將主動權交給父皇，只怕他偏心，隨便指個人給本殿，好削弱本殿爭儲的實力。」

何文點了點頭，問道：「既然陛下要為殿下辦婚事，那殿下打算何時向陛下提請，又要娶誰家小姐？」

「過幾天吧，至於要娶誰家小姐，你是本殿的謀士，便交由你去挑選。」說罷，顧琅予回了書房。

隔天，常熙宮邀約不斷，皆是遞了拜帖求顧琅予出宮賞春景的官員。這些請帖背後之意再明白不過，都是想將自家女兒嫁入常熙宮，然而顧琅予卻是一個都未應允。

又一日，天色正好，顧琅予正在庭內石案前埋首於書冊中，一稚子模樣的小內監悄悄小跑至庭中，這細碎的腳步聲驚擾了顧琅予，他抬眸一望，瞬間合上書冊，進入書房。

「出了何事？」顧琅予沈聲發問。這個小內監，是他埋在皇帝身邊的一個眼線。

小內監低聲回道：「師父說，陛下與蘭妃娘娘說了這樣一席話——

「六子中，謀略最足為三子，但心思最重亦為三子。朕賜婚，他暫緩，無非是等百官主動示好，欲擇利處。朕雖重其謀略，然此人最無同情之心，若當大任，勢必傷其手足。」

小內監稟完此話，就從後門悄悄溜開。

顧琅予靜立書房，心中一痛。說到底，他多年來不與百官親近是錯，不訂親是錯，官員自薦女兒給他也是錯。

何文推門而入。「殿下，方才之事文已經聽到了。」

「你如何看？」

「文認為，殿下應該主動求娶。」

「本殿讓你挑選，可想好該選哪家小姐為三皇子妃了？」

「殿下。」何文直直望向顧琅予，語氣平靜地說：「文以為，殿下應娶寧三小姐。」

霎時間，顧琅予恍若聽見有生以來最大的一個笑話。

「安榮府嫡孫女，寧禾？」他難以置信地開口。

「正是寧禾。」

「放肆！」顧琅予沈喝，震怒道：「你為本殿多年謀士，怎麼會想出這般大辱本殿名聲的法子！」

何文不疾不徐地解釋。「寧家大小姐已為六皇子妃，北順府長小姐已為四皇子妃，若殿下求娶三大家族的小姐，又恐引發陛下疑心。原本文以為殿下從文武百官中挑一個家世背景最能給予殿下協助者即可，然而此刻卻得知陛下認為殿下『最無同情之心』。」

望著面色漸漸緩和的顧琅予，何文繼續說道：「陛下認定的事情，並不會輕易改變，想迅速讓陛下改變想法，唯有迎娶全雲鄴都唾棄的女子。寧三小姐受辱失貞，這個事實雖然已無法改變，但是她曾跳水尋死謝罪，陛下到底還是愧對安榮府；況且，她是文見過最聰慧的女子，定能助殿下一臂之力。」

「世間聰慧的女子，並非只有她一人。」

「她也是文見過最特別的女子。」

「雲鄴天下之大，難不成還尋不到與她一般特別的女子？」

「但是唯有她，才能讓陛下對殿下改觀。」

不管自己說什麼，都被何文頂回來，顧琅予煩躁地大手一揮，怒道：「本殿不撿破鞋！」

儘管顧琅予執意反對，何文卻不放棄，他緩緩說道：「殿下以包容之心娶世間人所不敢娶，容世間人所不能容，才能讓陛下改觀。」

顧琅予不耐煩地回道：「她曾是六皇弟鍾愛之人。」

何文面色不改，繼續說道：「殿下說得沒錯，然而六皇子殿下都沒辦法娶的人，殿下卻願意接納她，不正彰顯其中的偉大之處嗎？」

嘆了一聲，何文又道：「這世間兩情相悅者太多，經歷坎坷還能相守者卻寥寥無幾。陛下制止六皇子殿下再度迎娶之心，六皇子殿下便妥協了，到底是信念不夠牢固，不堪為帝。」

顧琅予還是不願意答應。「天下之大，本殿誰都可以娶，就是不娶這失去貞節的女人。」

「殿下，文再問您一個問題，若殿下還是執著於心中所念，文便不再多言。」

「說。」

「為帝王者，為何為帝？」

「因為他與常人不同，無論心智、謀略……」

「那麼……」何文打斷顧琅予，說道：「若殿下與常人無異，文便追隨錯了主人。」

聞言，顧琅予赫然睜大雙眸，何文這一句話，當真點醒了他。

按照天下人的想法，寧家嫡孫女已是失貞女子，無人再敢娶，然而能為帝王之人，勢必與常人所思不同，既然他滿懷抱負，委屈這一回又如何？

不過是他殿中多擺了一個花瓶而已！

第十章　晴天霹靂

數日後，朝堂之上，群臣奏完要事後，皇帝隨口問了顧琅予一句。「上次談及你的婚事，你中意的那家女兒，可願入皇家？」

顧琅予俊美的臉龐平靜無波，他出列俯首說道：「若父皇願為兒臣指婚，兒臣自當歡喜。」

「哦？」皇帝來了興致。想不到這平日寡情的兒子，竟主動了一回！他問：「你想娶哪家女兒？」

「兒臣想迎娶安榮府嫡孫女——寧禾。」

顧琅予的話如同平地驚起一聲雷，群臣交耳私語，殿中霎時人聲沸騰。

皇帝愕然地瞪大雙目，縱是他平生歷經風雨無數，此刻也張大了嘴，失聲問道：「那個寧三……寧禾？」

顧琅予頷首。「正是。」

皇帝錯愕得半天說不出話，良久，他才在群臣一片譁然中沈聲說道：「你娶旁人朕不管，但你卻要娶一個……」也許是礙於寧家二房跟三房的臉面，他壓低了聲音道：「朕不會答應你娶這樣的女子。」

此刻，滿朝文武的竊竊私語，轉變為非議聲。

在這片沸騰的不善之聲中，顧琅予從容不迫地說道：「兒臣知曉父皇的顧慮。自開朝起，哪個嫁入雲鄴皇室的女子不是清白之身？可父皇畢竟是天下人的父親，若自己的子民受難，父皇定是心痛不忍，寧禾也是父皇的子民，況且安榮府是幫先祖穩固江山的功臣，雖已過了百年，但是他們的子女蒙難，難道皇室就棄之不顧了嗎？」

說到這裡，顧琅予面露不忍之色。「兒臣與寧三小姐在護送六皇弟媳來京的路上相談甚歡，趣味亦相投，她本沒有過錯，是命苦之人。兒臣平日不善結識各家貴女，請求父皇讓兒臣迎娶寧禾，這是兒臣對她這命運坎坷之人的憐惜，亦是父皇的隆恩盛德。」

這一番話，讓朝堂之上的非議聲漸漸減弱，皇帝沈吟了半晌，才說道：「你若想清楚了，朕就許了這婚事。」

大殿上，顧衍一直保持沈默。從最初聽到顧琅予開口時的震驚，到內心深感無能為力，他的情緒反覆變化著，縱然想要開口阻止，可這不是生生斷了心愛之人的幸福之路嗎？他沒辦法保護寧禾，難道還要再毀了她一次？她遭受這麼大的打擊，原本應該不會再有人娶，但是她卻得到三皇兄的眷戀……如果能促成這樁婚事，他心中的愧疚也會減少一些吧！

「父皇。」顧衍出列。

看到寧禾原本要嫁的六皇子站了出來，眾臣都在猜這位與安榮府三小姐青梅竹馬的人會如何攪渾水？

顧衍緩緩開口說道：「兒臣贊同三皇兄的想法。若當真不再過問安榮府三小姐，好似我皇家無情無義，寧家祖輩百年來皆為功臣，兒臣亦以為應善待忠良之後。」

眾人愕然，顧琅予亦凝眸望向顧衍，就這麼一眼，他瞧見顧衍眸中的傷痛。

「那就這麼定了。」原本這個請求讓皇帝如鯁在喉，但是聽了顧衍的話，他果斷做了決定。「讓人將聖旨快馬加鞭送到盉州去，把婚期定在跟姮兒、末兒同一天。」

如果不是顧衍開口，皇帝還忘了寧禾曾是顧衍心愛之人，如此他正好斷了愛子的心思。

與顧姮、顧末同一天大婚，也就是說只剩半個月？顧琅予有些詫異，但是臉上喜色不減，只道：「兒臣謝父皇恩准，不過……這是否急了一些？」

「當初你兩位皇弟要娶親，欽天監查了日子，這半年內就這天最宜成婚，此事就這麼定了，時間緊迫，你不必親自去盉州相迎，在你殿內著手準備婚事吧！」

當一切都定下來時，遠在盉州的寧禾卻完全不知情，信誓旦旦不會再嫁人的她，就這般被顧琅予與何文算計，她卻還在安榮府過得好不逍遙。

雖然從京城回到盉州讓寧禾非常疲憊，但是她回府的第一件事，便是讓阿喜找人料理那個車伕的身後事。除了給予其家人一些補償，也把他的女兒冉辛接到自己院裡做個灑掃婢女。

回安榮府的這些日子，寧攬與寧玥登過三次門，可是寧禾早有吩咐，因此她們都被阿喜給擋了回去。

此刻，寧禾在庭院中沐浴暖陽，阿喜端了水果走來。「四小姐與五小姐又說要來看小姐，已被奴婢擋回去了。」

寧禾拿起果子，回道：「她兩人的心思並不難懂，我替長姊搶了寧攬的皇子妃之位，現在她們來見我，不就是為了找機會報復嗎？」

阿喜小嘴微張，愣道：「小姐，妳可是越來越聰慧了，從前有些事連阿喜都看得明白，可小姐非要一次次赴四小姐跟五小姐的約，結果每次都被她們欺負。」

「從前的我竟這般無用？」寧禾笑著搖了搖頭。「妳且放心，從今以後我可不會再那樣了。」

寧禾一面吃著手上的果子，一面翻著一本書冊。這書是寧一特地為她找來的，只因寧禾說自己落水後「忘了」識字。寧一雖然目瞪口呆，但還是為她找來私塾初授孩童的一本冊子。

望著書中這些十分抽象的文字，寧禾的腦袋瓜子疼得不得了。雲鄴的字體繁瑣，筆劃很多，這本書大概也就是小學水準，可她卻要吃力地記好久，上次她能為寧知宣讀聖旨，也是因為早就知曉大致上的內容了。

由於寧禾說過要幫忙打理府中產業，因此她歇息的這些日子，許貞嵐便把幾處商鋪的帳本遞給她，沒奈何上頭的字她竟一個也不識得。

所以呢，寧禾決定先從認字開始。

曬了一陣子太陽，阿喜忽然笑嘻嘻地說：「小姐，我方才在外面聽到四小姐與五小姐在議論三皇子殿下呢！」

寧禾埋首於書冊中，並未開口。

阿喜自顧自地往下說：「兩位小姐好似在上次見著三皇子殿下後便心儀他，前些日子聽聞京中傳入盉州的消息，說是陛下已經定了四皇子殿下與五皇子殿下的親事，也在為三皇子殿下著急了。二老爺跟三老爺在朝堂為官，說不定早為咱府中的小姐說媒了，不過我覺得四小姐跟五小姐心腸這般狠，三皇子殿下又是人中龍鳳，肯定瞧不上她們。」

寧禾無奈地搖了搖頭。女人果真是愛八卦。

像是想到了什麼，寧禾問道：「妳說四皇子殿下訂了親事？可知是哪家的小姐？」

「好像是北順府家的大小姐。」

皇家的兒子果然沒一個是善類，皆只願娶背景雄厚的女子！寧禾嘴角不屑地揚起了一絲冷笑。

在暖陽下坐了一個時辰，寧禾的身子有些乏了，她本想看完手上的書，誰知不知不覺間竟沈沈睡去。

睜眼醒來時，寧禾身上蓋了一條薄毯，案上的書已經不見，應該是阿喜收走了。

揉了揉眼睛，寧禾感覺渾身乏力。不知道為什麼，自從重生而來，她經常覺得身體有些不舒服。從最初的沒有力氣，到每日散步都會累，後來陪寧知入京的路上，她也覺得暈眩想吐，此刻更是這般嗜睡。

難道……這副身軀患了病？

寧禾心中打了個突。如果真有什麼重大疾病，那以現在的醫療水準，可是很難治好的。

她默默祈禱，希望自己不要染上怪病，她只有十六歲，還活得不夠呢！

第二日，寧禾還未起床，便聽到外頭人聲鼎沸。

「阿喜，外面何事喧譁？」寧禾問道，可連連喚了幾聲，都不見阿喜出現。

寧禾翻身欲繼續睡時，房門被人推開了，阿喜急促的聲音傳來。「小姐，您先起床梳洗吧！」

「出了何事？」寧禾並未起身，只側過身問道。

阿喜圓圓的小臉皺成一團，回道：「京城傳了……聖旨來。」

「聖旨？」寧禾納悶。照理說安榮府在盉州偏安一隅，應該不會再被召來召去才對啊？想到昨天阿喜說的話，寧禾說道：「哦，我知道了，昨日妳才說寧攬跟寧玥兩姊妹想嫁三皇子殿下，興許是陛下為她兩人下了聖旨。」

阿喜跺了跺腳，脫口道：「老夫人說是小姐您要嫁了！」

聽聞阿喜的話，寧禾跳了起來，驚道：「妳說什麼？我要嫁？嫁給誰？怎麼會是我？」

「奴婢也不知道，前廳甚是熱鬧，是老夫人讓奴婢喚小姐過去接旨的。」

寧禾猛然掀開衾被，來不及穿衣衫，只著了鞋，順手將屏風上那件玄色的大氅披上，便奪門而出。

天已亮，寧禾踏入前廳時，裡面已經站滿了人，寧攬跟寧玥姊妹倆也在，卻是含恨看著她。京城來的使者被圍在中央，他見寧禾進來，便側身為她讓出一條路。

許貞嵐望著寧禾的眼神半是歡喜，半是擔憂。

寧禾看著許貞嵐，有些遲疑地說：「祖母，大家在這裡做什麼？」

「京中來了聖旨，妳……且聽旨吧！」

來使展開聖旨緩緩宣讀，而寧禾腦子卻嗡嗡作響，耳中只不停迴盪著一句話——

「安榮府嫡孫女寧禾冊封為三皇子妃，著三月十四入京。」

什麼三皇子妃，她有沒有聽錯?!

跪地接旨的寧禾抬著頭，難以置信地望著來使，聲音顫抖。「大人可有唸錯？怎麼會是我？」

「寧三小姐若是不信，親自看一眼便是了。」來使將聖旨遞給了寧禾。

寧禾急忙伸手接過，可她卻不識得那些字，她顫抖地將聖旨遞到寧一面前，喊道：「哥哥，你給我看看，這不是我的名字啊！」

寧一的心情與許貞嵐一樣，即欣喜又憂心，他輕聲道：「阿禾，這是妳的名字，是陛下親自下的聖旨，婚期很緊迫，三月二十日便得大婚。」

最後一絲念想破滅，寧禾瞬間癱軟在地，她又朝那來使道：「請大人替我求陛下收回成命，寧禾乃卑賤之軀，難以承受這份恩情！」

在外人眼中也許這是喜訊，然而對她來說，這卻是無法接受的噩耗！

「三三，休得胡言亂語！」許貞嵐連忙喝斥，又繼而朝來使含笑道：「大人勿要聽寧禾胡說，她恐是欣喜過度，還未來得及細細消化，多謝陛下對安榮府的恩澤，寧府上下定當為雲鄴效忠出力。」

來使一笑。「我知道寧三小姐還未來得及反應，您瞧她身上這件大氅，這可是在三皇子殿下身上見過的。三皇子殿下起初向陛下請旨賜婚，眾人還大惑不解，未想寧三小姐與三皇子殿下早就互相愛慕……」

寧禾愣住。她身上披的這件大氅，是顧琅予不肯收回去的，因為她急著回盉州，就讓阿喜帶上，好在夜晚禦寒，方才她不過是隨手拿起來披上而已啊……

況且，這婚事來得莫名其妙，竟然是顧琅予去求的？他為什麼要這麼做？她與他根本不算相識，雲鄴貴女無數、佳麗如雲，他為什麼偏偏要請旨娶她？

許貞嵐與來使寒暄後，親自將他送出廳門，過了一會兒，寧禾忽然站起身，追趕上去。

此時許貞嵐已經退回府中，她對寧禾說來使已經出府，寧禾卻未停下腳步。

快步衝出府門，來使的馬車正要離開，寧禾急忙大喊一聲「大人留步」，車伕才停車。

寧禾跑向前去問道：「寧禾有幾個問題，可否請大人解惑？」

眼前的人即將為三皇子妃，來使自然對她相當客氣。「寧三小姐請講。」

「我自知身負惡名，陛下為何還會為我賜婚？」

「這件婚事是三皇子殿下在大殿上為寧三小姐求來的，寧三小姐與三皇子殿下曾相伴護送六皇子妃入京，其中情愫暗生，陛下自當願意成全。」

「我與三皇子殿下在護親途中暗生情愫，所以陛下才願賜婚？」

「正是如此。」

寧禾倒抽了一口氣。她何時與顧琅予扯上關係，他為什麼要拉她去蹚這爭儲的渾水?!

「寧禾還想問一個問題。自我離京後，三皇子殿下可好？」

「這個……三皇子殿下依舊如常，並未有何不妥之處，還請寧三小姐勿掛心。」來使心想，看來三皇子殿下所言不假，寧三小姐這不關心他得緊嗎？

寧禾之所以問這個問題，是因為她猜測顧琅予或許出了什麼狀況，才會做出這種事，可是得到的答案卻是否定的。

失魂落魄回到府中，許貞嵐與寧一見到寧禾，連忙迎上前來。

許貞嵐低聲道：「三三，如今妳這般……陛下還肯賜婚，已是萬幸了。祖母憂心的，就是妳這一去京城，怕是少不得聽到閒言碎語了。」

是啊，她是誰？她是舉國皆知、失了貞節還賴活著的名家之女，雖然身分堪稱高貴，名聲卻不如街頭一個市井女子。在外人眼中，她已失清白，願意娶她的人，肯定有著一副慈悲心腸，顧琅予主動請旨娶她，恐怕正是想要贏得天下人的稱讚。

像是沒看到寧禾青一陣、白一陣的臉色，寧一說道：「三皇子殿下是陛下青睞的皇子，阿禾若為三皇子妃，後半生的富貴榮華便不必操心了，就算有人想亂嚼舌根，相信也會畏懼三皇子殿下。」

寧禾惱怒不已，可她明白祖母與寧一是擔心她的下半輩子，畢竟在他們眼中，女子最終的歸宿就是嫁人。

努力平復心中竄起的苦澀，寧禾眼底快要迸出淚花，做出最後的掙扎。「祖母，我不想嫁，能不能不要嫁？」

許貞嵐蹙著眉頭，說服寧禾道：「今後不可再說這種話，這是陛下的旨意，是陛下對安榮府的信任與恩寵，妳不嫁，難不成安榮府還敢退皇家的婚不成？」

寧禾忍不住在心中苦笑。是啊，她如何能說服得了祖母？許貞嵐再疼她，終歸要為安榮府上下打算。

第十一章　逃婚未遂

寧禾失魂落魄地走向自己的院子，寧一察覺到妹妹魂不守舍，就跟了過來。

一入閨房，寧禾忽然解下肩上的大氅，狠狠扔在地上，奮力用腳踩踏。

寧一無奈地制止她。「妳這是做什麼？這可是三皇子殿下的大氅，妳拿它置什麼氣？」

「我就是拿它當顧琅予踩，我不嫁，就是不嫁！」寧禾怒道。

望著寧禾像是發狂般的舉動，寧一拽住她的手道：「阿禾，妳如今能得三皇子殿下垂憐，已是萬幸……」

「難道就因為我失去貞節，就應該對顧琅予那廝感恩戴德？是，我是名聲不好，無人敢娶我，可是否有人問過我的意見，問問我是不是願意嫁？」

她繼續說道：「哥哥，你當真以為我在去京城的路上與三皇子殿下滋生情愫？」寧禾苦笑一聲。「那不過是他與眾皇子間爭儲的把戲，我只是被牽扯進去的一件物品而已！」

寧一驚愕道：「來使明明說是三皇子殿下與妳之間互生愛慕啊？」

「你是我的哥哥，還不懂我嗎？我雖然忘了前事、忘了顧衍，可如今的我只願過自己的日子，怎會與那爾虞我詐的皇家扯上關係！」寧禾低聲道。

寧一這才想到寧禾確實性情大變，不再執著於喜歡顧衍，也好似對男女情愛完全不感興趣。

「可聖旨已下，妳無論如何都得嫁。」寧一無奈地說。

「哥哥，我不妨與你直說，顧琅予娶我，不過是看重安榮府的實力，你知道我在外人眼中名聲如何，試問這世間有哪個男子肯心甘情願娶我過門？」

見寧一確實在為自己心疼，寧禾索性眼巴巴地望著他，委屈地說道：「哥哥，這世上除了祖母，你是最疼我的人了，難道你忍心再看我受人欺負嗎？你知道三皇子殿下素來不愛與人親近，若不是為了娶我好去爭儲，怎麼會向陛下求來這樁婚事？只怕一進了宮裡，妹妹白日是個皇子妃，晚上就淪為下堂妻了。」

說罷，寧禾忽然覺得自己假設的情景好像是真的，越加難過了。她小聲道：「哥哥，你知道三皇子殿下不愛與百官親近，是為什麼嗎？」

寧一不解地問道：「為什麼？」

「他與他身邊那個何文有不可告人的秘密，就是他身邊那個看起來文氣的書生！」寧禾沒把「斷袖之癖」這幾個字說出口，但她相信寧一聽得懂。

說起來，寧禾根本沒任何根據，但是此刻為了脫身，她什麼話都敢扯。

寧一震驚不已。許久以前他曾見過顧琅予身邊那位書生，可從來沒想過他們是……他愣了許久才回道：「這萬萬不可，堂堂安榮府的嫡孫女，怎可……這麼一想，妳嫁進皇宮，豈不還不如眼下過得舒坦？」

寧禾連忙點頭。「這件事哥哥得幫我，你跟我一起去向祖母求情，讓她退了這樁婚事。」

寧一雖然不笨，可心疼妹妹的他立即答應這個請求，兩人朝許貞嵐的庭院而去，然而一聽到寧禾是來拒婚的，許貞嵐只將他們勸退，並加重了語氣，囑咐寧禾不要再想拒婚的事。

寧禾欲哭無淚，回到自己的閨房之後，她漸漸想得透澈。再怎麼說，祖母的腦子裝的都是古人的思想，覺得女子最好的歸宿就是嫁個富貴人家，她如果想逃開這門婚事，只能靠自己了！

離入京的日子沒剩多久，皇帝從京城下的聘禮也陸續抵達盉州，寧禾的閨房內已擺放著成婚要穿的喜服與各色首飾，安榮府中各處亭臺樓宇，滿是披紅挂綵的喜慶。

寧禾一顆心再難平靜，那滿目的紅色，讓她的胃翻湧出一股噁心感，導致她這幾日每每晨起都很想吐。

不能再這麼下去了！寧禾找來寧一與阿喜，她關上房門後說道：「我想逃婚。」

一聽到寧禾的話，寧一與阿喜都瞪大了眸子，連忙搖頭。

寧一說道：「陛下親自賜婚，妳若逃婚，便是死罪！」

「這簡單，待我今日一離開家裡，你們便放一把大火把我的院子燒了，說我已葬身火海。」寧禾苦思逃婚的計策，終於讓她找出這麼一個好法子。

寧一還是搖頭。「這不是個好方法。雖然自從妳說過三皇子殿下只是為了爭儲位而娶妳後，我也不想讓妳嫁，但這畢竟是陛下的聖旨，是改變不了的事實。」

這件事寧一不是沒想過幫寧禾的忙，可是卻被許貞嵐拒絕了。他的外表看似倜儻不羈，心思卻是十分細膩，並不同意寧禾這種冒險的作法。

待寧一離開之後，寧禾有些氣餒。難道她就這樣妥協了？可她真的不願再嫁，別說她與顧琅予之間沒有情誼可言，就算是哪個男子對她有意，她也不敢再相信。

不能再等了，就在今夜，一定要實施這個計畫！

寧禾強逼阿喜聽從她的指揮，雖然阿喜也覺得有些冒險，但她畢竟是個丫鬟，只得聽寧禾的差遣。

夜間，眾人都睡下了，寧禾打算帶著包袱從後門溜走，待大火將她的院子燒得個一乾二淨之後，再由阿喜將藏好的金銀財寶帶出府去與她會合。她們主僕兩人先隱去姓名，在外生活個一、兩載，等待風波過去，再找機會向她祖母許貞嵐盡孝。

在腦海中將計畫又演練了一遍，寧禾便帶著包袱，趁著夜色從後門溜去。她的包袱中有百多兩銀子與一套換洗衣物，在外生活暫時不成問題。

在寧禾經過觀景池塘時，原本寂靜的夜裡，忽然響起一道尖銳的女聲。「寧禾？妳在這裡幹麼？」

寧禾嚇了一跳，定睛一看，竟是寧攬。

「我，我出來吹吹風……吹吹風。」驚魂未定的寧禾，極不自然地將包袱藏於身後。

「妳手上拿的是什麼？」

寧禾不回答寧攬的問題，反而往後退一步，岔開話題道：「妳怎麼在這裡？」

寧攬走上前，皺著眉盯著寧禾身後道：「白日我與妹妹想要見妳，妳卻不讓我們見，眼下已是亥時了，妳還在此處晃悠，定是有什麼不軌之心！」

「妳說我懷有不軌之心？呵，見著我這嫡姊不行禮不說，妳自己還不是一樣在這裡閒逛？」寧禾不甘示弱地回道。

「我是白日丟了東西，跟丫鬟到這裡尋找，妳有什麼理由深夜出現在這裡？」說話間，寧攬已飛快跑到寧禾身後，一把搶過她手上的包袱。

寧攬像是發現了驚天秘密，張大了嘴。「包袱！妳不是要嫁給三皇子殿下嗎，怎麼帶著這東西……」

忽然間，她瞪大雙目。「妳想逃婚？」

寧禾一把搶回包袱，不耐煩地睨了寧攬一眼，說道：「閉嘴，別大聲嚷嚷，我只是去辦些事情。」

寧攬此刻卻是聰明了一回，她轉動著眼珠，掛上了笑容朝寧禾道：「三姊，妳定是想逃婚吧？我可以幫妳！」

寧禾聞言，皺了皺眉。

寧攬接著說道：「旁人皆道三皇子殿下冷漠倨傲，不喜與人打交道，若嫁給他為妃，肯定遭罪。三姊若想要逃婚，妹妹我可以幫妳，我保證打死我也不說出今夜之事。」

這一瞬間，寧禾明白了，既然顧琅予連她這等沒了名聲的女子都敢娶，她若是成不了這婚，接下來寧攬跟京中其他貴女就有機會嫁給他了。原來寧攬存的是這份心思！

寧禾一笑。「哦？妳就這麼希望我逃婚，要我不嫁人？」

寧攬眸中閃過一絲惱怒，但她仍是笑盈盈地對寧禾說：「三姊，我真的可以幫妳。」

寧禾慢悠悠地抱著包袱往前走，回道：「我說過只是出門辦點事，逃婚是妳說的，我可一個字都沒提。」

此刻的寧禾一派輕鬆，然而她卻不知道她這事不關己的模樣觸怒了寧攬。寧攬原本有機會嫁給顧衍，卻被寧禾破壞，之後聽聞顧琅予要選妃，她又修書欲遞給在京城為官的父親，請他去顧琅予的宮殿拜訪；但是信才剛寄出去，便傳來要寧禾嫁給顧琅予為妃的聖旨。

寧攬心中怎能不氣。當初寧知嫁給顧衍，她雖然惱羞卻無話可說，但寧禾是什麼身分，她已失去貞節，難道自己一個清白的貴女，竟然比不過寧禾？

想到這裡，又見寧禾毫不在意地從自己身邊走開，慢慢地往前走，寧攬氣不過，大步朝寧禾走去。她心想，這是上次寧禾投水自盡的池塘，此刻便讓她再進去一遭，看她可還逃得了！

暗夜裡，寧攬心一狠，雙手一伸——

忽然間，一道低喝劃破這寧靜的黑夜。「阿禾！」

寧攬被這聲音嚇了一跳，不偏不倚踩上一塊碎石，身子一晃，掉入了觀景池塘中，霎時水花四濺。

寧禾一回身，才瞧見寧攬在水中撲騰，她驚慌地呼喊。「來人，快來人！」

紛沓的腳步聲傳來，最先出現的人是寧一，他沒注意到寧攬落水了，雖然疑惑周遭怎麼會傳來水花聲，他仍是只顧著對寧禾說：「妳不能逃婚！」

「哥哥，快救寧攬啊！」寧禾急道。

寧一這才發現寧攬在水中掙扎，來不及多想，他一頭跳進了水中。

四周出現了幾支火把，寧禾知道有人來了，她一回頭，就看到祖母許貞嵐正滿臉怒氣地站在她背後。

寧禾怔怔地望著許貞嵐，心中的希望瞬間被澆熄。

廳內，燈火通明，寧禾、寧一、阿喜皆跪在地上。

許貞嵐坐在高堂上，鳳目間隱隱含怒，黃玲兒與冉如芬亦在廳內，冉如芬哭訴道：「母親，您可要為攬兒做主啊，她不明不白就落了水，寧一兄妹都在旁邊，他們兩人卻好好的……」

「三嬸，妳的意思是說是我與哥哥害四妹落水？她可是哥哥親自救起來的！」寧禾不滿地說道。

「都住嘴！」許貞嵐沈喝道：「三媳婦，妳先去照顧攬兒，萬不可出什麼事情。」說著，她又朝黃玲兒道：「二媳婦，妳也回房去吧！」

冉如芬憤憤地剜了寧禾一眼，不甘地退出了廳堂；黃玲兒臨走之前卻幫寧禾說了些好話。「阿禾心思單純，不會這般捉弄自己的妹妹，又是她哥哥救了攬兒，母親還是從輕發落吧！」

然而她們說的話都不是許貞嵐生氣的重點，待黃玲兒也出去之後，許貞嵐沈聲責問寧禾。「春字苑內一股酒味都飄到我的院子來了，我派人去察看，發現那裡各處都灑了陳酒，妳做何解釋？」

寧禾一怔。果真是百密一疏，她想用酒燒春字苑，沒奈何她的院子與祖母的相近，用的又都是陳年老酒，那濃烈的酒香引來了她祖母的注意。

許貞嵐精明的鳳目正牢牢鎖著她，那般嚴肅的神情，寧禾從未見過，一向慈愛的祖母，竟是真的動怒了，恐怕她已猜出來龍去脈。

寧禾知道，她犯的錯，不單單只是逃婚那麼簡單。

許貞嵐說道：「不敢開口？那我替妳回答。妳想燒了院子假裝身亡，好不用嫁入皇宮？那妳可曾想過我寧府上下三十多人，寧家一族數百旁親？三三，妳真的是太胡鬧了！」

阿喜連忙跪行上前，欲替寧禾攬下這罪行。「老夫人，是奴婢的錯，是奴婢心疼小姐，才斗膽想出了這法子！」

寧禾拉住阿喜，對許貞嵐坦白。「祖母，都是我的錯，您不要怪罪哥哥與阿喜。」

許貞嵐靜靜地望著寧禾，半晌後才道：「寧一，你們先退下。」

站起身，寧一不放棄替寧禾說情。「祖母，都是我這做兄長的慫恿妹妹，您要怪就怪到我身上吧！」

待屋內再無旁人，許貞嵐才長嘆了口氣，親自下去扶寧禾，說道：「妳起來吧！」

待寧禾站好，許貞嵐說道：「從一開始我就知道妳不願意嫁，然而不管妳怎麼想，女兒家終究還是得出嫁，如今妳能嫁給三皇子殿下，在祖母心中，這也是個好歸宿。」

寧禾沈默不語。她不開口，是因為她知道不管她怎麼解釋，許貞嵐都不會懂的。

然而許貞嵐卻看出了寧禾的心思。「我曾擔任盉州郡守，朝堂之事，我豈會不懂？陛下遲遲不立儲君，他的心思旁人難以揣摩，我很清楚將妳嫁入常熙宮，就是將妳推入爭儲的鬥爭中。我並不願妳涉險，可我是妳的祖母，我會想，若三皇子殿下能真心待妳，那妳便得了幸福；若他只是想借安榮府之力爭儲，那我便成他所願，讓他記掛住妳帶給他的利益與好處。」

寧禾倏然抬眸，深深望向許貞嵐，熱淚奪眶而出，她顫聲道：「祖母……」

「三三，妳所想的，祖母心中都明白。」

寧禾從來沒有想過，許貞嵐竟待她這般好！這是一個願意放任寧一的老人家，也是一個願意傾盡所有去疼她、護她的長輩。

此刻寧禾不禁哽咽道：「祖母，您怎麼對阿禾這麼好？阿禾實在愧對您……」

許貞嵐喟嘆一聲。「當初是我執意要妳父親入朝為官，讓他與妳那留在盉州的母親隔許久才能見上一面；是我一心要妳父親去爭權爭勢，只為了維繫住安榮府百年的名聲，以及三大家族之首這個虛名。妳父親鬱鬱離世，妳母親也隨他而去，丟下你們兄妹兩人……祖母至今都在後悔，眼下，雖然我不願妳涉險，但這門婚事卻值得妳一試。」

頓了一下，許貞嵐又道：「妳若逃婚，安榮府這名聲不要也罷，但是妳可曾想過，這麼做可能讓寧府全族皆要為妳陪葬……」

這一刻，寧禾已經絕望。

她原本慶幸自己可以重活一次，可是這一世的身分卻如一塊大石將她壓住，讓她喘不過氣。

前一世，媽媽早逝，爸爸一個人帶大她，他從電工做起，到後來終於攢錢為她買了房子跟好幾間商鋪，全歸在她的名下，原以為他們父女能一起過上好日子，可是爸爸卻因為癌症去世了。當她用發自內心的渴望與自尊相信楊許、愛楊許，當她把所有財產都過到他名下時，他卻親手害死了她。

這一世，寧禾以為她可以隨心所欲地活著，可卻還是不得不在命運面前低頭，被迫委身那個冷漠的男人，嫁給無情的政治。

……向命運低頭？不，她不會！就算要嫁，這都是重生一回的寧禾，她絕對不會讓自己吃虧，也一定不會讓自己在顧琅予面前矮一截！

「祖母，我嫁。」緩緩閉上眼睛，寧禾終於認了。

第十二章　洞房之夜

春日的氣息濃重，山巒綠裳連綿，道路兩側亦是一片紅情綠意。暖陽下微風輕柔，空氣裡夾雜著陌上花香，浩浩蕩蕩的隊伍長如遊龍，隊伍中間，大紅色的喜車分外耀眼。

隊伍路過小鎮集市，行人湧滿兩側，有人豔羨，亦有人指指點點。

「這是誰家娶親的派頭，真是不得了！」

「你竟然不知道？這是當朝三皇子殿下娶妻，娶的是那個寧家嫡孫女。」

「寧家嫡孫女？那個失了貞節的小姐還要嫁人?!」

掠過的風將車簾吹出一線縫隙，寧禾端坐於車內，眼角餘光處盡是市井中交頭接耳的百姓。她聽不到他們在說什麼，但是瞧眾人的表情與肢體動作，那些話恐怕不好聽。

她的名聲，不是早在一、兩個月前就已經敗壞了嗎？此刻不過是個小小的開端，等到去了京城，非議聲只怕比現在還要不堪吧？

寧禾在心中冷笑。顧琅予，這就是你要娶的寧家三小姐，一旦娶進門，可不要後悔！

這一路上，寧禾並不好受，她除了厭惡這場婚事，更因車程顛簸而十分疲累，當馬車快要抵達京城時，她終於忍不住大吐起來。

可這一吐卻是乾嘔，儘管胃中如翻江倒海，她卻什麼都吐不出來，這種感覺真是說不出的難受。

眼看寧禾狀況不太好，阿喜憂心不已，連忙派人去路上尋大夫。

寧禾無力地搖頭說道：「不用尋了，這應該是趕路所致。」

說來也巧，進京的路上，正有一個要回京的中年大夫，醫者父母心，一聽有人需要看病，那大夫馬上與護衛朝隊伍而來。

當大夫瞧見浩浩蕩蕩的車隊時，不禁愣道：「這是……」

那護衛回他。「這是去替未來的三皇子妃瞧病，若你瞧好了，少不了銀子。」

三皇子妃？那大夫畢竟來自京城，當今三皇子殿下要娶安榮府的三小姐一事，早就傳得沸沸揚揚了，只因新娘子的名聲……實在不好！

寧禾陣陣噁心不止，那大夫已候在馬車外，他垂首道：「草民給三皇子妃請安，三皇子妃是要懸線診脈，還是……」

「路途中不講究這些，你且看著來吧！」寧禾實在難受得緊，見護衛已經尋來大夫，便朝車簾外伸出了一隻手。

大夫將薄帕覆上寧禾的手腕，馬上落指診脈。

沒多久，這大夫的臉色由平靜到瞪大雙目，再到焦躁不安，幾次張嘴卻欲言又止，彷彿受到巨大的驚嚇。

阿喜忍不住掀開車簾，朝外探頭問：「大夫，可是因車馬勞頓所致？我家小姐一路上都難受得緊。」

大夫抬眸朝車上匆匆瞥去一眼，喜車內，那一身紅衣的女子肌膚勝雪，容貌絕佳，她正蹙著眉頭，想來是十分不適。

深呼吸了幾次，大夫這才結結巴巴回道：「對、對……三皇子妃只是車馬勞頓所致，毋須……毋須服、服藥，休息……休息、休息便能緩解不適。」

護衛準備給大夫銀子，他卻連連擺手。「草民沒診出個什麼，不敢要、要……要銀子。」說罷，他就轉身大步離開了這龐大的隊伍。

他怎麼敢說！那脈象是滑脈，脈來流利，如盤走珠，世間女子只有在一種情況下方能診到滑脈……他還是裝作什麼都不知道，才能撇得一乾二淨！

喜車內，寧禾飲了些水閉目小憩，她的聲音有些虛弱。「我早說是趕路所致，妳非要尋個大夫，這不，根本沒瞧出什麼來。」

阿喜道：「小姐自落水醒來便經常感覺疲累，卻從未尋個大夫仔細瞧瞧，待去了皇宮安頓好，一定要尋個太醫好生為您瞧瞧！」

成親的隊伍按期抵達京城，紅漆宮門徐徐敞開，道路兩側的侍衛與宮女皆停下來行禮。隊伍緩緩進入吉玉宮，此時有婦人的聲音在車外響起。「寧三小姐，請下車吧！」

阿喜替寧禾撩開車簾，有內監躬身於馬車旁讓她當腳凳，寧禾乖乖照著雲鄴皇宮的規矩，踩在那人背上下車。

婦人垂首道：「寧三小姐一路車馬勞頓，請先入吉玉宮歇息，待大婚之日，便從這吉玉宮前往三皇子殿下的常熙宮。」

寧禾頷首謝過這婦人之後，就進入吉玉宮內。她確實十分疲憊，只想好好歇息。

此時離婚期不過三日，由於雲鄴的習俗，她並未見到她今後的丈夫顧琅予，反而是寧知在這三天都到吉玉宮陪她。

對於寧禾嫁入宮中一事，寧知出乎意料的開心，對寧禾來說，這也是這厄難中唯一值得安慰的事。

婚禮當天，才卯時初刻，寧禾便被一群官家婦人帶到菱花鏡前坐下，她們受命為寧禾梳妝打扮。

寧禾一頭及腰青絲高高綰作流雲髻，髮間斜插金釵珠玉，身上的大紅嫁衣是宮廷趕製出的凌霄錦，織錦間摻有金絲緞，在宮燈下發出熠熠流光。

有命婦讚嘆道：「上月六皇子殿下大婚，臣婦為六皇子妃打扮時已經驚為天人，豈知這三皇子妃亦是容貌驚世啊！」

又有婦人道：「可不是！今日三位皇子大婚，我有福氣將三位皇妃都瞧過了一遍，可只敢與妳們說，這三皇子妃當真是擁有絕世美貌！」

寧禾抿唇一笑，鏡中的女子，確實與往常不太一樣。她的臉蛋精緻，在脂粉的妝點下顯得豔麗華貴，可五官卻柔如春水，一雙眸子亮似星辰，似是洞察人世般染上了一抹荒涼，即便無奈，卻透出頑強而不認輸的倔強。

被人蓋上紅蓋頭之後，寧禾再望不見鏡中的人，映入眼簾的是單調的一片鮮紅。她被人簇擁著出了宮殿，入了喜轎，又被人接下喜轎，進入另一間宮殿。
兩側有宮女跪地齊喊。「恭迎三皇子妃入常熙宮！」
語畢鼓樂喧天，絲竹管樂聲不絕於耳，人聲喧譁中，司儀的高喝聲響徹整座宮殿。「請三皇子妃入宮！」
蓋頭覆面，寧禾望不清前路，此刻交握在她身前的手，卻忽然被一雙寬厚溫暖的大手牽住。
是顧琅予。寧禾心頭微微一顫。
他牽住她的手跨過門檻，緩步向前。寧禾感受到他掌心傳來的暖意與指腹厚重的繭，微微摩擦著她嬌嫩的手心，有些刺癢。
進入宮內大廳之後，顧琅予便鬆開了她的手。
司儀的高喝聲再度響起。「一拜天地——」
「二拜陛下——」
在司儀的喊聲中，寧禾朝正前方與顧琅予行成親之禮。
「夫妻對拜——」
寧禾緩緩轉過身，徐徐躬身彎腰行禮。這是她活了二十五年以來第一次與人舉行婚禮，對方卻是一個她根本不愛的人。
行過禮之後，皇帝還要趕去顧姮與顧末的婚禮上坐高堂之位，眾人先恭送聖駕，再將寧禾與顧琅予迎入洞房中。

寧禾被領著進了洞房，身後的命婦們放開了手，因為看不見前方，寧禾無意間絆到了矮凳，踉蹌朝前撲去。

就在寧禾快要跌倒的瞬間，一雙強而有力的手臂摟上她的腰際，紅蓋頭也在此刻甩落地面。

寧禾的視線忽然清晰無比，顧琅予正摟著她的腰，四周圍滿了人。

今日的顧琅予俊朗得驚人，一身大紅長袍，肩頭的蟠龍紋蔓延至胸前，如墨黑髮直直垂下，髮間只斜插了一支青玉簪，這個大婚裝束非常簡潔，卻將他立體的五官襯得分外耀眼。

此刻，那一向冷漠而不苟言笑的面容，竟在他們對視的這一瞬間朝她綻起了笑來。「愛妃，當心腳下。」

顧琅予深色的眸子恍若一池春水，氤氳出似水柔情。

房內眾人深吸了一口氣，有命婦不禁讚嘆。「瞧這郎才女貌，果真是佳偶天成！」

顧琅予臉上的笑意未減，寧禾卻率先離開他的擁抱，站定以後福了福身。「多謝殿下。」

「從今日起妳我已是夫妻，不必這般客氣。」他的聲音聽起來溫潤又充滿磁性。

寧禾在心中冷冷一笑。顧琅予，這不過是你演的一齣好戲罷了，若你今日娶的是別家女子，她一定會沈溺在你的柔情裡，不過你錯了，站在你身前的人，已不願再涉及兒女之情！

有命婦端來合巹酒，說道。「請三皇子殿下與三皇子妃飲下合巹酒，合巹而酳，喜成連理。祝殿下與皇子妃百年好合，永結同心。」

百年好合？寧禾並不打算與身邊這個人過百年！

顧琅予從命婦手上接過酒盞，遞到寧禾面前，依舊是目含柔情地凝望她。「愛妃，慢慢喝。」

寧禾伸手接過，與顧琅予交臂將酒朝自己嘴邊送入，未料迎面而來的酒氣卻再次讓她一陣反胃，她連忙以袖掩面，後退了一步。

阿喜離寧禾有些遠，只得憂心地喊道：「皇子妃，您可還好？」

噁心感翻湧著從胃裡襲上喉間，寧禾完全說不出話來，整個人難受至極。

阿喜擔憂道：「殿下，皇子妃來京途中身體不適，因大婚在即，未請大夫細瞧，此刻恐怕不適合飲酒……」

說到最後，阿喜的聲音漸漸變得微弱。眼前這個人畢竟是以冷漠著稱的三皇子殿下，她這麼一說，恐怕要惹他不悅了。

然而顧琅予卻面露擔憂，含情脈脈地望著寧禾說：「哦？那這酒便由本殿來喝。」說罷，他輕柔地從寧禾手上拿過酒，一飲而盡。

在外人眼中，這是一個皇子無限的恩寵，但是寧禾卻十分惱怒。她果真小瞧了顧琅予，為了儲君之位，他竟能將這齣戲演得如此逼真！

此時胃稍微好受了一些，寧禾便朝顧琅予微笑，同樣柔聲說道：「多謝殿下關心。」

顧琅予含笑望了寧禾一眼，繼而朝眾人道：「既然皇子妃身體不適，便讓她好生歇息吧！」

他這一聲令下，眾人都識趣地陸續退離，顧琅予亦準備離去，臨出門前，他回眸朝寧禾一望——

這一眼，是那個冷漠倨傲的男子平常的眼神，風平浪靜，毫無一絲溫情。

寧禾同樣深深回望了顧琅予一眼，只一瞬間，她便將目光移開，淡淡道：「阿喜，關門，送殿下。」

這句話挑起了顧琅予的憤怒，然而外面喜宴上還有群臣等著恭賀他，他只得離開這裡。

新房內侍立著六名宮女，其中有一名年約二十五、六歲者，她手上拿著喜帕，朝寧禾行禮道：「皇子妃，依照禮節，您還須蓋上蓋頭，晚間等殿下來揭開。」

「將喜帕交給本宮的婢女阿喜，妳們都出去吧！」寧禾說道。

那名宮女回道：「那奴婢們就候在大廳門外，皇子妃可隨時喚奴婢們進來。」

一眾宮女悄聲離去，阿喜隨即將喜帕放在妝檯上，寧禾不由得一笑。「小丫頭竟然知曉我的心思。」她本來就不欲再蓋這蓋頭，只想好好休息。

阿喜眨了眨眼。「阿喜是小姐的婢女，小姐就是嘆了口氣，阿喜都知道原因。您累了半日，自然不想再蒙著蓋頭傻傻等下去啦！」

方才在眾人面前，阿喜得稱寧禾為「皇子妃」才合宜，私底下她還是想叫寧禾小姐，畢竟叫了那麼久，要她改口實在不太習慣。

寧禾微微一笑，轉身進入享居，那裡有書房、接待客人的廳堂，以及供她沐浴、休息的澡間與寢房。

雖說皇子與皇子妃為夫妻，但是他們卻有專屬於自己的空間，說得直白一些，皇子不見得只會有一個妃子，這種安排是必要的。寧禾那邊的叫作享居，顧琅予的則叫常居。

寧禾卸下厚重的頭飾躺到床榻上，打算好好歇一會兒。今日起得實在是太早了，她一沾床，便沈沈睡去。

阿喜體貼地輕輕合上了房門，走去大廳內守著。

接近戌時之時，有宮女在大廳外稟道：「皇子妃，殿下命人傳話說快到了。」

阿喜打開門回應道：「皇子妃知曉了。」

回完話，阿喜就進入享居，將已經睡了兩個時辰的寧禾喚醒。寧禾沒有辦法，只得起身，遵循禮儀蓋上蓋頭，直挺挺地坐在床榻上，等候她名義上的丈夫歸來。她肯聽話，無非是深知祖母的不易。

然而坐了半個時辰，顧琅予都還未過來，阿喜詢問侍立在大廳門外的宮女，她才回答顧琅予被眾皇子攔下，喝些喜酒便來。

就這樣足足坐到亥時，大廳門外才響起一串虛浮的腳步聲與宮女整齊的行禮聲。

「殿下。」在大廳的阿喜連忙低下頭。

顧琅予抬手一揮。「所有人先出去。」

進入洞房之後，顧琅予沒看到寧禾，他便猜測她跑去享居了，也罷，他就藉這個機會好好跟她「聊聊」吧！

寧禾坐在床榻上，聽著外面的動靜，還有顧琅予漸漸逼近的腳步聲。過沒多久，她就從蓋頭下方見到他革靴尖頭所覆的東珠。

頃刻，蓋頭被掀起，眼前的景象也豁然開朗，寧禾面前，正是一身酒氣的顧琅予。他的面容冷峻，緊抿的唇不曾鬆懈，深邃的眸光落在她身上，他雖然喝了不少酒，卻清醒得很。

顧琅予並未用玉如意掀蓋頭，而是直接伸手一把扯下。寧禾安靜端坐於床沿，靜靜望著眼前這個人。

他勾起一抹魅惑的笑，說道：「妳肯定疑惑為何本殿會娶妳？」

寧禾淡然回道：「恕殿下高看了自己，寧禾並不覺得疑惑。」

「哦？那妳說說看，本殿乃堂堂天之驕子，為何會娶妳這麼一個名聲盡失的女人？」

鼻端那股酒氣實在濃重，寧禾胃中又泛起一陣噁心，但是顧琅予卻直直地望著她，他眸中的那抹厭惡，讓她強打起精神，不願屈服。

「殿下厭惡我，卻公然要求娶我，說到底，無非是為了安榮府這個能幫您爭儲的勢力。」

顧琅予微微有些訝異，卻笑道：「不錯，然而這並非真正的原因。六皇弟已娶了妳長姊，本殿並不想再娶安榮府任何一個女人。」

這次換成寧禾驚訝，她搖了搖頭。「您的目的既然已經達到了，自然不會承認。」

「寧禾，妳未免太高看自己了。」顧琅予將這句話還給她。「本殿若想借助安榮府的勢力，大可娶妳的二姊，或是妳的四妹、五妹，她們都是清白之身，沒有污名。」

聽到這般輕蔑她的話，寧禾不禁怒目而視。

顧琅予卻好似極喜歡看她動怒的樣子，他的笑意更甚。「天下人皆說我顧琅予冷血，甚至連父皇都在背後道我無情，若本殿不做些異於常人的舉動，怎麼能讓人相信本殿也有這般慈悲心腸？」

寧禾震驚地望著顧琅予，他正意味深長地勾起笑，像看兔子一般望著她。對，寧禾之前的確想過他可能是為了博得天下人的好感才求娶她，可是這番話從他口中道來，卻比她想像中更讓人作嘔。

難道在顧琅予眼中，為了自己的目的，就可以這般傷害無辜的人？她死過一次，好不容易得來新的生命，卻這樣生生斷送在他手上。

寧禾氣急，這一刻她更覺得自己重生在這個地方有多麼可悲。「你真卑鄙。」她怒極，連敬稱都不用了，反正他們已經是「夫妻」了不是嗎？

「寧禾，妳是第一個威脅本殿跟罵本殿的人，眼下妳已冠上我妻子的稱號，在這常熙宮內，妳以為妳能如何？」

寧禾說服自己冷靜下來，她回道：「你想要的不過是儲君之位，然而你以為只要娶了我，陛下就會對你改觀嗎？你費盡心思娶一個失去貞節的女人，雲鄴舉國都在嘲笑你，難道陛下就不知道你這份心思？」

這番話對顧琅予起不了作用，他緩緩俯身，緊盯著寧禾。「所以日後在人前，妳我要像一對恩愛夫妻。」

這個意思是要她陪他演戲？寧禾不屑一笑。「這戲恐怕不好演。」

顧琅予卻不懼她。「只要演得好，日後本殿休離妳之時，能保妳下半生榮華；演得不好，妳我既然已是夫妻，自然是一損俱損。」

寧禾驚愕。是啊，就算她與他互看不順眼，然而在外人眼中他們就是一體，一榮俱榮，一損俱損，倘若有一天顧琅予失勢，她也不會有好下場。

但是……她豈能這般輕易被他掌控？

寧禾站起身，避開顧琅予的逼視，說道：「你我兩人做個交易如何？」

第十三章　新婚交易

聽見寧禾這句話，顧琅予未置可否。

寧禾說道：「你想要儲君之位，我便以安榮府之勢助你一臂之力，但是你要保證，待你成為儲君那一日，你我便互不干涉，必須還我自由。」

顧琅予凝視著寧禾，他從未想過這個女人竟然大膽到敢與他談條件。「妳不過是個無父無母的孤兒，就算是安榮府嫡孫女，又如何能幫助本殿？」

「寧禾的確無父無母，但是我可以告訴殿下，讓我答應跟你成婚的不是那一道聖旨，而是為了我祖母的用心良苦。」

寧禾直直望著面前這俊美卻無情的人，說道：「你想要儲君之位，單憑一己之力恐怕辦不到，六皇子殿下深得陛下寵愛，又娶了我的長姊，看似有機會獲得安榮府的支持。」

她凝視著顧琅予，緩緩勾起紅唇。「殿下的生母生前雖與六皇子殿下的生母同為貴妃，卻不得陛下寵愛，況且你雖然行事有手段，多年來卻遠離群臣，在陛下心中的印象只怕得打點折扣。」

過於接近朝臣不是什麼好事，但是完全不與百官結交，就顯得太過孤傲，亦難獲得他們的理解與支持，在挑選繼任人選時，皇帝肯定會將這點納入考量。

顧琅予忽然逼近寧禾，大手輕捏她的下巴，他的力道讓她輕輕蹙起了眉頭。

「寧禾……我真是小看妳了。」她將情勢摸得一清二楚，原本他還不屑何文的計策，此刻卻不得不正眼細瞧眼前這貌美如花的女人。「妳要本殿如何信妳？」

「倘若真有需要，祖母會為了我讓安榮府站在你這邊，我也會傾盡全力，幫你取得那個位置，不過你必須答應事成之後會還我自由。」寧禾迎上顧琅予的目光，徐徐說道。

「好，本殿就信妳一回。」顧琅予輕撫著寧禾絕美的臉龐，緩緩說道：「待事成之後，本殿會休離妳，還妳自由。」

寧禾凝望顧琅予，清晰卻緩慢地吐幾個字。「不，是和離。」

此番是他們第一次交戰，結果是平手。寧禾已是身心俱疲，原以為顧琅予會就此離開享居，不料他竟沈聲喚來阿喜與宮女素香，素香便是那個呈上喜帕的人。

這是要人服侍他歇息了？寧禾挑眉道：「殿下，你似乎忘記了，這裡是我的房間。」

顧琅予此刻已變回往常那個冷淡的人，他淡然道：「既然是戲，何不做足了？」

寧禾心裡明白，今天畢竟是他們大婚之日，他若是去其他地方睡，恐怕不妥。

「阿喜，還不替殿下打個地鋪。」寧禾坐到鏡前取下髮飾，任由一頭青絲瀉下。

阿喜聞言瞠目結舌，抬眸望了望自家小姐，她正悠閒地坐在鏡前梳髮，阿喜又暗暗瞅了瞅她家姑爺，他那原本冷淡的臉色，此刻已轉為鐵青。

寧禾坐在鏡前，望著鏡中那紅妝女子，輕聲開口道：「既然殿下要演戲，那只得委屈殿下打地鋪睡了。」

顧琅予緩步走到寧禾身後，空氣中隱約漫起硝煙，阿喜與素香皆垂首侍立，屏息不敢妄動。

俯身在寧禾耳邊，顧琅予望著鏡中的人說道：「寧禾，給妳的那一點尊嚴是用安榮府的勢力換來的，妳不要敬酒不吃吃罰酒。」

寧禾不懼地回道：「是嗎，寧禾向來什麼酒都不吃，也不知軟硬為何物，唯有我眼中待見、心中待見，我才甘願。」

望著身旁這女子眼中的不屑，顧琅予生平第一次感到挫敗，他忍不住攥緊了寧禾的手，狠狠將她從椅上拉起。

阿喜正要上前，察覺出氣氛不對的素香立刻拉著她出了寢房。

一時之間房內寂然，只剩他們兩人輕若未聞的呼吸聲，還有同樣不甘示弱的目光持續在沈默中交纏。明明只是四目相對，卻好似紛擾的戰場，煙塵漫天。

望著眼前的男人，寧禾忽然覺得自己不應該激怒他，縱使她背景再雄厚，身前這人也是堂堂皇子，況且今後他若真的坐上那個位置，卻不放她自由怎麼辦？想到這裡，寧禾立刻換上一張笑臉。

她的妝還沒卸下，一雙媚眼如絲，嬌軀往顧琅予身上靠，伸手摟住他的頸項，聲軟如綿。「殿下，你可不要生妾身的氣，妾身方才是同你開玩笑的。」

這變化來得太突然，饒是一向淡定的顧琅予，也是始料未及。此刻寧禾摟住他的脖子，讓他們之間幾無距離，她嬌軟的身軀貼著他的，讓他素來平靜的心臟猛然一陣狂跳。

抽身後退一步，顧琅予眸中的厭惡一閃而過。「妳果真不知羞恥。」

寧禾不怒反笑，心中暗嘆：這不是你顧琅予要演的戲嗎？既嫌她又要請旨娶她，世間可無兩全其美之事，今後她必定奉陪到底，你可要撐住啊！

她淺笑著喚道：「素香，快來替妳家殿下更衣，本宮與殿下要就寢了。」

這一晚，他們同榻而眠。床上是大紅色的床帳與喜被，枕上繡紋是鴛鴦戲水，羅衾圖案有百子嬉鬧，然而兩人卻是同床異夢，一道看不見的溝渠橫在他們中間，不可踰越，也沒人想跨過去。

新婚之夜，原本寧禾還想過如何拒絕顧琅予，他卻沒碰她，這個狀況提醒了寧禾——他們之間，是毫無情意的。

第二日早起，新嫁娘必須向長輩敬茶。寧禾是被阿喜喚醒的，她這一覺睡得極沈，當她醒來時，顧琅予已不在殿中，阿喜只道他去了院中練劍。

寧禾穿戴妥當方出門，戶外陽光明媚，院中有劍破長風的呼嘯聲傳來，花影處，那一道疾馳的身影如風，劍影如魅。

只見顧琅予一身玄衫，身形矯健。寧禾不禁停駐凝視，心想，若自己只是個平常人，沒有真正愛過，或許也會如寧攬、寧玥般喜歡上眼前這個俊逸的男人吧！

素香在寧禾身後輕聲道：「皇子妃，殿下每日四更天便會起身，在院中練完劍後上早朝，回常熙宮後才用膳。」

四更天……身為皇子，便要這般勤奮嗎？想她在安榮府時，每日都要過了辰時才願起來，今後恐怕沒那麼悠閒了吧。
此時寧禾瞧見了何文，他正從院中拱門走來，對著練劍的顧琅予行了一禮後，便朝廊下行至寧禾身前。
「見過皇子妃。」禮畢，何文笑望寧禾。
寧禾道：「現在你可願告訴我，你是殿下的什麼人？」
「文三生有幸，得殿下垂憐，乃殿下謀士。」
寧禾凝眸道：「我嫁至常熙宮，是你們兩人的主意？」
何文望著寧禾，尷尬地笑了笑。
寧禾惱怒不已。她就知道！顧琅予如此介意她失貞，怎麼會求旨娶她，原來背後竟是何文謀劃！
想到這裡，寧禾更覺得委屈。她好端端地躲在角落生活，卻還是被他們主僕兩人算計了。
寧禾喉間發緊，輕聲道：「何文，你每月俸銀有幾？」
「文沒細算過。」
寧禾脫下手上的玉鐲，一垂手，那鐲子掉到地上，碎成四截，她冷道：「這鐲子乃陛下所賜，你摔了它，如何是好？」
何文心中早料到這一日終究會到來，他躬身垂首道：「但憑皇子妃處置。」
誰知寧禾卻問：「你有何憎惡的，又有何喜歡的？」

何文愣了一下，才道：「文厭惡世間徇私舞弊，喜歡人間正道光明。」

寧禾嗤笑。「我是問你喜歡做什麼、不喜歡做什麼；喜歡吃什麼，又不喜歡吃什麼？」

何文有些尷尬，他想了一會兒，答道：「文喜歡睡到自然醒，不喜歡被人擾了清夢；喜歡吃瘦肉，不喜歡食菽。」

淡然一笑，寧禾說道：「好，今日起就罰你吃肥肉與菽，日日丑時睡，寅時差人敲鼓喚你起來。」

何文瞠目結舌道：「皇子妃，您不罰我跪罰、挨打？」

一旁的阿喜與素香還有宮女、侍從皆一驚。世間還有如此懲罰？

寧禾平靜地說道：「你是殿下的謀士，我怎敢重罰你，這種生活以一個月為期就是了，你看如何？」

何文呆呆地望著寧禾。這懲罰……被人逼迫著做不喜歡甚至是厭惡之事，比挨一頓打還要折磨身心！

然而下一瞬間，何文便清楚寧禾為什麼要這樣懲罰他。當初不正是自己想出了這法子，才讓面前這正值青春年華之人不得不來了皇宮，入了常熙宮嗎？

不遠處的顧琅予已經停下動作，將劍丟給了侍從。他聽到寧禾給的懲罰，卻好整以暇地披上外衫，像是事不關己一般。

寧禾與何文都明白，這場婚姻中被逼迫的人還有顧琅予，如果不是無計可施，他不可能會娶她，所以對於寧禾的懲罰，他肯定也覺得出了一口氣。

何文認命地回道：「多謝皇子妃開恩，那文先告退了。」

「告退？馬上要到早膳時分，你應先去受罰。」寧禾一派輕鬆地說道。

何文愣然。「常熙宮內早膳一般都是粥與……」

「說了一個月為期，便是一日三餐都算。」寧禾打斷他道。

此時顧琅予已收拾妥當朝宮門外走去，他身邊的內監秦二小跑過來道：「皇子妃，該與殿下去向陛下請安了。」

原本平日這個時候顧琅予已經去了早朝，不過這是他新婚第二日，按照慣例，他跟顧姮、顧末今日要帶著新嫁娘去請安，因此不需要上朝。此刻，皇帝與妃子們正在等候他們。

寧禾點點頭，朝宮外走去。出了常熙宮，經過幾座殿宇後，原本一直頭也未回的顧琅予忽然間停下了腳步。

片刻，寧禾已行至顧琅予身側，正要問他為何停下，不想他已伸手摟住她的腰，正垂首含笑凝視著她。

寧禾因顧琅予突如其來的舉動怔住，愣愣地望著他。

身側，秦二行禮道：「見過六皇子殿下、六皇子妃。」

原來是因為有人在旁邊！

顧琅予雙目含情，對著寧禾說道：「愛妃可要與本殿的步伐一致才行吶。」

「三皇兄。」顧衍朝顧琅予行禮，溫潤的聲音隱含黯然。

寧禾推開顧琅予的攙扶，她定睛一看，寧知與顧衍正站在他們面前。

顧衍依舊穿著一身月色袍子，他溫和的雙眸輕輕掠過寧禾，最後落定在顧琅予身上。「我正要去承榮宮，未想碰見了三皇兄。」

顧琅予卻不放過寧禾，他自然地牽住她的手道：「我與你三皇嫂亦正往承榮宮去，不妨同行。」

寧禾尷尬至極。她心想，顧琅予此刻也很惱羞吧，他娶的女人不僅名聲不好，還與他的皇弟有過一段情。

她不動聲色地掙脫顧琅予的手，走到寧知身邊，隨便起了個話頭。「長姊，在皇宮內的日子妳可習慣？」

其實寧知也是頗不自在，她見寧禾笑語相迎，才憶起這個妹妹早就將她從前心心念念之人給忘了，她們已各有歸宿，她也應當看開一些。

寧知笑著回答。「甚是知足，倒是妳，初入皇宮，若有哪些不明白的，找我便好。」話落，寧知又覺得這話說得不太對，若寧禾真的找她，豈不是要與顧衍碰面了？

這麼一想，寧知臉色頓時紅白相間，恨不得咬掉自己的舌頭。

寧禾心中瞭然，連忙道：「好啊，今後若有不懂之處，就讓阿喜去請長姊來常熙宮教我。」

聞言，寧知與寧禾相視一笑，寧禾心中卻想，在安榮府，她與寧知尚且可以做親厚姊妹，但在這皇宮內，還能繼續這樣嗎？顧衍是這身體的主人過去所愛之人，身為女子，又為他妻，寧知當真不介意？況且顧琅予爭儲的決心堅決，顧衍是他最大的敵人，在這兩層關係下，她真的還可以與寧知交好嗎？

寧禾對現在這個場景有些反感，加上還未進早膳，不禁有些噁心難受。她安慰自己，也許是她想太多了，她是重生來此，並不愛顧衍，儲位之爭也是顧琅予與顧衍的事，只要她像從前一樣將寧知當作姊姊，便沒有什麼好擔憂的。

承榮宮中，皇帝下了朝，一身龍袍未脫，端坐於高堂處。他的座位兩側有兩名貌美婦人，一名貴婦四十來歲，略顯老態，但五官生得端正，年輕時應是個美人；另一個三十有幾且保養得宜，面目姣好，氣質溫婉。

寧禾抬眸打量間，已推測出這兩人的身分。年長那人應是皇帝唯一還在世的貴妃雍氏，另一人則是皇帝這幾年寵愛的妃子蘭妃。既然寧禾嫁入皇宮已成定局，她便先打探好後宮之事。

雍貴妃家族已衰落，這也是其子顧姮要娶北順府大小姐的原因之一；而蘭妃……寧禾望向這美麗的女人，她似乎並無心計，只願為顧末守得一個太平。

依照禮節，寧禾與顧末、顧姮的皇妃三人皆向皇帝與皇子的生母奉茶，因顧琅予生母已逝，所以她另一杯茶是奉給貴妃雍氏。

敬過茶後，有宮女將兩方喜帕呈給貴妃雍氏，她身後的宮女揭開讓她看了一眼，雍貴妃抿著笑頷首，又凝眸朝寧禾投來一眼，此時皇帝的表情忽然有些不好看。

寧禾見顧琅予的臉色雖然平靜，但是眸子裡卻湧現難測的風雲。

她恍然間明白，那是印著女子初夜落紅的喜帕，是驗證女子是否清白的證據，難怪皇上神色尷尬，無怪顧琅予眸中洶湧，原來都是因為她。

殿上眾人似乎下意識地朝她與顧琅予投來目光，卻是無人敢言。寧禾心裡清楚，儘管她失貞這件事無法改變，就算她曾跳水自盡謝罪，旁人心中終歸有芥蒂。

蘭妃率先打破這尷尬的局面。「陛下、貴妃姊姊，你們不是為這三位貌美如花的兒媳婦準備了賞賜嗎，她們可都眼巴巴地候著呢！」

皇帝這才吩咐辛銓將賞賜分派給她們三人，雍貴妃也道：「這是陛下的心意，妳們已是皇族之人，可要盡心侍夫、謹遵宮規，早日誕下皇孫們，為皇室開枝散葉才是。」

這番話說得實在，也沒什麼為難她的地方，寧禾只得與身旁顧姮、顧末的妃子俯首稱是。

此時雍貴妃的賞賜送至她們三人身旁，蘭妃也給了賞賜。

寧禾瞧見皇帝給她的賞賜中，有一顆飽滿圓滑的珍珠，這般大小與品質可不多見，她不由得多瞧了幾眼。

第十四章　急火攻心

雖然不過幾秒而已，蘭妃卻捕捉到寧禾留戀的目光，她的聲音悅耳動聽，說道：「三皇子妃似乎在瞧這顆東珠？」

寧禾行禮道：「蘭妃娘娘，這顆東珠是上品，臣妾便多瞧了幾眼。」

「這確實是不可多見的寶貝，比平常的東珠還要碩大圓滑，若是妳喜歡，可差人縫在衣裳上當作配飾。」蘭妃笑道。

寧禾搖了搖頭。「臣妾不敢，這是陛下的賞賜，臣妾不敢妄動。」

蘭妃打趣道：「怎麼還稱呼『陛下』呢？該改口叫聲父皇了，雍姊姊說是不是？」

雍貴妃聞言頷首，此時皇帝開口道：「為什麼朕的賞賜，妳說不敢妄動？」

寧禾回道：「父皇的賞賜皆是全天下數一數二的寶貝，臣妾很是喜歡父皇的厚禮，沒奈何三皇子殿下告訴臣妾，父皇的賞賜應該扣上三、五道鎖，小心供奉，因而臣妾雖然喜歡但卻不敢妄動，只能每日眼巴巴地望著。」

這番話讓皇帝忍俊不禁，他的神色不再嚴肅，笑道：「哦？琅予，你是這般說給她聽的？」

顧琅予連忙行禮道：「父皇，她不懂宮規，請您恕罪。」

「何罪之有？她不過是直言不諱，朕哪有怪罪之理。」畢竟三個兒媳婦都在跟前，這樣的好日子，皇帝自然不會動怒。他朝寧禾注視道：「朕給妳的賞賜想怎麼用就怎麼用，不用管琅予說什麼。」

寧禾叩首謝恩。「多謝父皇，臣妾也有禮物想要獻給父皇與兩位娘娘。」

阿喜拿出了備妥的各樣禮品，雖不及皇帝的賞賜珍貴，卻是她的一番心意，而顧姮與顧末的妃子也拿出了見面禮來。

由於皇帝忙於朝政，收下禮物之後便先行離去，皇子們也都將皇子妃留下，各自離開。

顧琅予朝寧禾柔聲說道：「愛妃，妳且陪著雍貴妃娘娘與蘭妃娘娘，我先去忙了。」

寧禾看向顧琅予，只見他雙眸柔情似水，含笑地望著她，知道他這是在人前演戲，寧禾配合地伸手理了理顧琅予垂下的一縷髮絲，輕聲回道：「殿下去吧，記得用早膳。」

待顧琅予離開後，寧知笑道：「三妹，三皇子殿下當真待妳不錯。」

寧禾只是笑了笑，並未回話。待她不錯？看來顧琅予是天生的演員，戲演得真好！

此時蘭妃提議去雍貴妃宮中用早膳，寧禾正餓得饑腸轆轆，暗忖蘭妃真是蕙質蘭心，了解她們這些皇子妃心中所想，難怪皇上特別寵愛她。

只不過席間雍貴妃一直在談論宮規，除了對自己兒子顧姮的妃子張綺玉有好臉色之外，對寧禾、寧知以及五皇妃劉欣皆端著架子，那些話更讓寧禾聽得耳朵生繭。

雍貴妃說道：「妳們雖皆是雲鄴的名門閨秀，但並未受過宮規教育，明日起便都到本宮這裡學習宮中禮儀吧！」

寧禾心中暗惱。雍貴妃是顧姮生母，心思深重，她並不願與她有所交集。

此時蘭妃搭話道：「雍姊姊，她們剛嫁入皇宮，幾位皇子也都是新婚，不如讓他們多多相處，每日來請安便作數了，至於宮規，各殿都有人領命教授的。」

她笑盈盈地接著說：「皇宮內多年未有這等喜事了，何況陛下還未當上祖父，雍姊姊難道不希望姮兒給陛下跟妳添個小皇孫嗎？」

雍貴妃雙眸一亮，卻仍未輕易鬆口。「這樣也行，但是宮規之事不可懈怠，妳們三人都要好生學習。」

寧禾對蘭妃的好感激增。這樣一個細心體貼的女人，著實讓人喜歡。

之後雍貴妃又講了一些宮中禮節，才放她們各自回去。

離開雍貴妃宮中後，寧禾與寧知帶著婢女走在路上。

寧知忽然說道：「啊，蘭妃娘娘要我帶東西給她，我竟忘記了！」

寧禾回道：「那妳去找蘭妃娘娘，我跟阿喜一起回去常熙宮便可。」

「妳不熟悉宮中道路，也只帶了阿喜來，沒個宮女在身邊，怎麼回去？」寧知說道：「前些日子蘭妃娘娘聞到我用的胭脂，覺得氣味舒心，便讓我在宮外給她帶一盒，適逢妳大婚，我一直掛念著妳，就忘了拿給她。走吧，妳與我一道去惠林宮，待送了東西，我們兩人一起回去。」

寧禾思索了一下。她與阿喜的確不熟悉宮中的道路，好在惠林宮並不遠，就隔了三重宮闕而已。

到了惠林宮大廳，寧知轉身對寧禾說：「我進去將胭脂交給蘭妃娘娘，妳找個宮女領妳去側廳等我。」

寧禾點了點頭，但是她四顧左右後，並沒有瞧見宮女路過。

阿喜說道：「小姐，咱們初到宮裡，還是不要站在大廳門口吧！」

寧禾也知道這個道理，既然沒有宮女，她便自己尋了一條路想到側廳去。這條路走著走著，竟能連接到另一條小徑，徑前拱門有花叢覆蓋，隱約能見到院內的悠然美景。

皇宮內竟有如此雅致的一處小院？寧禾不由自主地走了進去，眼前豁然開朗，花香撲鼻，又有蝶兒翩翩飛舞，甚是宜人。此處的景致讓寧禾更喜歡蘭妃了，有如此雅趣之人，必定讓男子願意親近，難怪她多年聖寵不衰。

院中有一貴妃椅，寧禾走到該處坐下，她決定在這裡等候寧知。在一片寧靜中，小院後的閣樓裡卻傳出交談聲。

「這東西如此貴重，臣妾怕是難當大任……」

「妳十四歲便入宮伴朕左右，多年來不與後宮諸人勾心鬥角爭寵，朕信妳。」

寧禾面上一驚。原來是蘭妃與皇帝在閣樓中！她不動聲色地起身打算離開，亦用手勢要阿喜保持安靜。

「這可是那五萬精兵的調動之令啊，既然陛下信任臣妾，臣妾定不辱使命。」

跨步離開的寧禾立刻止住步伐，她腦中嗡嗡直響，有一瞬間似是聽不到周遭的聲音，阿喜也瞪大雙目，驚得用手掩住自己的口鼻。

寧禾怎麼都想不到，她們竟在無意之間聽到了朝政的機密。

「妳安排得可妥當？」皇帝的聲音低沈。

「陛下放心吧，臣妾已遣散宮外眾人，無人知曉。」頓了一會兒，蘭妃有些遲疑地說：「陛下為何不將這東西放在密室？」

世人皆有好奇心，寧禾無意間發現了這個秘密，聽到蘭妃發問，她自然想聽下去，寧禾屏息凝神，靜立院內，不敢亂動。

皇帝的聲音久久才傳來。「眾子覬朕，疏於行監坐守。」這句話流露出一股深深的無奈。

寧禾不敢再聽下去，悄悄挪步出了這座小院。阿喜一路上都不敢出聲，她知曉偷聽皇帝私下的談話是死罪，更何況是這麼大一個機密！

走出惠林宮，寧禾平靜地說道：「我們在這裡等長姊。」

阿喜點了點頭。

「我們並未尋到宮女帶我們去側廳等候，所以出了宮門等候。」寧禾深望著阿喜說道。阿喜是個機靈的丫頭，將頭點得更重。

半盞茶的工夫後，寧知從惠林宮走了出來，她見寧禾站在宮外的通道上，連忙上前道：「我在宮內尋妳不見，還以為妳先走了呢，怎麼站在外面不進去？」

寧禾笑回。「方才在裡面沒有瞧見宮女，怕禮數不周，故而出來等候長姊。」

寧知微微頷首，解釋道：「我進去之時，蘭妃娘娘正在寢房稍作歇息，我等了片刻她才出來，所以遲了些。」

說著，她們兩人便相偕朝東宮的方向而去，寧禾試探地問道：「父皇可在惠林宮？」

「父皇不是從承榮宮離開去處理朝政了嗎，怎麼會在蘭妃娘娘那邊？」寧知不解地問道。

「沒什麼，隨口問問而已。」寧知果然不知道皇上在蘭妃那裡。寧禾又裝作不經意地提起。「我聽人說蘭妃娘娘的惠林宮有個院子，很是優雅別致？」

「是啊，蘭妃娘娘性格溫和，喜歡幽靜，父皇便為蘭妃娘娘修了一處花苑，我曾去過一回，那裡花卉甚多，景色很是宜人，就在惠林宮的側廳處。」

寧禾點了點頭，未再多言。

與寧知分開後，寧禾回到常熙宮，進入享居。素香過來詢問可要用膳，寧禾卻沈浸在自己的思緒中，只揮揮手要素香出去。

她不曾聽說過五萬精兵這件事。雲鄴建朝百年，國內無戰，已是四海昇平之象，舅父戍守邊關二十年，臨國祁水也未妄動。精兵自古以來就是帝王最信任與勇猛的靠山，也是擁護一朝新主登基的利器。

蘭妃，這個溫柔秀美的女人果真得皇帝寵愛，竟將精兵調動之令交給她保管。

也是，根據寧禾的了解，蘭妃之子顧末雖然與顧姮親近，但並非心機深沈之人，蘭妃的母家世代皆是書香門第，在朝堂也無結黨營私，這大概就是皇帝相信她的原因吧！

「皇子妃。」素香輕喚著寧禾。

聽到有人在喊自己，寧禾這才收回思緒，抬眸道：「何事？」

「琴姑與表小姐來了。」

寧禾滿臉疑惑地問道：「琴姑是誰？表小姐又是誰？」

素香回道：「琴姑是殿下的乳母，在殿下身旁侍奉多年，猶如長輩一般，而表小姐……她是婉貴妃親姊的掌上明珠。」

聽素香娓娓道來，寧禾這才知道原來這常熙宮雖無側妃，卻有這樣兩個「女主人」。她雖在婚前大致了解過各方情勢，卻沒留意顧琅予身邊的人，畢竟何文已經夠搶眼了。

琴姑是顧琅予生母婉貴妃的婢女，有幸得婉貴妃指婚，產下一子之後，其夫抱著嬰兒去寺中還願，沒奈何遇上意外落崖沒了，婉貴妃可憐她，又將她接回宮中，正好為剛足月的顧琅予餵奶。她一心將顧琅予當作親生兒子般照顧，婉貴妃過世後，琴姑更是將顧琅予照料得無微不至。

至於那表小姐，寧禾聽了素香說的話，不禁覺得有些好笑。據說婉貴妃的親姊為了彰顯家族榮耀，將五歲的女兒甄如送入宮內養育，婉貴妃過世後，甄如就被接回家裡。不過她一心喜歡顧琅予，十四歲時有機會進宮，就賴在常熙宮不走；顧及自己親姨的臉面，顧琅予雖然勸說過，態度卻不甚強硬，皇上知情後也未下任何旨令，甄如就這樣在常熙宮待到了及笄。

此刻這兩人已進入享居，寧禾端坐於廳內接見她們。

琴姑年約四十，體態豐腴，雖未著華麗錦衣，衣服卻是華緞製成，見到寧禾打量自己，琴姑在望了她一眼之後，就福身行了個禮。

甄如卻是禮也未行，她斜睨著寧禾，並不將寧禾這皇子妃放在眼裡。撇開眼中的不善不說，甄如膚白唇紅，身段纖細，除了姿態有些輕浮，倒也是個美人。

素香是顧琅予的婢女，雖然知道他們夫妻之間的狀況，卻從未對寧禾有任何不尊敬之處。她見甄如未行禮，便出聲喚道：「表小姐，這是皇子妃，大婚時您與琴姑見過。」

洞房內，寧禾的蓋頭掉落在地上，當時琴姑與甄如兩人都在場，因此看過寧禾的臉，倒是寧禾，因為在場的人實在太多，她未曾留意到她們。

此刻琴姑出聲道：「老奴見過皇子妃，若表小姐有不周到的地方，還請皇子妃看在她年輕的分上，不要與她計較。」

這番話並不是給寧禾面子，而是琴姑有意護著甄如。

寧禾抿唇一笑。「琴姑，妳既然是殿下的乳母，對殿下有照拂之恩，就毋須自稱老奴了；甄如小姐與本宮生疏，這一聲『表嫂』怕是不好意思開口。」

雖然甄如明擺著不待見她，然而寧禾惱怒之餘，並不願多生是非。

豈知甄如勾起一抹笑，嬌聲道：「皇子妃說得確實沒錯，想我表哥堂堂雲鄴三皇子，竟娶了一個不清白的女人回來，『表嫂』這兩個字我自當叫不出口。」

寧禾這下忍不住了，她讓了甄如一次，卻不料她這般不饒人。她明白自己受人冷眼、非議再正常不過，但是多數人只敢在背後議論她，甄如卻是第一個公然對她不敬之人。

「甄如小姐說這話，是對本宮與殿下的不敬了，這些話難道就是甄如小姐給本宮的見面禮？」寧禾斂起了笑容，沈聲道。

甄如倨傲地揚起下頷冷睨寧禾。「我說的都是事實，表哥那般尊貴，竟娶了妳這麼一個失貞的女人，不知妳是修了幾輩子的福才能嫁給表哥，還不知感恩地對我無禮！」

寧禾惱火。誰說是她要嫁給顧琅予，明明是他夥同何文設計她！失去清白難道就是壞女人？況且這並非她的錯！

努力克制住脾氣，寧禾平靜地對琴姑說道：「琴姑，妳是長輩，方才之事可斷一斷到底是誰無禮在先。」

琴姑斂眉道：「皇子妃，表小姐是小孩心性，您可別與她計較。」

事已至此，寧禾終於不再顧忌什麼了。方才她問琴姑，就是為了弄清楚琴姑的立場，既然這兩人都不待見她，那她就不客氣了。

「甄如小姐出言不遜，對我不敬，就是對殿下不敬。素香，這在常熙宮，應該怎麼處罰？」

素香囁嚅道：「皇子妃，她畢竟是表小姐……」

「表小姐可以對表嫂不敬嗎？」寧禾的聲音冷若冰霜。

素香只得如實道：「對主子不敬，應掌嘴……」

見寧禾端起了皇子妃的架子，且一張臉冷得跟她那個皇子表哥一樣，甄如不禁瑟縮了一下，卻仍是厭惡地瞪著寧禾。

寧禾在心中冷笑。入宮前她曾打探過，只知顧琅予並無側妃，誰知竟還有這兩個惹她不喜的女人。只是今日不過是她嫁入常熙宮的第二天，她並不想把事情鬧大，這耳光自然也不會真打。

這廂寧禾正要開口，廳門外忽然傳來顧琅予的沈喝。「什麼掌嘴？誰敢用刑！」

顧琅予快速步行至廳內，須臾便到寧禾身前，他瞪著寧禾道：「妳要用掌嘴之刑對付誰？是甄如，還是琴姑？」

寧禾並不想用刑，不過眼見顧琅予滿臉怒容，她也極為不快。「殿下可知甄如小姐對我不敬？」

「她如何對妳不敬？」顧琅予的語氣冷得像冰。

寧禾望著他，一字一句道：「甄如小姐說殿下娶了一個不清白的女人。」

即便顧琅予大概猜得出原因，但是寧禾就這樣當場說出口，實在讓他掛不住顏面，他睨了甄如一眼，怒道：「退下！」隨即將琴姑也請出去。

甄如似有不甘，卻只能在顧琅予的怒火中被琴姑拉出常熙宮。

顧琅予陰寒的眸子籠罩著寧禾。「她說得並沒錯，妳本來就是個不清白的女人。」

此刻宮女與侍從皆在，顧琅予在他們面前這麼說，就像把應該賞給甄如的巴掌往她臉上甩一樣。

寧禾怒不可遏，她猛然從椅上站起身，想跟顧琅予對峙，誰知一陣暈眩瞬間襲來，令她轟然倒地。

這是怎麼了？她怎麼全身無力，倒在地上？

寧禾朦朧地將眸子睜開一絲細縫，她還有意識，能感覺到身下的地面冰涼，還能聽見阿喜焦急大喊，顧琅予將她抱到寢房的床榻上，素香則是心急火燎地去尋太醫。

寧禾虛弱地說了聲要喝水，阿喜手忙腳亂地端了茶來，待寧禾飲下，才覺得好受一些。

到了這個時候，寧禾才有力氣對顧琅予說：「顧琅予，我寧禾並不怕你，既然我是名義上的三皇子妃，你與眾人都要尊重我。」

她的聲音有些沙啞，氣勢卻絲毫未減。「別忘了我們的交易。」

顧琅予對寧禾既惱怒又無可奈何，哪怕她虛弱得半癱在床，卻仍舊如此強勢。這個女人，到底有多大的膽量?!

第十五章　你來我往

太醫進寢房之後行了個禮，便俯身到床榻邊為寧禾把脈。顧琅予對寧禾的身體狀況不感興趣，既然太醫已經到場，他便轉身要出去。

豈知身後傳來一聲驚響，顧琅予回頭，竟是太醫原本放在床沿的藥箱摔到地上。

寧禾瞧太醫的神色原本還很平靜，不料瞬間竟驚愕到將藥箱打翻在地，她內心深處不禁湧上了一股不安。

阿喜急得跺腳。「太醫，皇子妃怎麼了，難不成是重病？」

寧禾喉間發緊道：「你且說來，我受得住……」

話雖如此，她真的受得住嗎？好不容易重獲新生，寧禾很想多活一些日子，可是瞧太醫的神色如此震驚，只怕她是得了大病乃至絕症吧……

顧琅予回身上前，問道：「李複，你把出了什麼，皇子妃得了何症？」

名喚李複的太醫不過三十有幾，他眸中寫滿了驚乍，面對顧琅予的詢問，竟是不敢回答。

顧琅予皺眉道：「你是本殿的心腹，有何不敢說。」

李複望著顧琅予許久，又看了看等待他回答的寧禾，猛然跪地重重磕了個響頭，顫聲道：「皇子妃——有喜了！」

寧禾瞬間如遭電擊，她的心跳加速，腦中一片空白。

「你說什麼？」顧琅予一向冷淡，此刻他的聲音卻是發顫。「你再說一遍。」

「皇子妃已經有快兩個月的身孕。」李複依舊低著頭，渾身止不住顫抖。

雲鄴舉國上下無人不知，寧禾嫁給顧琅予不過兩日不到，竟然把出快要兩個月的喜脈，這話要是傳出去，只怕會掀起滔天巨浪。

寧禾這時回過神，卻仍舊一臉震驚。她呆呆地望向顧琅予，顧琅予亦望著她，他的面容由震驚到憤怒，一雙眸子恨不得噴出火將她燒成灰燼。

阿喜與素香也俯首跪在地上，大氣都不敢喘一下。

沈默了一會兒，顧琅予將李複帶出了寢房。

待他們離開之後，寧禾還未完全反應過來，一句話也說不出口。

她懷孕了？而且快要兩個月？從重生到現在，她一直覺得乏力疲憊、老是噁心又貪睡，原來都是因為懷有身孕，她甚至沒注意到自己的月事一直沒來過。

可是……寧禾眉頭深鎖。她並不知道孩子的父親是何人，那個在成親途中劫走她的神秘人究竟是誰？

過了一陣子，寢房門口傳來腳步聲。

寧禾的思緒被打斷，只見顧琅予走入房中，李複則端了一碗湯藥，他將藥碗放在桌上後便悄悄退下。

顧琅予的聲音是從未有過的低沈。「都退下去。」他屏退了房裡的素香與阿喜。

此刻氣氛有些詭異，顧琅予端起那碗湯藥，朝寧禾走去，他坐到榻前，將端著藥碗的手往寧禾面前一伸。「喝下它。」

「這是什麼藥？」

「妳難道不知道？」顧琅予的神色雖已恢復正常，眸中怒火卻未消失。「喝下去。」

寧禾瞬間明白那是什麼，她整個人往後床裡面縮。「拿開！」

「妳想留著這個孽種？」顧琅予怒道。

寧禾皺起了眉。「你不要說這麼難聽的話。」

「妳做出這種令人難堪之事，還不許本殿說？」顧琅予逼近寧禾，在她的掙扎中將一口湯藥灌入她口中。

苦辣的滋味瞬間蔓延到唇齒之間，寧禾不停閃躲，拚盡力氣推掉藥碗，藥碗頓時摔碎一地，熱氣裊然升起。

寧禾俯身大吐，她跌跌撞撞地爬下床，拿案上的茶水漱口。

顧琅予大步靠近寧禾，拽住她纖細的手腕道：「寧禾，娶妳已是本殿所能做的最後讓步，餘下的妳休想！」

他們兩人之間的距離非常近，顧琅予冰冷的氣息悉數滲入寧禾毛孔裡，她全身泛著冷意，怔怔望著他道：「不要傷害他，你不能傷害他……」

忽然間，寧禾奮力掙脫顧琅予緊箍著她的大手，然而她無處可退，只能被步步進逼的顧琅予逼得跌至床榻上。

身下的羅衾柔軟，可寧禾身上卻是顧琅予沈重的身體，他用雙腿緊緊壓著她的腳，一隻手拽住了她的雙腕。

顧琅予俯下身，語帶威脅道：「要舉國看著本殿娶了一個失貞的女人還不夠，難道妳要讓天下人都知道本殿養了個野種？」

寧禾用盡全力也掙脫不開顧琅予的箝制，她堅定地說道：「這是我的孩子，跟你無關，他的性命你無權做主！」

「妳已是本殿的妃子，本殿有權處置妳！」

「顧琅予，你莫要忘了，你我之間有過交易。」

聽到這句話，顧琅予那偉岸的身軀一震，手上的力道稍稍減弱，寧禾便藉機側身避開了他的禁錮。

顧琅予依舊聲如寒冰。「這個孩子無論如何都不許生。」

面對眼前這個男人堅決的態度，寧禾這才明白自己的心意。剛開始她只是震驚，此刻她終於體認到自己不想失去這個孩子，這是她的骨肉，哪怕她不知道對這副身軀施暴的神秘人是誰，她也不想失去這個孩子。

前一世，她懷著兩個月的身孕，原以為能跟楊許過著幸福的生活，做一個好母親，誰知……如今她好不容易能再次擁有自己的孩子，她絕對不讓任何人傷害她腹中的胎兒！

「顧琅予，你要的不過是天下，從今天起，只要是你想要的，我都幫你。」寧禾恢復冷靜道。

顧琅予冷笑了一聲。「寧禾，先管好妳自己吧，把妳肚子裡這個污點抹掉，再跟本殿談條件。」

寧禾心一橫，毅然決然開口。「你可知五萬精兵的調動之令？」

顧琅予臉色一變，猛然間，他再次欺身上前。「這世上沒幾個人知道這件事！」

精兵對任何一個想要儲君之位的人來說重要性極高，然而寧禾卻不知道這調動之令究竟有何作用，能讓顧琅予這般緊張。

她神色淡然，打算套他的話。「既然你也知道，那你告訴我這調動之令有何作用，若你說的屬實，我們再談下去。」

此刻顧琅予已不再對寧禾怒目相視，他的眼神飄忽起來，徐徐說道：「這是先祖建國時就定下的規矩。雲鄴有一支訓練有素的精兵，是能以一敵百的猛將，然而這五萬精兵不聽令於皇帝，只受命於虎符。欲即位者，必須持虎符與皇帝指派之前朝元老相互確認後，方可名正言順登上帝位，若皇帝未及告知元老繼任者為何人即崩，就以持有虎符者為帝。」

寧禾此刻終於明白這五萬精兵調動之令——也就是虎符的重要性了。如果有皇子想要篡位奪權，那麼在既沒有虎符、又未與前朝元老相互確認的狀況下，就不能得到皇位。

「你果然清楚虎符的作用，那你可知這一朝負責的元老是誰？」寧禾問道。

「此人由皇帝在位時欽點，待皇帝駕崩後自會現身，我並不清楚此人是誰。」說著，顧琅予凝眸望向寧禾。「妳怎麼會知道這件事？連顧衍都不曉得。」

就連他自己，都是無意從某個前朝元老那邊得知的，寧禾不過剛入宮，到底是從何處得來這個訊息？

寧禾回道：「不管我怎知道，你既想要儲君之位，自然缺不了這五萬精兵與虎符。」

在兩人對峙的目光中，寧禾繼續說：「如果我能把虎符拿到手，那麼用這個來換我孩子的平安，也是值了。」

顧琅予皺了皺眉。「本殿為何要相信妳？」

「既然我證明了自己知道連顧衍都不曉得的事，你顧琅予難道不敢信我一回？」寧禾是故意的，她明白眼前這個男人心高氣傲，一定受不了激將之法。

顧琅予雖深諳寧禾的套路，可她確實成功勾起他那顆蠢蠢欲動的心，他回道：「如果讓本殿發覺妳是為了保住腹中孩子而欺騙本殿，下場會是如何，妳自己清楚。」

他這算是答應了，然而寧禾卻對顧琅予後面那句話不以為然。

顧琅予看了被湯藥浸濕的地毯一眼，便轉身撩開珠簾欲出寢房。

「顧琅予。」寧禾喚道：「既然我已是三皇子妃，我要常熙宮女主人的權力。」

離去的腳步未停歇，顧琅予頭也不回地道：「這些都是妳我之間的交易換來的。」

寢房內終於安靜，寧禾也卸下了身上的防備。今日之事，顧琅予分明偏袒琴姑與甄如，如今她又懷了身孕，必須確保手上握有足夠的權力，因為她要保護的可不只她一個人啊……

輕柔地撫上小腹，寧禾的眼角不知何時滑下淚來，有一股暖意從腹中蔓延至心窩處，隨著心臟的跳動而雀躍。從今以後，她有了最親密的牽絆，一樣她拚盡性命也要守護的東西。

將頭埋於膝蓋處，寧禾哭出聲來。在外人眼中，寧禾落水醒來後性格便大變，倔強又不服輸，可只有她自己清楚，她也曾是個天真單純、如寧知一般渴望幸福的女子；她曾用真心去愛一個人，卻賠上自己與腹中孩子的性命，才看清楚那個人的真面目。

抬起頭，寧禾再次撫摸起小腹。她多希望孩子出生後能有一個真正疼愛他的父親，只可惜她已不敢再去愛了！

得知懷孕的那一刻起，寧禾已不是前一世的她，也不再是重生後的她，雖然只有十六歲，寧禾一雙黑眸卻深沈無比，言語與行事皆沈靜果斷。

她以甄如已到出嫁年歲，待在皇宮不妥為由，修書要甄府接人回去。甄府來人接走甄如不到兩日，甄如便又大搖大擺入了常熙宮，並直接衝到享居質問寧禾。

「妳不過是個名聲敗壞的皇子妃，憑什麼擺架子將本小姐我趕出宮?!」甄如怒道。

寧禾此刻正倚在貴妃榻上閉目養神，甄如怒氣沖沖來到享居已有些時候，她卻仍未睜開眼瞧過甄如。

待阿喜端來安胎藥，寧禾這才悠悠張開眼睛，但是她目不斜視，只皺著眉頭喝完藥，吃了一口素香送入嘴中的蜜餞，拿著手絹拭了拭唇角後，才抬眸望去。

阿喜將藥碗端走，跟素香一起退了出去。自從那一日後，顧琅予封住了所有人的口，她身懷有孕的事，只能待兩個月後再向旁人公布。

「甄如小姐又來了，妳不是已經回府了嗎？」好似方才不曾聽到甄如的聲音，寧禾挑眉道。

甄如雙眼瞪得大大的，惡言相向。「寧禾，不要以為妳坐上皇子妃的位置就可以隨便將我趕走，我陪在表哥身邊時妳還不知道在哪裡呢，妳這不要臉的賤婦！」

寧禾並不喜歡與人鬥，也不想與粗俗的甄如糾纏，她從貴妃榻上起身，捋了捋鬢角垂下的一縷青絲，道：「不如本宮將妳帶去殿下面前，讓殿下納妳做側妃如何？」

甄如一時沒反應過來，愣愣道：「納我做側妃？」

寧禾輕輕點了點頭。「既然妳喜歡殿下，讓妳當側妃可好？」

「妳……妳沒意見？」雖然不喜歡寧禾，但甄如心中很清楚有哪個女子捨得讓自己的丈夫娶別的女人？她狐疑地看著寧禾。

寧禾回道：「妳若不信，那就算了。」

「我信、我信！」甄如連忙答道。

寧禾果真帶著甄如往顧琅予的書房去。其實她根本不喜歡甄如，更別說讓她成為側妃，她這麼做，不過是為了斷絕甄如的念頭。

何文正坐在書房外的石案前，桌上煮著茶，案旁放了幾本書籍，聽聞腳步聲，何文回過頭，一見到是寧禾，他連忙起身行禮。

寧禾望著何文，勾起一抹笑來。「何文，你眼底一片青色，可是沒睡好？」

何文苦不堪言，卻只得回道：「不礙事。」

寧禾又笑曰。「不過瞧你臉頰似乎豐腴了些，有點發福呢！」

何文尷尬地垂下頭，直言道：「文每日三餐皆食肥肉與菽，甚難排油解膩，腹中之氣又不順，故而確實比往常重了三、五斤。」

此時寧禾收起笑容道：「哦，還有二十多日，你且要扛住了。」

說完，寧禾就帶著甄如走去顧琅予的書房。侍從閔安迎她們入內，書案那頭，顧琅予正埋首於案牘中，他時而眉頭深鎖，時而認真地批改。

閔安再度通報了一聲，顧琅予這才抬起頭來，一見到是寧禾，他又將頭埋於案牘中，漫不經心地問道：「何事？」

「殿下，妾身為你納個側妃可好？」寧禾靜靜說道。

聞言，顧琅予抬眸望向寧禾，這才瞧見她身後的甄如，他皺著眉說：「納側妃？」

「殿下已二十又三，卻沒個側妃，常熙宮怪冷清的。甄如小姐素來傾心於殿下，又是殿下的表妹，不如親上加親，將甄如小姐娶入常熙宮，做殿下的側妃？」寧禾的語氣溫和，宛若真心關切丈夫的妻子，含笑望著顧琅予。

顧琅予卻是暗暗惱怒，他語氣冰冷。「甄如是本殿的表妹，不可娶為側妃，若妳真要替她尋夫家，還是擇朝廷其他良配吧！」

其實寧禾早就知道顧琅予不會娶甄如，因為甄家不過是書香門第，就算是名門，卻幫不了一心爭儲的顧琅予什麼忙。寧禾知道顧琅予不會同意，所以才帶甄如過來，讓她親耳聽到顧琅予回絕，總好過她得反覆迎接跟送走甄如。

甄如立刻哭了出來。「表哥，你不想娶我嗎？」

顧琅予皺眉道：「妳年紀還輕，應找一個與妳匹配的。」

甄如跺腳道：「寧禾只比我大了一歲，你為何能娶她，不能娶我這個青梅竹馬！」眼見心愛的男人拒絕自己，甄如崩潰地在書房哭鬧不休。「我委身做側妃都不計較了，表哥竟這樣對我……」

顧琅予被吵得煩躁不已，他瞥見寧禾正在偷笑，心中暗惱，最後只得沈聲斥退甄如，並讓閔安將她送回甄府。

寧禾正要退出書房，顧琅予已起身朝她走來，他拽住寧禾的手，微慍道：「妳知道自己鬥不過甄如，便讓本殿拒絕她？」

顧琅予手上的狠勁握得寧禾有些疼，她抽出手道：「你怎麼料定我鬥不過她？我根本不屑與甄如這等粗鄙之輩爭鬥。」

她淺笑著直直望向顧琅予，繼續道：「若殿下真想娶側妃，我可以代替你向父皇請旨。」

寧禾的不怒反笑，讓顧琅予更是氣憤她這算計。她很清楚他剛娶她為正妃，因此短時間內沒人會要他納側妃。

顧琅予移開目光，冷淡道：「下個月父皇五十三歲壽辰，本殿忙於政務，這些事情不需要另外再交代了吧！」

寧禾並未答腔，逕自轉身出了書房。

第十六章　結識好友

回到享居，寧禾開始為皇帝在四月底的大壽做準備，只是她初來皇宮，摸不清楚皇帝的喜好。

此時，寧禾想到了蘭妃。她讓阿喜買了許多胭脂、香粉與錦緞，又讓素香去惠林宮求訪，蘭妃自然不會拒絕寧禾到訪，在宮內擺了許多點心等她。

一踏入惠林宮，沁入鼻端的便是花苑中飄散來的百花香氣。宮女將寧禾與阿喜引入花苑，蘭妃正坐於院內彈琴，她身邊還有一個年輕貌美的女子，瞧起來模樣與氣質跟蘭妃有些相似。

蘭妃見到寧禾進來，便停止動作，忙著招呼她坐下。

寧禾行過禮後讚嘆道：「蘭妃娘娘真有雅興，這一手琴彈得猶如天籟，實在是臣妾聽過最好聽的琴音。」

蘭妃的肌膚在陽光下顯得更加白皙，她眸似新月，笑著道：「三皇子妃真會哄人，倒比三皇子殿下會說話。」

寧禾命阿喜呈上禮品，說道：「臣妾說的可都是真心話。蘭妃娘娘，聽長姊說您喜歡胭脂，臣妾便從宮外尋來些時下最新的胭脂水粉，還有京城女子最愛的幾種錦緞，希望娘娘喜歡。」

蘭妃打開一盒胭脂，有些驚豔地嘆道：「宮中的胭脂用久了便沒意思，未想宮外的胭脂質地竟這般好，能為人增添不少氣色。」

之前寧知也曾送過宮外的胭脂給蘭妃，看樣子她的確懂得寵愛、裝扮自己，好讓身邊的人感到愉悅。

此時寧禾細細端詳起蘭妃來。她的五官秀氣，氣質溫婉柔和，即便不帶妝容，瞧著也讓人很是舒服，但是她畢竟已三十有幾，又沒運動，因此身材雖好，面頰卻有些豐腴了。

蘭妃看到寧禾盯著自己瞧，不好意思地掩帕遮住了側臉。「妳是否覺得本宮已老了？」

「蘭妃娘娘花開正盛，誰說您老了？」

「本宮最近太過順心，臉頰比以往瞧起來豐腴不少，況且年歲已到，真是消減不下了。」

寧禾淺笑道：「娘娘不如試試另外這盒胭脂，它為淺褐色，輕掃於臉頰，能讓人的五官瞧起來更加立體。」

在蘭妃的期待中，寧禾馬上為蘭妃打造不一樣的妝容，並教會蘭妃技法。其實這個原理很簡單，只是古代人很少用到褐色，不知其效果而已。

蘭妃攬鏡自照，覺得自己年輕了三、五歲不說，臉蛋也更加精緻。她對寧禾的好感頓時上升，甚至將皇帝賞賜的一支獨一無二的珠釵賜給了寧禾。

待因為變美而興奮的情緒稍稍平復後，蘭妃不禁笑問：「妳突然帶這些禮物來探望本宮，可是有什麼事情需要本宮幫妳？」

寧禾暗嘆。不愧是在後宮裡打滾的女人，她那點心思一下子就被摸透了。

「蘭妃娘娘，三皇子殿下平日不喜與人結交，父皇的壽辰又快到了，娘娘是父皇親近之人，所以臣妾想求娘娘賜個方向，看應該為父皇準備什麼禮物？」

蘭妃笑道：「你們都是陛下疼愛的孩兒，送什麼他都滿意。」

寧禾摟著蘭妃的胳膊撒嬌道：「好娘娘，您就告訴阿禾吧！」

蘭妃被寧禾的舉動逗笑，她無奈道：「近日的確有一件事讓陛下頭疼。」

聞言，寧禾的表情變得非常認真。

蘭妃繼續說道：「阜興連遭兩年大旱，城內經濟蕭條，百姓饑困貧苦，阜興郡守無才，陛下憂心不已。」

原來如此，這件事確實棘手，但是既然連當地的官員都沒辦法，顧琅予又怎麼可能在一個月內讓阜興恢復如初？

在惠林宮待了一段時間，寧禾打算回去常熙宮，蘭妃連忙叫她身邊那年輕女子送寧禾，寧禾這才問道：「臣妾來了許久，還未請教娘娘這是哪家的小姐？」

蘭妃笑道：「妳瞧，本宮只顧著閒聊，忘了介紹妳們認識，她是茱兒，本宮的妹妹。」

寧禾驚訝地說道：「娘娘的妹妹？」

眼前這靦覥的美人與她年紀差不多，而蘭妃卻已三十有幾，竟是蘭妃的妹妹？

蘭妃輕笑道：「看把妳嚇得，她是本宮姨娘所出之女，與妳年歲相當，這幾日本宮閒來無事，便將她接到宮中與本宮相伴。」

寧禾不好意思地說道：「那臣妾今後也要叫娘娘為姊姊，不然可把娘娘叫老了。」

「妳可真是貧嘴！」蘭妃嬌嗔道，命李茉兒送寧禾出宮。

走出宮門時，寧禾能感覺到李茉兒個性十分羞赧，於是她先開口道：「茉兒小姐，我是庚寅年十月生，妳呢？」

「三皇子妃叫臣女茉兒就好，臣女比三皇子妃大兩個月，是八月生。」李茉兒低聲說道。

寧禾輕笑道：「妳別皇子妃、皇子妃地喚我，就喚我阿禾吧，我在宮內除了我長姊便沒個友人，偏巧認識了妳。」

看到寧禾真誠以對，李茉兒似乎也放開了一點。「阿禾，我極少入宮，這次應會在此小住些時日，妳若覺得無趣，可以到姊姊的惠林宮中，我們一起彈彈琴、做做女紅。」

寧禾有一瞬間反應不過來，她訕訕地說：「茉兒，我……我若告訴妳我不會彈琴、不會女紅，妳可會嫌棄我？」

說起來，她真是枉費了安榮府嫡孫女之名，竟然沒個能拿出手的才藝。她過去看的小說裡，女主角穿越之後皆多才多藝，簡直是胡謅！舉個例子來說，這裡的琴是古琴，而非二十一弦古箏，古琴只有七弦，琴音難調，她會欣賞，自己卻彈奏不出來。

李茉兒驚訝地望著寧禾說：「阿禾，妳……妳在跟我開玩笑？」

搖了搖頭，寧禾道：「因為我曾落水一次，之後便什麼都忘了，連字都得再重新認一遍。」

李茱兒同情地望著寧禾，柔聲說道：「妳也是可憐之人……」

寧禾看得出來李茱兒眼中的憐憫並非是嘲笑，她是真的在關心自己。

將寧禾送出惠林宮，李茱兒又陪寧禾走了一段路，才與她分開。

寧禾一回到常熙宮，便在庭院中看到琴姑。琴姑站於一處矮廊下，正在與兩個宮女談話，由於琴姑背對著寧禾，所以並未瞧見寧禾正在緩步向前。

待距離近了一些，寧禾便看見那兩個宮女的容貌秀麗，衣服比一般婢女稍微講究一些，而且身上還有首飾，常熙殿內的宮女並沒有這般好的待遇。她們兩人是誰？

琴姑訓誡著這兩名女子。「不是我沒給機會，我安排妳們兩人做殿下的侍妾已有半載，昨夜我還讓妳們去寢房伺候，怎麼就是抓不住殿下的心？到現在，妳們哪一次被殿下留在寢房過？」

寧禾一聽就懂了，原來她們是顧琅予的侍妾。

琴姑有些恨鐵不成鋼地說：「眼下除了二皇子殿下生病，其餘皇子都已成婚，誰若能先為陛下誕下個小皇孫，那是天大的福氣，妳們可聽清楚了？」

其中一個侍妾委屈道：「琴姑，殿下總是將我們趕出房，從不讓我們近身。」

寧禾沒聽說過顧琅予有侍妾，照她們談話的內容，顧琅予似乎從未召過她們當中任何一個人同寢，這倒是讓她相當吃驚。

顧琅予如今已二十又三，古人大約十四、五歲便準備成親，他又是皇室中人，有侍妾是再正常不過的事，但是他為什麼不讓侍妾近身，不召她們侍寢？

還是說……他真的喜歡男人?!

寧禾搖了搖頭，不願再多想。由於她在惠林宮待了半日，已經很疲憊了，她想裝作沒看見，趕快回去睡個覺，誰知此時竟聽到琴姑不滿地說：「享居那個主子怕是無福替咱們殿下誕下子嗣了，她整日喝藥，李太醫只說她是體虛，這般禁不起折騰的身子娶來有什麼用！」

寧禾心中倏地一沈，她輕輕開口道：「琴姑，妳在罵什麼？」

琴姑整個人一顫，她轉過身後發現是寧禾，硬著頭皮行禮道：「見過皇子妃，我只是訓誡她們幾句。」

那兩名侍妾見到寧禾來此，連忙慌張地行禮。

寧禾故意說道：「哦？她們兩人犯了什麼錯？」

「沒什麼，不過是些小毛病。」琴姑並不知曉方才自己說的話是否被寧禾聽見，但是她多少還是礙於寧禾的身分，因此垂著頭，不敢張揚。

寧禾的視線落到那兩人身上，她們面目雖是秀麗，但雙手略顯粗糙，一看便知並非經年享福之人，她刻意問道：「妳們兩人怎不好好侍奉殿下？」

這話一出，在場的人皆是一臉愕然。難道皇子妃竟不吃醋?常熙宮上上下下都知道，殿下身邊的紅人何文在皇子妃入宮的第二日就挨了罰，加上甄如也被趕回家，可見殿下有多尊重這位皇子妃，然而此刻她的反應卻教眾人摸不著頭緒。

寧禾皺眉道：「琴姑，妳身為殿下的乳母，在殿下身旁侍奉多年，她們既是殿下的侍妾，妳怎麼能像對待婢女般對待她兩人？」

對於寧禾的質問，琴姑有些傻住了。

寧禾沈聲開口。「將景齋收拾好給她們兩人居住，擇四個宮女過去伺候，每月衣食俸銀報給本宮，不可輕待。」

琴姑還沒反應過來，那兩個侍妾就連忙跪下謝恩了。

寧禾又道：「送些華服與首飾到景齋，夜間差一人去寢房侍奉殿下，可聽明白了？」

兩人眼含淚花，忙再磕頭謝恩。

寧禾轉身離開，唇角帶笑。反正琴姑不喜歡她，那便由她自己將這兩名侍妾推到顧琅予身邊，這樣既不用受人議論，又能讓她在養胎的日子不用去操勞常熙宮那些有的沒的小事，何樂而不為呢？

回到享居，素香忽來道李茱兒求見。寧禾有些詫異，她們兩個才分開不久，難道李茱兒有什麼重要的事？

李茱兒進入享居的廳堂時，那一身緋紅衣裳都掩不了她滿臉的沮喪，她又怯又悔地望著寧禾說：「阿禾，妳將姊姊送給妳的那支珠釵忘在了惠林宮。」

寧禾道：「是這件事啊，那本就是父皇送給娘娘的，世間只此一支，娘娘雖然轉贈於我，我又怎敢奪娘娘所愛？既然忘了，就當沒這回事好了！」

「姊姊命我拿給妳，我卻在路上將它……摔成兩截了。」李茱兒沮喪地望著寧禾。

原來是因為這樣，李茱兒才會這麼頹喪。寧禾回道：「我雖然不介意，可這畢竟是父皇賞賜的東西，不如這樣吧，妳回去告訴娘娘說我已經收到了，不要提妳摔斷珠釵的事。」

聽到寧禾這麼說，李茱兒更加羞愧。「都怪我不好，阿禾，妳真是心善之人。」

寧禾一笑帶過，卻是有些疑惑。李茱兒個性靦覥，而靦覥之人大多心思單純、舉止穩重，她怎麼會將這麼重要的東西摔斷？

壓抑不住好奇心，寧禾問道：「這珠釵怎麼會斷了，可是不小心掉了地？」

「都怪那個年輕的小官！」李茱兒面帶怒色，下一瞬間卻又紅了雙頰。「與妳分開之後，我去了御花園的石亭中看書，婢女送了珠釵過來，我正要往妳宮裡來，誰知那時候才發現有個男子正在花叢那邊作畫，他出聲嚇到了我，我就因為這樣不小心弄掉了珠釵。」

寧禾無奈一嘆。李茱兒委實單純，竟被一個男子的聲音嚇到，她繼續問：「那他為何驚呼，又在花叢中畫了什麼？」

李茱兒雙頰通紅，扭捏了半天才說道：「他……他竟畫了我看書的側影！我怪他出聲驚擾了我，他竟無恥地回說是我轉頭時嚇到了他。」

寧禾附和道：「這個人確實無恥，我們茱兒貌美如花，他竟說嚇到了他。」

李茱兒的婢女秀煙朝寧禾行了個禮，笑道：「皇子妃，您可不知，那個公子說的是『我好端端地在這兒作畫，不想妳誤入畫中；我本是繪春日百花，哪知繪了妳側顏。妳好端端看書不成，竟比百花都美，著實嚇了我一大跳。』」

寧禾先是一愣，緊接著大笑出聲，她這一笑，廳內眾人都忍不住跟著笑出來，唯有李茱兒不知如何是好，又羞又氣地絞著手絹。

止住了笑，寧禾安慰李茱兒不要將珠釵的事放在心上，只要她兩人與婢女們不多嘴，便無人知曉。

李茱兒忽而擔憂地望著寧禾。「我進來時聽到外面有宮女議論，說妳安頓了兩個侍妾，可是真的？」

見寧禾微微頷首，李茱兒更是憂心。「阿禾，可是三皇子殿下待妳不好？」

寧禾搖了搖頭一笑。「妳不要想太多，殿下待我……甚好。」

「那妳這般舉止實在大度！」李茱兒不可思議地說道。

大度？寧禾哭笑不得。她是嫁給顧琅予沒錯，可是他們兩人並無夫妻之實，她不過是想在助他拿下儲君之位後重獲自由，帶著孩子過自在的生活。

她若不愛，自然大度。因為世間沒有任何一個動了真心的女人，願意讓別的女子分享她的愛人，而她，並不愛顧琅予。

李茱兒離開後，寧禾才得到時間懶懶睡上一覺，待她醒來時，外面天色已暗，阿喜遞來藥碗道：「小姐，藥已經可以喝了，不燙口。」

寧禾接過飲下，只見阿喜猶豫地說道：「小姐……奴婢有句話想對小姐說。」

「說吧！」

「小姐當真要將腹中的胎兒生下？如今您已是皇子妃，可這孩子並非……」阿喜擔憂地望著寧禾道：「小姐不怕將來有一日殿下心生怨懟，與小姐恩斷義絕嗎？」

阿喜並不知道寧禾與顧琅予之間的交易，是以有此一問。

恩斷義絕？她與顧琅予之間何有恩，何有情？寧禾回道：「我知道妳是擔心我，可是阿喜，不管這個孩子的父親是誰，他都是我的孩子，是我的骨血，我實在不忍心拋棄他。」

前一世，她正是與腹中兩個月大的胎兒一起命喪於楊許的狠心之下，那時她沒有防備，所以害了自己不說，也害了孩子，如今她只想好好保護這個寶貝。

喝過藥，寧禾再無睡意，她披了件外衣出門，獨身一人在常熙宮閒晃。重重宮闕深牆，在四四方方的天空下，好似一個金絲牢籠，有的女子深愛這其中的富貴榮華，她卻只希望獨安一方，享受平靜歲月。

寧禾在夜色裡穿花越廊，成排的宮燈為她引路，她順著這迴廊，竟走到了一處從未到過的地方。

四處已無宮燈，暗黑一片，寧禾返身欲回，背後卻忽然傳來顧琅予低沈的聲音。「妳來這裡做什麼？」

他突如其來現身，嚇了寧禾一跳，她轉過身，只見顧琅予從暗影中走出，寧禾見他走上前，連忙後退了一步，哪知背後恰是臺階，她一聲驚呼，腳已踏空。

顧琅予身影一閃，朝她直衝而來，他穩穩攬住了寧禾的腰，旋身站定在廊下，才放開了她。

寧禾還因為方才險些跌倒而心驚肉跳，等到一切都結束了，她才後知後覺地低低道了一聲「多謝」。

「這裡陰氣重，今後莫再來此。」顧琅予輕聲說道。

寧禾一怔。他是在關心她？

第十七章　回溯當夜

顧琅予緩步往前走入宮燈下，寧禾跟上前後，忽然從腰間錦袋中拿出一顆夜明珠照亮四周。方才她怎麼沒有想到呢，真是遲鈍。

凝眸望了寧禾這個舉動一眼，顧琅予未發一語。

趁著這個機會，寧禾對顧琅予說：「父皇生辰之事，我已向蘭妃娘娘打探過，父皇正為皐興大旱憂心，希望能有人解決此事。」

此時顧琅予慢下了腳步，說道：「皐興大旱已有兩載，這是天災人禍，豈是那般容易解決。」

寧禾卻是一笑。「你解決不了，當然會這麼說。」

顧琅予微微偏過頭睨了寧禾一眼，卻未與她爭論。

兩人無言地繼續往前行，四周一片寂靜，寧禾的思緒卻漸漸變得混亂。她想起了阿喜的話，那個劫持她的神秘人到底是誰？按照遺傳學的觀點，如果這個孩子的父親先天有疾，她總該有個心理準備。

「顧琅予。」寧禾突然出聲輕喚，她見顧琅予聞言停下，便問他道：「你可知一月底我入京途中，是誰劫走了我？」

顧琅予望著寧禾，聲淡如常。「本殿不知。」

「當真不知？」寧禾走上前抬眸望著他，追問道：「之前我與顧衍的婚事，相信其餘皇子都不樂見，你當真不知？」

「是。」顧琅予望著寧禾答道：「妳與顧衍的婚事，確實是眾皇子不希望看到的，但那一日是誰擄走了妳，本殿無從得知。」

寧禾神情黯然。顧琅予真的不知道真相？

「怎麼，妳現在懷了孩子，便想查清楚那個男人是誰？」顧琅予譏諷道。

寧禾並不想與他辯駁，反問道：「那你當天在做什麼？」

「說到底，妳懷疑是本殿所為？」顧琅予話中漸漸有了怒氣。

此刻他們已走到明亮的地方，離何文的住所很近，寧禾恰巧見到何文從廊下走來，他向他們行禮，眼神中帶了點急切，似乎是察覺他們之間有硝煙升起。

何文道：「殿下，黎氏在您房中服侍，明日還要早朝，殿下可要安寢了？」

這話是要勸退顧琅予，好阻斷他們之間一觸即發的怒火。

顧琅予怒望了寧禾一眼，說道：「是妳安排黎氏去的？」

轉過身，顧琅予丟下一段話。「寧禾，不要以為妳已是三皇子妃，便能在常熙宮中做主，本殿要寵幸誰，由不得妳說了算。」

寧禾只覺得莫名其妙。她安排他的侍妾伺候他，難道是她的不是？

廊下只剩寧禾與何文兩人，何文說道：「皇子妃，您想知道些什麼？」

寧禾知道何文肯定聽見了他們的談話才急著走來，她直接問道：「我想知曉劫我喜車的人是誰？」

「皇子妃懷疑是殿下？」

寧禾不語。她一開始是懷疑過包括顧琅予在內的其他皇子，然而接觸他之後，又覺得他太過清高冷傲，而且似乎對女人沒有興趣，這樣一個人，怎麼會做出那般下流之事。

「文可以將我所知悉數說與皇子妃聽，但是文有一個請求，希望皇子妃今後莫再疑心殿下。」

寧禾只道：「你說吧！」

何文徐徐道來。「皇子妃入京那一日，正是大皇子殿下的生辰，陛下原以為寧家的護親隊伍從盃州趕赴京城要隔天才會到，哪知你們只剩十幾里就到了。在宮內為大皇子殿下慶賀了生辰後，眾皇子與官員便四散歸家，殿下為套得大皇子殿下與四皇子殿下製造新錢幣一事，欲送醉酒的大皇子殿下回宮，然而他們兩人皆是大醉，不甚清醒。

「大皇子殿下說要帶殿下出宮去西柳閣尋歡，之後他們便乘坐馬車離去。待我得知後，深覺不妥，便出宮尋找殿下，誰知殿下卻出現在街道上，身上還沾了血跡。事後我去西柳閣詢問，確實有人見到大皇子殿下帶著三皇子殿下進去。」

原來是這樣。寧禾又問：「那四皇子殿下與五皇子殿下呢？還有那個染疾的二皇子殿下？」

「二皇子殿下臥病多年，從不參加宴會酒局；至於四皇子殿下與五皇子殿下……」何文搖了搖頭。「我並不知曉他們當天的狀況。」
寧禾相信何文所說的，因為她覺得顧琅予不會用那種卑劣的手段對付一個弱女子，她輕聲道：「你退下吧，本宮也該回去了。」
何文行禮轉身，寧禾也轉身踏下石階，此時她腦中靈光一閃，她立刻喚住何文。「留步。」
寧禾一顆心猛跳，有些遲疑地問：「你說那一晚殿下出現在街道上，而且身上有血跡？」
何文頷首，寧禾追問：「他只是去西柳閣，為何身上會有血跡？」
這個問題讓何文有些尷尬，他先是辯解道：「殿下平日從不去煙花之地，而且殿下……殿下在那之前從無召過女子侍寢，若非那日大醉，絕對不會去那種地方。」
何文接下來才說到重點。「那一日我將殿下接回宮，他倒頭就睡了，是第二日才換了衣衫。血跡的來源在後背，殿下回憶起來，依稀記得是西柳閣那女子很是剛烈，用利器劃傷了他。」
寧禾腦中嗡嗡作響。記得阿喜曾對她說過，她在被欺負之後坐在馬車內痛哭，手裡緊緊攥著那半面玉墜子，還一直說「怎麼沒有戳破他的心臟，只劃傷他的後背」。
她頓時腳步虛浮，急忙伸手扶牆穩住自己的身體，一顆心猛跳不止。
何文見狀說道：「皇子妃近日可是身體不適？聽琴姑說，您每日都要飲藥。」
寧禾目光空洞地望著前方，答非所問道：「那殿下……後背的傷可好了？」

「文不近殿下身，這件事文不知。」
「你說在那之前，殿下……是童子身？」
「是，殿下雖然已經到了這個年歲，卻從未召過女子侍寢。」
「為什麼？」
「自從陛下一日日寵愛六皇子殿下的母妃敏貴妃之後，婉貴妃只能癡癡守在宮裡等候陛下，所以殿下曾說他絕不會像陛下那般三妻四妾，也不會讓任何一個女人苦等他。」
寧禾緊緊握住手上的夜明珠，雙腳已無力氣，她怔怔道：「你去叫個宮女扶我回去。」
顧琅予那一次醉酒，是去了西柳閣，還是朦朧中去了驛站？那便是他的第一次？
這一切是否只是巧合，還是只是她多想而已？為什麼顧琅予會在那一夜受了傷，而且是傷在後背？
寧禾被宮女攙扶著回到寢房，阿喜打水為她梳洗，這才發覺自家小姐的異常，她問道：「小姐，您一直發抖，可是身體不適？」
經阿喜一問，寧禾像是清醒過來，她急問：「告訴我，我有沒有說那個神秘人長什麼樣子？」
阿喜錯愕地說：「小姐為何又想起那夜的事？您不是忘了嗎？」
寧禾不理會阿喜的反應，繼續問道：「妳曾告訴我，我用髮簪劃破了那人的背？」
阿喜點了點頭。「小姐那夜正是這麼說的，當時小姐哭泣不止，要奴婢陪伴在側。」
寧禾腦中一片空白。她原本不打算追究那件事，因為那畢竟不是她受的苦，況且事情已經過去，她也重生，只打算好好過日子，然而知道自己有身孕之後，她便經常想知道這孩子的親生父親到底是誰？怎麼會這麼巧，寧禾攻擊那個人的部位，竟與顧琅予去西柳閣時被人劃傷的地方一樣！

再說了，西柳閣不是京城最大的煙花之地嗎，那裡怎麼會有何文所說的「剛烈女子」，竟還用利器劃傷顧琅予這個出錢尋歡的客人？

阿喜已將宮燈熄滅，寧禾卻睡意全無，她閉著眼，腦中閃過千百種思緒。接下來，她該怎麼做才好呢？

第二日，寧禾一早就出了宮，前往大皇子顧琻所在的宮外府邸。

顧琻的私宅並不在京城繁華處，而是避開鬧市臨河而建，頗有雅致。府邸外有皇帝派來看守的人，寧禾雖無諭令，但她畢竟是三皇子妃，守衛並沒有為難她，只讓她早些出來。

對於寧禾的到來，顧琻很是吃驚。

寧禾先是朝顧琻行了禮，才道：「大皇子殿下，有事相求。」

顧琻自嘲一笑。「如今還能聽到有人喚我一聲殿下，我倒不習慣了。說吧，有什麼事找我，妳不是恨極了我嗎？」

寧禾回道：「如果我恨極了殿下，在金鑾殿上我何不乘機給殿下定個死罪？看來殿下實在怨懟我。」

顧琻怔怔望著寧禾道：「我以為妳恨極了我，妳肯定覺得是我要劫持妳長姊，也認為妳的意外跟我有關。其實那一日我以為自己要受死罪了，但是妳竟然放過了我。」

那消失的五千箱新錢幣一直沒被找到，因此顧瑲一直維持著在宮外私宅禁閉思過的處罰。

寧禾淡淡一笑。「我從不假公濟私，況且我覺得大皇子殿下不像會害我長姊之人。」

顧瑲有些動容，對寧禾不再有敵意。「妳……肯信我？」

「雖然我信殿下，但是證據不信殿下。」

顧瑲自嘲地笑了笑。「妳今日突然來訪，原因何在？」

「殿下可還記得生辰那一夜發生的事？」寧禾問道。

顧瑲點了點頭，雙眸忽然間一亮。「那正是妳出事當夜，妳來就是為了這件事？」

寧禾微微頷首。「殿下可否告訴我？」

「當日眾多官員都來宮中為我慶生，與妳的事並無關係。」顧瑲答道。

「請殿下將生辰那日發生的事情都告訴我，尤其是關於三皇子殿下的。」

眼見寧禾堅持，顧瑲回道：「琅予？他送我重禮之後，似乎是要借酒套我關於製造新錢幣一事的進展，不過酒場上還沒幾個人喝得過我，他以為他已經將我灌醉，其實自己早就不勝酒力了。我知道他從不寵幸女子，便想惡整他，所以說要去西柳閣嚐嚐鮮，他醉得厲害，自當沒有反抗，跟著我一起去了。」

寧禾喉間發緊。「那去了之後呢？」

「進了風月之地，哪還顧得了旁人！他找了哪個女人我不清楚，但是我的侍衛似乎見到他後半夜出現在街道上，衣衫凌亂，現在想想，三皇弟那還是初經人事呢……」
說到最後，顧琀覺得有些好笑，又有些感慨。「如今我已落到這步田地，這些恐怕只能當作往事回憶了。」
寧禾目光迷離，怔怔道：「殿下可確信三皇子殿下確實是喝醉了酒，神志不清？」
「自然不假。」顧琀肯定道：「雖然身旁的人當我醉得厲害，但我不過是微醺，我能確定他的確已經喝醉了，不太清楚周遭的情況。」
寧禾不知該如何平復內心的激動之情。如果那一夜真的是顧琅予醉酒後迷迷糊糊地跑到驛站內，對被劫持去那裡的她施暴，那他清醒之後一定什麼都不記得。真的就是他嗎？是現在她名義上的丈夫？這世間怎會有如此巧合之事！
稍微穩住洶湧的情緒之後，寧禾朝顧琀問：「殿下，你可知那一夜四皇子殿下、五皇子殿下筵席散後去了何處？」
「不知道，我沒特地留意其他人。」
寧禾道了聲謝，顧琀道：「不用謝我，當時父皇將處罰大權交給妳，不想妳竟然放過我。」
「雖然我毫無證據，但是我相信殿下之所以未全盤托出，是另有隱情，自然不會致你於死地。」
顧琀有些動容地說：「這份恩情我已還了，妳走吧！」
寧禾再次行了禮，才與阿喜欲返身往外走。

忽然顧琀喚住了寧禾。「有件事我不確定是眼花還是真的發生過？我在西柳閣的房間內時，似乎瞧見廊外窗戶處有暗影，好像有人曾在那裡逗留過一陣子，但那或許只是夜風吹動的樹影。」

寧禾微微一怔，回道：「多謝大皇子殿下。」

之後寧禾又帶著阿喜去了西柳閣，但是那件事已經過去太久，無人清楚當時的狀況，不過寧禾卻聽到一句與她想法一致的話，是西柳閣看院護衛說的。「我們西柳閣之所以是京城最富盛名的煙花地，就是因為這裡的姑娘們個個身嬌語媚，對待客人柔情似水。」

能這般對待客人，足以說明西柳閣根本沒有何文口中所說的「剛烈女子」。

另外，讓寧禾後背滲出冷汗的，是西柳閣離城門不過十里，而驛站恰恰就在城門外！

坐在回宮的馬車上，阿喜望著失神的寧禾，並不清楚自家小姐為什麼要弄清楚過去的事？她問道：「小姐如今已是皇子妃，何須再讓自己傷神，將往事放下吧！」

寧禾用手輕撫仍舊平坦的小腹，喃喃道：「妳可記得那半面玉墜子？」

阿喜點了點頭。「奴婢記得，東西就放在盉州，奴婢並未將它帶來。」

「如果，它的主人正是顧琅予呢？」

阿喜極為震驚。「小姐的意思是說，那神秘人就是殿下，您腹中孩兒的父親就是他?!」

寧禾皺起了眉。「今日之事不可對任何人說起，我只是猜測。」

這些推論終究沒有證據，只是這一切太過巧合，巧合到連她自己都不敢相信……

寧禾回到皇宮之後，顧琅予正下了早朝歸來。

他們在常熙宮的宮門處打了照面，顧琅予睨了寧禾一眼說道：「妳去找大皇兄？」

寧禾望著面前的顧琅予，他有著英挺的五官、眉宇深邃，今日他難得穿了一身白茶色的外衫，襯得他整個人暖了不少，陽光落在他如墨的青絲上，讓他俊美得有如神祇一般。

「你怎麼知道我去見他？」

顧琅予率先挪開目光，他踏入宮門，回道：「妳既然是常熙宮的人，這點事本殿也該清楚。」

寧禾跟上他的腳步，說道：「殿下為何不讓那兩名侍妾服侍？如果是琴姑安排得不妥，或是殿下嫌棄她們兩人相貌不夠傾城，那我……」

走在寧禾前頭的那道偉岸身影停下，顧琅予猛然回身拽住她的手腕道：「我說過妳沒有資格插手這些事，本殿要寵誰還由不得妳說了算！」說罷，他眸光嫌惡地甩開寧禾的手。

寧禾依舊站在原地，顧琅予已經走遠。

如今她明白了，因為婉貴妃的遭遇，所以顧琅予不會讓自己成為如皇帝那般三妻四妾的人，照何文的說法，他也沒有斷袖之癖，若非那一日喝醉酒，恐怕他到現在都不會碰任何女人。

寧禾說不出這是何滋味，然而心中這份難言的悸動，卻讓此刻的她有些手足無措。她的確很想知曉腹中孩兒的親生父親是誰，但……如果真的是顧琅予，她不知往後要如何面對他……

第十八章　罪魁禍首

回到享居，用過早膳與安胎藥，寧禾到午時才讓自己睡了一覺。她這一覺一直睡到申時，醒來時阿喜不在，她喚了幾聲，才見素香進房。

常熙宮內，知曉她身懷有孕的除了素香與阿喜，便是那個顧琅予的親信太醫李複，連何文都不知道。

素香道：「皇子妃可要用膳？此時已是申時末刻了。」

「不必，阿喜呢？」

「她在煎藥。」

由於寧禾有孕的事需要絕對保密，因此安胎藥都是阿喜或素香在享居的小廚房親自煎的。

寧禾起身穿戴時，素香忽然說道：「皇子妃，殿下去了阜興。」

「阜興？」寧禾抬眸問道：「已經出發了？」

「是，殿下在殿上請旨前往阜興，因為阜興連著兩年大旱，城中蕭條，百姓食不果腹，陛下十分憂心，准了殿下的請旨。」

寧禾知道除非阜興降雨解旱，否則終究不能從根源上解決問題，但是這畢竟由老天說了算，豈是顧琅予憑一己之力能挽回的？

思及此，寧禾不禁有些擔憂地說：「父皇只派了殿下去嗎？可還有隨行的臣子？」

「有兩位大人跟殿下一起，何文也去了。」

寧禾擔心顧琅予不能帶功而返。離皇帝的壽辰剩不到一個月，他如何能在這短短的時間內扭轉當地的情況？

第二日，阿喜與素香在整理初夏的衣裝，寧禾則在案頭練字。她一開始雖然不認得雲鄴的字，但眼下幾乎已將常用的字詞認足，只是她筆用得還不習慣，字也寫得十分難看。

此時阿喜進來說道：「皇子妃，茱兒小姐來了。」

李茱兒走進享居，寧禾放下筆笑道：「妳來了。」

淺笑望著寧禾，李茱兒說道：「我聽五皇子殿下說了，三皇子殿下已去阜興，我怕妳無聊，便來陪陪妳。」

寧禾笑著說：「妳這番心意倒似我的長姊，她也曾憂心我無人陪伴，說要常來陪我。」

李茱兒回道：「妳還有兄弟姊妹，真羨慕妳。我娘只是爹爹最後一個娶進府的姨娘，雖然我是家中最小的女兒，但是眾兄弟姊妹都不喜歡我娘，也不喜歡我。」說著，她黯然地垂下頭。

寧禾第一次聽李茱兒提起身世，不由得對她寄予同情。「但是我看蘭妃娘娘甚是疼妳，妳不要難過了。」

「是啊，我兩歲時娘親曾抱我入宮，也許當時姊姊很喜歡我，所以這些年一直將我記掛在心上吧！」

「妳來陪我，又跟我提些不開心的話，我可要不樂意了。」寧禾故意調侃李茱兒。

李茱兒羞赧一笑道：「那我們去御花園走走。陛下前日來惠林宮，說那邊的花開得正盛，要我們都過去觀賞。」

寧禾頷首，跟著李茱兒一起往御花園走去。李茱兒的腳步很是輕快，寧禾因顧及腹中胎兒，所以走得稍慢。

李茱兒在前面催促寧禾快一些，此時隔著幾簇花叢，她望見疾步前行的顧末，說道：「奇怪，他不是要陪姊姊用膳嗎，這般匆忙是要去何處？」

寧禾順著李茱兒的視線望過去，只見顧末身影漸遠，且未帶隨從，獨自一人穿過御花園，神色匆匆。

收回目光，寧禾問道：「妳說五皇子殿下要陪蘭妃娘娘用膳，為何他先走了，去的也不是惠林宮的方向？」

「興許是有急事吧！」李茱兒沒放在心上，她拉著寧禾登上石階，坐在一處亭內，嘆道：「這裡百花齊放，聞著花香便讓人心情愉快，妳說，若是有人能將我們畫下來，那該有多好。」

寧禾也是這麼想的。若擱在前世，這時候就是穿得美美的，再來張自拍。她說道：「前幾天妳不是遇到一個偷畫妳的人嗎，將他叫來，給我們兩人畫一幅。」

李茱兒的目光變得飄忽，她喃喃道：「我沒再見過他了，不知那幅畫畫得如何……」

寧禾望著李茱兒悵然的模樣，不由得說道：「妳不會是看上那小官了吧？」

「才不是，妳可休要取笑我。」李茱兒極不自然地站起身說道：「不如我去把我的琴抱來，妳說妳忘了怎麼彈琴，我教妳如何？」

寧禾頷首道：「我在這裡等妳。」

李茱兒歡喜地朝惠林宮跑去，寧禾坐在亭內，忽然覺得肚子有些餓，阿喜瞧她捂著肚子，便道：「小姐，我們今日吃得早，眼下又到午時，您可是餓了？」

見寧禾點了點頭，阿喜趕緊說道：「不如我回宮裡取些點心來？」

「快去快回。」寧禾一說完，阿喜便小跑著離開了她的視線。

寧禾只帶了阿喜出門，眼下阿喜與李茱兒都已暫時離去，這亭內便只剩下她一人。

環顧四處，御花園景致宜人，亭臺水榭環抱，又有百花齊放，委實是難得的美景。

寧禾步下石階，伸手握住一株開得正盛的木蘭，此時她眼尾餘光忽然瞥見一道黑色的影子，凝神望去，不正是顧姮疾走的身影嗎？他去的方向，正與顧末方才相同。

想到自己成親路上被劫一事，顧琀與顧琅予已經排除了嫌疑，而她還沒調查過這兩人……這麼一想，寧禾便朝顧姮的方向走過去。

一路上，寧禾的腳步很輕，只見顧姮走入一處廢棄的宮殿，她確定四周無人後，才敢行上前去。

牆的另一邊傳來隱隱約約的交談聲，寧禾倚靠一面頹壁緩步向前，那些聲音這才清晰可聞。

「四皇兄，我怕……」

「怕什麼，成大事者這點膽子都沒有嗎?!」

聽到這談話內容，寧禾忽然有了不太好的預感。

顧姮陰鷙的聲音傳來。「顧琅予此次出宮是千載難逢的好時機，平日在宮裡你我哪有機會下手。」

寧禾一顆心猛跳。顧姮要對顧琅予做什麼？

「四皇兄，難道三皇兄當真知道了那次的事情？」顧末緊張地問道。

顧姮沈默了一瞬才道：「那天他喝得爛醉，雖然發現有人在西柳閣監視而追了過去，但他並不知道那是你我的手下。」

這一刻，寧禾心中有什麼東西轟然倒塌。

「可是如果三皇兄不知道，憑他一個那麼心高氣傲的人，怎麼會娶失去清白的女人？」顧末不安地說：「我怕他早就知道那天的事才會娶寧禾，那本就是被他凌辱的人，所以他才不怕外人的眼光。」

「此事休要再提，就算他記得那晚的事，知道是你我兩人所為又怎麼樣？破壞寧知嫁給六皇弟的事也被他化解了，我都還沒有找他算帳呢！想要撂倒我，他可得有證據，上次不過是找到區區幾枚新錢幣，還以為這樣就能將我鎮住……」

寧禾的腦中一片空白，一直迴盪著顧末說的那些話。顧琅予，真的是他，他就是那個凌辱了寧禾身體的人！

她死命摀住嘴巴，害怕自己因震驚而發出聲音，然而由於太過用力，竟將自己的手指咬破，疼痛的感覺傳來，寧禾這才想到自己是來偷聽的。

此時顧姮陰狠地說道：「這一次，我一定要他有去無回。」

再不敢繼續聽下去，寧禾伸出顫抖的手扶著牆壁，匆忙卻又小心地逃開，她拚盡力氣走到空曠處，四周偶有宮女路過，皆朝她俯身行禮。只見寧禾目光呆滯，出神地往御花園走去。

胃中忽然傳來一陣噁心，寧禾撫住平坦的小腹，心中不知是何滋味。那一夜，是醉酒的顧琅予發現有人盯梢，迷醉地去追那個人，而那個人則故意將顧琅予引出城。那時寧禾已經被劫持到驛站去了，顧琅予就在那裡把她當作西柳閣的女人，才會……

就算顧姮沒把話說全，寧禾也猜得出襲擊迎親隊伍的人就是他的人馬，這一切全是精心設計過的。

她相信顧琅予的確不知道那晚的事，因為他每次看她時目光盡是嫌惡，如果他知道害她失去清白的那個人就是自己，肯定不會那樣對待她；如果他知道，就不會在知曉她身懷有孕後灌她喝打胎藥。

這腹中的孩兒，可是他顧琅予的骨肉啊！

此刻頭頂明明有陽光照在身上，寧禾卻感覺周身一片冰冷，阿喜與李茱兒呼喊的聲音讓她回過神來，寧禾望向前方，只見李茱兒跟阿喜正急切地朝她奔來。

李茱兒握住寧禾的手，如釋重負地說道：「可算見著妳了，妳去哪啦？」

寧禾聲音嘶啞道：「我一人覺得有些無趣，到……到處走了走。」

「妳怎麼了，好像有些不對勁？」李茱兒擔心地看著寧禾。

寧禾回望李茱兒，扯出一抹笑回道：「我有些不適，不如改日我再邀妳出來？」

看到寧禾有些魂不守舍的樣子，李茱兒便點點頭，親自將寧禾送回了常熙宮。

眼看寧禾的神色異常，阿喜連忙請來李複為她診脈，李複只道她是受到驚嚇，不宜用藥，靜養即可。

送走李複後，阿喜避開素香，憂心地問道：「小姐，可是奴婢走後您遇著什麼事嚇到了？」

寧禾怔怔地望住阿喜，輕輕開口。「阿喜，我……」

「小姐，您怎麼了？」阿喜更加著急。

「我腹中胎兒的父親，正是顧琅予……」寧禾難以掩飾內心的震驚，失神地看著阿喜。

阿喜杏眼圓睜，驚呼道：「是殿下凌辱了小姐？」

寧禾環顧左右，確定寢房內再無旁人，才道：「我偷聽到顧姮與顧末的談話，原來就是他們兩個人害我的。」

阿喜萬般不解，又驚又怒。「為何殿下欺負了小姐，還要打掉您腹中的胎兒？那可是他的親生骨肉啊！」

「他不知道。」面對唯一可以信任的人，寧禾並沒有隱瞞。「他是在醉酒的情況下才做出那種事，他自己並不知情。」

阿喜愣了一下，忽然滿是期待地說道：「那我們告訴殿下，告訴他小姐懷的是殿下的骨肉，若他知道了，從此以後一定會對您好！」

寧禾立刻搖頭。「不可以！」此時她已恢復平靜，堅定道：「不可以告訴他。」

阿喜急得快哭出來了。「為什麼？殿下冷眼相對小姐，不與您同房，甚至還要打掉寶寶，小姐為什麼不告訴殿下？」

寧禾堅決地搖頭。「記住我的話，不要告訴顧琅予，若妳說出來，便別再跟在我身邊。」

重活這一世，寧禾只想好好地活下去，不牽涉政治，也不牽扯男女之情，如今她有了孩子，只求讓他遠離這宮廷紛爭，富貴不重要，只要平安！

寧禾緩緩閉上眼睛。顧琅予，你與這個孩子無緣，恕我不能讓孩子認你這個父親了！

只是……寧禾倏然睜開眼，沈聲道：「備車，我要去阜興。」

就算寧禾不想讓顧琅予知道孩子的事情，但是顧姮與顧末已經著手安排對付顧琅予，她不能讓他出事，否則她與孩子將失去依靠！

寧禾沒帶阿喜同行，只令她在享居守候，對外人宣稱她染上風寒，不能見客。不過她卻將素香帶在身邊，素香畢竟是顧琅予的手下，心性比阿喜沈穩，況且此行十分凶險，她不想讓阿喜出事。寧禾讓素香去準備乾糧，順便在宮外請些有功夫底子的壯漢隨行。

喬裝出了皇宮，馬車緩緩踏上前去阜興的路途，接連趕了四日的路，終於抵達了城門，然而此刻暮色已降，城門緊閉，只剩鎮守的士兵四處巡視。

看到寧禾一行人，一個守衛走上前，他立定於馬車前道：「沒看見這個時辰已經進不了城了嗎？明天早上再來。」

素香到底是顧琅予的婢女，她沈聲喝道：「你膽子可真大，好好瞧瞧是誰要入城。」說罷，她將手令遞上。

雲鄴眾皇子皆有兩塊手令，一塊象徵皇子身分，一塊是備用的附令，這塊附令是寧禾在顧琅予的書房尋到的。

守衛定睛瞧著這塊手令，赫然睜大雙眸道：「原來是京城來的，快開城門。」他雖不識手令，但也知道持有者身分非凡，忙連聲對素香賠不是。

此時城牆處忽然走下一人，應是士兵們的領頭，他對素香拱手行禮道：「姑娘，我們阜興城裡有京城來的大官人，他已下令城門閉後嚴禁任何人入城，哪怕皇親國戚也不可以，還是請你們明日再入城吧！」

寧禾坐在馬車內，聽到這個人的話，心頭一緊，她未掀開車簾，只朝外問道：「京城來的大官人，可是三皇子殿下？」

那人身軀一震，問道：「你們是何人？」

知道顧琅予此刻平安無事，寧禾放下心來，她掀開車簾，探出車外對那領頭人道：「你且去跟他說，三皇子妃在城門外等他。」

那人怔怔望著探出車窗的那張如花容顏，恍若暗夜裡升起了一輪皎潔的明月，令人迷醉。他愣了許久才尷尬地收回目光，連忙進城去了郡守府。

郡守府內燈火通明，因為顧琅予的到來，府內肅然嚴謹，來回穿梭的侍從與婢女個個打起十足的精神，未敢有半分鬆懈。

廳堂內，郡守章恪坐於餐桌前，上座端坐著一個偉岸英挺的男子，他正鎖眉沈思。

「殿下，您覺得這菜可合口味？」章恪有些忐忑。

顧琅予緊皺眉頭道：「本殿問你，今年賑災的庫銀僅剩千兩，原因為何？阜興經濟本就困難，昨日你擺十幾道菜迎接本殿也就罷了，今後做兩菜一湯便可。」

「是，下官明白了。殿下，這庫銀……都拿來救濟難民了。」章恪惴惴不安，一顆心緊張得似要跳出喉嚨來。自從這三皇子殿下來了阜興，第一件事便是查朝廷撥下用來賑災的銀兩，但是他怎麼敢說被他私吞了一大部分去？

此時守將王二匆匆奔進門來，行禮道：「殿下、大人，城門外有京城來的人，她說她是……」

章恪暴怒道：「這是做什麼！沒聽到殿下昨日已下令不管任何人，只要城門已閉，都不能放行嗎？」

他藉機拍馬屁，喝斥道：「殿下的話你全當耳旁風了？來人難道是皇親國戚不成？就算是三皇子妃來了，也不得再驚擾殿下，聽見沒有？」

守將王二緊張地望著顧琅予，急得不知該不該說實話？

何文看他有口難言，便主動問道：「你匆匆來稟，是誰在城外？」

王二終於得到機會，他趕緊說：「殿下，正是三皇子妃來了阜興，此刻正在城門外。」

顧琅予倏然盯著王二看。「她說她是三皇子妃？」

「正是。」王二將那枚手令呈上，何文立刻遞給顧琅予。

這不正是他的附令？顧琅予握緊手令，起身出門。這個女人跑來做什麼？

燈火通明的廳內，章恪額角滲出細汗，他瞪了王二一眼，怒道：「你怎麼不早些稟告？真是……唉！」

王二一頭霧水。說不要稟報的是大人，怪他不早些稟報的也是大人，他這守將還真是難做啊！

第十九章　同床共枕

城門外，夜色越重，冷意越濃。城樓的燈火遙遠，並不能照入馬車內，寧禾索性將一顆夜明珠握在手中照明。因為狀況緊急，這一路他們沒找客棧歇下，在馬車內待得太久，寧禾雙腿發麻，很是不舒服，她便下了馬車走動。

夜風襲來，寧禾瑟縮了一下，手中仍拿著那顆發光的夜明珠。

素香走到寧禾身旁說道：「皇子妃，不如您還是上車等候吧，外面風實在涼。」

「不必，妳拿些銀子將那些人遣走。」既然顧琅予目前沒有危險，便不需要素香特地雇的這十幾名壯漢了。

素香領命進入馬車去拿銀兩，準備遣散那些隨行的人，而寧禾在夜色下不停走動，雙腿的麻痺感才漸漸緩和。

城門徐徐打開，顧琅予率先走了出來，他的眼睛朝不遠處看去。那個單薄的女人一頭青絲隨夜風飛揚，裙袂飄動，如往常一般，她仍是喜愛拿著一顆夜明珠走動。

顧琅予一步步上前，視線越加明朗，只見寧禾正低著頭，來回徘徊，手上的夜明珠隨著她的動作忽明忽暗，她整個人周身籠罩在光暈中，猶如身上散發著靈氣的仙子。

低頭踱步活動筋骨的寧禾並未注意到城門已開，也沒發現五尺之外，顧琅予正在夜色中凝視她。

走得有些累了，寧禾不經意地一抬頭，就發現顧琅予正站在她身前，她不禁嚇得後退一步。

顧琅予被夜明珠散出的光晃得微瞇起了眼，寧禾連忙用闊大的袖襬裹住夜明珠，光線才柔和了一些。

顧琅予皺眉低聲道：「妳的孩兒沒有了？」

寧禾怒目瞪視顧琅予，表情寫滿了對他這句話的不滿。

「那妳為何千里迢迢跑到這裡？」既然她那麼護著她腹中那個胎兒，為何還冒險跑到阜興？

寧禾開口道：「我接連趕了四日的路，不敢找個客棧歇腳，你不應該先將我迎入城休息嗎？」

顧琅予此時望向寧禾身後，看見素香正在打發十幾個壯漢，他更加不解。「妳若怕途中危險，大可不必來。」

他心想，他來阜興她便跟來，當真以為自己是三皇子妃了？待他們之間的合作結束，他一定會毫不猶豫地休掉她。

寧禾聽到這句話以後被氣到了。她雇這些人不過是知道顧姮可能設下了埋伏，她帶人來只是以防萬一。

素香這時已遣走那些人，她匆忙上前行禮道：「殿下平安便好！」

顧琅予沈聲問道：「為何妳也跟來了？」素香是他的心腹，從不敢忤逆他，也不會給他惹麻煩。

「皇子妃得知殿下恐有危險，所以匆匆趕來。這一路上皇子妃身體不適，卻不敢在客棧歇下，唯恐我們多歇一晚，殿下就更危險了。」

聽到素香的話，顧琅予深深望著寧禾，雖然有諸多不解之處，他卻還是說道：「進城。」

顧琅予率先上了馬車，寧禾正回身準備上車，他卻在此時朝她伸出手。寧禾愕然。她望著顧琅予英挺沈穩的面容，緩緩將手放入眼前這寬厚的大掌中，他握緊了她的手，將她拉上馬車。

一路上，兩人無言，只有那顆夜明珠靜靜地綻放光芒。

馬車行駛到郡守府外，何文與章恪等人已候在府門處。顧琅予下車後，朝寧禾伸出手，攙扶她下車。

此時章恪與其夫人趙氏走上前，章恪行禮道：「下官見過三皇子妃，不知三皇子妃大駕光臨，下官已備好熱菜，還請皇子妃進屋享用。」

進了廳內，只見桌上擺放了十幾盤菜餚，寧禾見狀朝章恪道：「明日不必備這麼多菜，兩菜一湯便夠了。」

顧琅予朝寧禾掃來一眼。她是世家貴女，卻如他所囑咐的只要兩菜一湯就已足夠。見章恪與趙氏候在廳內，寧禾說道：「差人將桌上這些菜抬些送入本宮婢女的房內，你們先去歇息吧！」素香跟她顛簸了這一路，委實辛苦。

沒多久，廳內只剩顧琅予跟何文候在一旁，寧禾便動筷吃了起來。她餓得不得了，沿途的乾糧哪有這熱菜、熱飯合口。

顧琅予見寧禾吃得狼吞虎嚥，不由得皺眉。

待寧禾終於吃飽，顧琅予才問道：「妳突然來阜興，是為了什麼？」

望著一臉疑惑的顧琅予，寧禾自然不會說她是因為擔心他。「我聽到顧姮與顧末的談話，他們設下埋伏，要你有去無回。」

顧琅予似乎很是平靜。「妳是因為這樣才來阜興？」

寧禾靜靜望著顧琅予。這個理由難道還不夠嗎？他遠在阜興，並不知曉顧姮的計畫，若真中了埋伏……

「妳太過兒戲了，這般莽撞來到阜興，就不怕父皇疑心本殿？」顧琅予嗤笑道。

寧禾怔住，她怒道：「你這是怪我了？我好心來給你送信，你還怪我不夠周到？難道要我眼睜睜看著你被顧姮的人所害？」

顧琅予看著發火的寧禾，忽然勾起一笑。「哦，妳是關心本殿？」

雖然知道顧琅予這不過只是戲謔之言，寧禾卻有些怔忡。她關心他？不是的，她怎會關心這冷漠無情之人！

寧禾移開視線，淡然道：「你曾經與我說過，你我兩人一損俱損，我不過是不希望你受難，不然我得跟著遭殃。」

顧琅予收起笑，臉往下一沈。

何文道：「皇子妃，您當真聽到了四皇子殿下與五皇子殿下的談話？」

寧禾頷首。何文又問她可還有其他消息？

聽到何文的話，寧禾稍微頓了一會兒後才回道：「就是這些，顧姮要報復殿下上次利用新錢幣讓他受罰一事，不希望殿下再回京城。」

顧琅予冷笑道：「呵，本殿早料到他會有此一舉。」

寧禾有些呆住了。是啊，顧琅予一路平安無事，安然來到阜興，可見他做足了準備，而且他剛到此地，便命人嚴守城門，那些人更是難有下手的機會。

她來這裡……似乎有些多餘了。

寧禾只道：「我休息個一、兩日便回京城，你且出去吧！」

顧琅予愕然道：「這是本殿的房間！」

何文此時已悄悄退了出去。寧禾環顧四周，只見這廳內深處有間臥房，右側還有一處書房，便再無多餘的房間了。

寧禾盯著眼前的人說道：「那就委屈殿下讓章大人再給殿下備個房間。」

顧琅予幾乎處在崩潰的邊緣。「妳來此霸占本殿的房間，還要本殿另尋地方休息，妳可知本殿的身分？」

「妾身自是知曉殿下乃一人之下，萬人之上，所以若要讓殿下與妾身硬擠在一個房間，倒是委屈了，故而讓殿下另尋住處。」寧禾一臉無辜地說。

不知為何，顧琅予每次見到眼前這個女人就靜不下心，她總是能惹得他滿身怒火，他忽然握住寧禾的手，將她拉入臥房，往床榻而去。

面對這突如其來的變化，寧禾急道：「你做什麼？」

顧琅予將寧禾丟到床榻上，但他顧及她懷有身孕，力道極輕，他壓抑怒氣道：「妳不是要睡嗎？那便在這裡好好給本殿睡下！」

說罷，他甩袖出了房間。他堂堂一個皇子，何必屢次與她置氣，還是去看書算了！

寧禾呆呆地看著顧琅予的背影離去。她要他出去，就是因為他們並無夫妻之實，這可是為了他好啊，他怎麼就這麼不領情呢？

雖然很疲倦了，但寧禾還是起身簡單梳洗過再休息。趙氏送來的衣衫中，寧禾挑了一件白茶色的裡衣穿上，慵懶地散下一頭青絲，打著哈欠往床榻走去。

寧禾以為顧琅予已經離開這間屋子，便毫無顧忌地沈沈睡去，可到了後半夜時，她似乎聽到極輕的咳嗽聲。

朦朧間，寧禾睜開了眼，只見房門口投來昏黃的亮光。她坐起身，心想，難道顧琅予還在這裡？

彎身穿上鞋，翻出夜明珠握在手心照明，寧禾走出了房門。

書房內，顧琅予就著一點燭光，右手正執筆而書，他的左手也未曾停下，一面翻閱書冊，又不時握拳咳嗽。

寧禾握著手中的夜明珠，站在書房門口，靜靜地望著他那埋於案牘的側顏。

從前她一心恨顧琅予為了儲君之位求娶她，斷送了她好不容易得來的新生活，可是這一刻靜靜地遠望他，她只覺得他像個尋常男子。

顧琅予看書的模樣極為專注，深邃的眸子專心地盯著書冊，挺拔的鼻梁與緊抿的雙唇都似雕刻般完美，倨傲的下頷不再繃得那麼緊，昏黃的燭光為他鍍上一圈光暈，周身冰冷強大的氣場收斂不少，顯得平易近人。

平易近人？寧禾忽然有些心慌。她為何會這般出神地凝視他，甚至出了神？

寧禾正待轉身，顧琅予卻突然發現書房門口異常的光亮，繼而瞧見了她。

「為何妳每次出現，都要拿著一顆夜明珠晃人眼睛？」顧琅予望著寧禾，出聲說道。

寧禾猶豫了一下，上前取下蠟燭，將夜明珠放在燭臺中。她吹熄手上的蠟燭，輕聲道：「夜晚看書傷眼，你用這個看吧！」

此時寧禾才意識到，這裡不是常熙宮，而是郡守府。他礙於旁人的眼光，自然不能與她像在常熙宮時分房而睡，只能在書房坐到半夜。

顧琅予也是此刻才從寧禾身上感受到溫婉的氣息。她一頭及腰黑髮柔和地披在雙肩，趙氏找來的衣衫似乎有些大，那白茶色的裡衣穿在她身上有些寬鬆，顯得她單薄纖瘦。

他的聲音平靜。「可有茶水？」

寧禾連忙倒了一杯茶遞給他。「沒有熱茶，這水已涼透，你少喝些。」

「妳回去睡吧！」

他們之間似乎從未有過如此平靜的對話，不再劍拔弩張，氣氛溫馨。

寧禾想了想，說道：「委屈你了，我想明日再歇一日，後日便離開，但你要時刻提防著顧姮的人馬，他們既然埋伏好了，定會找機會下手。」

顧琅予雙眸望著寧禾，有那麼一瞬間，他們好似平常的夫妻，她正像個妻子一般囑咐著他……

被自己的想法嚇到，顧琅予挪開眸光，再度俯首於案牘間，低聲道：「本殿知道。」

寧禾在心裡苦笑了一下。她為何要與他說這麼多話，難道只因為他是她腹中孩兒的父親？下意識地將手撫上小腹，寧禾轉身回房。

由於寧禾已將夜明珠放入書房，此刻四周一片漆黑，她對這裡的格局不熟，無法憑感覺摸索到正確的方向。

正當寧禾努力想找到回寢房的路時，腳下不知踩到了什麼，竟絆到了她，寧禾往前撲倒，手腕狠狠磕到案角，她不禁吃痛地悶哼出聲。

顧琅予站起身來，循聲奔至寧禾身前，在一片黑暗中蹲身將她抱起。

「可有事？」

「就是手磕到了……」寧禾倚靠在顧琅予寬厚溫暖的懷中，吃痛地抽著氣。萬幸的是她腹中沒有不適，只是手腕處傳來劇痛。

在望不見人影的暗夜中，寧禾只聽得見顧琅予有力的心跳聲。他將她放上床榻後便去書房取來夜明珠，此刻她眼前才尋回了光明。

這時顧琅予才看到寧禾的手腕流了不少血，傷口四周也瘀青一片。

顧琅予皺起眉，沈聲對她說：「笨女人，連個路都走不安生！」

寧禾不由得惱怒。「若不是將夜明珠給了你，我怎麼會被絆倒！」

顧琅予並未與寧禾爭論，他拿過一壺酒，取來手帕擦掉血跡，又沾了些酒擦拭她手腕上的傷口。

寧禾疼得倒抽了一口氣，只見她白皙的手腕上有一道極深的傷口。看來是要留疤了。她不禁有些惋惜。

「不用幫我上藥，隨便包紮一下就行。」寧禾忍著疼痛說道。

顧琅予確實沒為她上藥，或許他懂她眼下懷了身孕，所以不能隨便敷藥吧！之後他用一條隨身的青色絲絹包住了她的傷口，又在手腕處繫了個結。

處理好傷口後，顧琅予起身將夜明珠放入匣內，室內瞬間無光，一片漆黑。

感覺到床榻外沿忽然下陷，寧禾驚呼道：「你做什麼！」

暗夜中，顧琅予解下外衫、卸了髮冠躺到床榻上，他低聲說道：「妳不想睡，本殿可要養足精神。」

明知他們現在不能分房睡，但是寧禾實在不能接受就這樣讓顧琅予睡在她身側。

睜著眼，寧禾完全不敢睡，只是她雖與顧琅予同蓋一床衾被，他卻無踰越之舉。

漸漸地，身旁傳來顧琅予均勻的呼吸聲，寧禾也抵不過疲憊，沈沈睡去。

這一覺寧禾十分好眠，再次醒來時，天色已微亮。寧禾翻過身，就見到顧琅予躺在她身旁。是了，他們昨夜同榻而眠。

顧琅予仍未醒來，她靜靜望著熟睡的顧琅予，腦中忽然迸出一個念頭。

從顧姮與顧末的談話中，已經確認那夜誤將原本的寧禾當作青樓女子而凌辱了她的人，就是枕邊這個男子，儘管如此，寧禾還是想看看顧琅予的後背是否有受傷的痕跡？被髮簪劃過的地方肯定相當深，會留下疤痕。

這麼想著，寧禾的手就從被子裡伸過去。

手一伸出去，寧禾才想到顧琅予是平躺著的，要怎麼讓他側過身去呢？罷了，先試試再說！

寧禾像是作賊般，有些不安地伸出手指，輕輕戳了戳顧琅予的腰際，見他沒有反應，她又用了些勁，再戳了戳。

哪知身旁那個人倏然坐起身，一雙黑眸瞪著她，怒道：「寧禾，妳撩本殿做什麼！」

「我沒有撩你。」寧禾一邊替自己澄清，一邊想：他說「撩」？想不到這個時代竟然會用這般時髦的詞。

「妳趁本殿熟睡之際伸出手碰人，不是撩本殿是什麼？」

寧禾又羞又怒道：「我不過是要叫你起床，這可是我的床榻。」

顧琅予怒掀衾被下床穿戴，說道：「妳這個女人果真輕浮得很。」

這話讓寧禾火大了，她也下了床，與顧琅予對視。「你說我輕浮？休要血口噴人羞辱我。」

顧琅予不怒反笑。「哦？妳這若不叫輕浮，那我可真沒見過不懂矜持的女子了。」

這一句話委實傷害到了寧禾。她之所以戳他，不過是想看看他後背是否真有那道傷疤，但她又怎麼能對他坦白呢？

顧琅予穿戴好後甩門而出，留下寧禾愣在原地。也罷，她的名聲已壞，再與他爭論這些並無意義，她也不需要再確認什麼了，顧琅予的確就是她腹中孩兒的父親。

寧禾想得很透澈，她既然不打算讓這個孩子知道自己的父親是誰，便一定要在孩子還未懂事的時候與顧琅予和離，一助他取得儲君之位，她就馬上帶孩子離開。

素香一早便來寧禾的房間伺候她梳洗，寧禾囑咐她準備些乾糧，明日返回京城。用過早膳後，素香告訴寧禾顧琅予要外出探查旱情，大約要過了午時才會回來。

雖然素香知道寧禾與顧琅予之間沒有什麼情分，但是寧禾此番為了顧琅予冒險前來阜興，已讓素香對她心生敬畏。

寧禾用過早膳後，趙氏便過來與她話家常以拉近關係，正當寧禾聽得疲憊時，門外忽然跑進一個守衛。

那守衛急聲道：「皇子妃、夫人，不好了，大人與三皇子殿下不見了！」

第二十章　夜半高燒

寧禾聞言一驚，站起身沈聲問道：「不見了？發生了什麼事？」

守衛著急地說：「剛才傳來消息，有人看到大人帶著三皇子殿下進了雲山的秀水村，緊接著那邊便發生打鬥，但是衙役們去尋找，都沒見到大人與殿下的蹤跡。」

不好的事情還是發生了……寧禾腦中不得不將此事與顧姮聯繫在一起。她問趙氏。「郡守府內還有多少人馬？妳又可調動多少？」

趙氏顫聲道：「可供差遣的只有二十多人。」

「立刻叫上他們，差二十人去秀水村四處搜尋殿下與章大人的行蹤，剩下的人與府中家丁在城內各處尋找，一有消息馬上回來稟報。」寧禾心中雖然慌亂，但是處理的態度卻很沈穩。

趙氏連忙與那名守衛去安排，素香憂心道：「皇子妃，殿下不會出什麼事吧？」

寧禾向外望去，不發一語。她很清楚顧琅予既沈穩又睿智，但是面對顧姮千方百計的埋伏，他有可能避得過嗎？

兩個時辰過去，派出去找人的衙役領頭只帶回一個消息：秀水村的黃土地上甚多血跡，但無一人蹤影。

寧禾在屋裡來回踱步。既然發現了血跡，說明此事與顧姮的人馬脫不了關係。

按捺不住地走到庭院，寧禾開口詢問一個衙役。「殿下來阜興時，所騎的馬兒在哪？」

那衙役稟道：「那日殿下抵達城中時，便讓人好生照看他的駿馬，那匹馬從京城跑到阜興，想來已是耗盡力氣，章大人便命小的將那馬養在馬廄中，重新找了匹馬給殿下。」

寧禾點頭道：「將殿下的馬牽出來，我們一起去秀水村。」

郡守府離秀水村有半個時辰的路程，抵達之後，寧禾下了馬車。她環顧四周，只見乾裂的地上確實有斑駁的血跡，但是那些血跡並沒有延伸，所以尋不到傷者是往什麼方向去。

寧禾沈聲吩咐。「大家繼續找，不要遺漏了地面上任何一點蛛絲馬跡。」

衙役們領命後四散開來，瞬間只剩下寧禾一人站在原地。寧禾這趟出門並未帶上素香，只命她在府內守候。

地面上的血跡在太陽炙烤下與黃土化作一體，寧禾伸手捏起一撮沾血的黃土，拿近鼻端細聞，猶帶血腥之氣。

被派去搜尋的衙役仍未歸來，除了顧琅予的馬兒陪著寧禾，周圍只有光禿禿的群山與樹幹。

垂首凝思時，寧禾忽然瞥見腳邊乾裂的土地上有一點血跡。這血跡範圍甚小，且滴落在地面乾裂間的縫隙裡，很不起眼，所以衙役才沒看見。

寧禾再往前行去，發現地面上有幾個腳印，她不能確定這腳印是顧琅予的，還是那些衙役的？

不想錯過任何可能性，寧禾旋身牽住顧琅予的馬，說道：「好馬兒，你的主人有難，眼下我只能靠你了。」

她抬手輕柔地撫摸馬兒的脖子，用手拉了拉韁繩。那馬兒似乎懂寧禾的意思，直往血跡前方行去。

寧禾不會騎馬，只能牽住韁繩行走，半個時辰後，馬將她帶得老遠，此時她已全身無力，腳步虛浮，連連喘氣。

夜幕悄然降臨，寧禾出發前特地命素香多幫她帶了一顆夜明珠，這兩顆夜明珠用極薄的天蠶絲包好打結，方便拿在手上，此刻正好派上用場。

此時那匹馬忽然抬起前蹄長長嘶鳴，掙脫開寧禾手上的韁繩，衝向了一處草叢間。

寧禾就知道馬兒有靈性！她拿著手中的夜明珠上前，撥開草叢，前方頓時被照亮——是個狹小的洞口。

濃烈的血腥之氣被風吹進了鼻端，寧禾一顆心狂跳。這個洞很窄，當她完全進入洞裡的那一瞬間，顧琅予倒在地上的身影清晰映入眼簾。

她奔上前去，握住他的雙肩喊道：「醒醒，你快醒醒！」

顧琅予緊閉著雙眸，失去了意識，他雙唇泛白，臉頰處染上了鮮紅的血印。寧禾這才望見他身下蔓延了一灘血跡，她顫抖地用手觸摸，尋找他的傷口，發現他腰間一片濕熱。

傷口在腰部，而且還在流血！

寧禾脫掉顧琅予身上的衣衫，只見他健碩的身軀毫無遮蔽地裸露在她眼前，原來他曾在昏厥前用束帶勒緊了傷口，因此流血的狀況有所延緩。

脫下自己的外衫，寧禾打算圍住顧琅予的腰部，只是他的身材修長健碩，她費了好大的勁才將他扶起來靠在石壁上。

一圈一圈仔細地纏住傷口，寧禾的雙手一直在顫抖。這道傷口有些寬，他一定很痛苦吧……

包紮完顧琅予的腰部後，寧禾緊緊繫了個結，她望著他那不復冷漠的蒼白容顏，忍不住扳過他的身體，朝後背看去──

健壯的肌肉上，有一條斜斜的疤，分外醒目。

寧禾緩緩閉上眼睛。顧琅予，是你，真的是你！

緩緩撫摸著尚平坦的小腹，寧禾睜開眼，收拾好思緒，將衣衫重新替顧琅予穿上，吃力地將他拖出洞口。

他的馬十分通人性，竟屈蹄跪地等候他們。寧禾幾乎要喜極而泣，但是顧琅予實在太重，她使盡吃奶的力氣，也不能將他扶上馬背。

就在寧禾拚命用力的時候，顧琅予忽然輕咳出聲。

她霎時停住了手，大喊。「醒醒啊！」

顧琅予雙眸幾經睜合，才定睛看著寧禾，他沙啞地說道：「妳……」

想不到他睜眼第一個見到的人，竟然是她？

寧禾欣喜地說道：「你終於醒了！傷口疼不疼？」

顧琅予深呼吸了幾下才有力氣吐出字句。「本殿竟會被顧姮用計所傷，原以為他用的只是莽夫之策……」

寧禾追問道：「你流了許多血，可還受得住？」

顧琅予看向屈蹄跪地的馬兒，又望著寧禾道：「妳為什麼會出現在這裡？」

「衙役說你們出了事情，所以我尋來了。」

「……妳不是應該巴不得本殿死嗎，這樣便可重獲自由了。」

寧禾有些哭笑不得。這個時候他還有心思說這些話？她回道：「你死了我怎麼辦？我腹中的孩兒怎麼辦？」

她的話別有深意，然而在顧琅予聽來，她只不過是怕自己失去依靠而已。在外人眼中，她腹中的孩兒是他的血脈，他若死了，顧姮哪裡會給他留後，自然是趕盡殺絕。

顧琅予再無往日的冷漠，聲音極為虛弱。「呵，算妳識趣。」

寧禾眼下並不想與他爭論。「我扶不動你，你能起身上馬嗎？」

顧琅予點了點頭。寧禾小心攙扶住他，他大半的重心都靠在她身上，待顧琅予終於吃力地坐上馬背，便朝寧禾凝眸道：「坐我前面。」

寧禾搖了搖頭說：「我不方便騎馬，這是你的馬兒，牠應會將你馱回郡守府內。」

顧琅予皺緊眉頭道：「上馬。」

寧禾猶豫了一下，才坐在他身前。這匹馬極乖巧，走得很穩，顧琅予也未策馬奔行，只讓馬兒緩慢行走。

寧禾不禁有些感激，她側過頭，擔憂地說：「還是我下馬，你先回去吧！」

「這裡是荒郊野外，妳不怕被豺狼叼走？」顧琅予恐嚇她。

寧禾瑟縮了一下身子，顧琅予這時伸出雙臂攬住她，又將頭貼在她後背。寧禾心頭一顫，怔怔地握著韁繩，她知道，他這麼做只是為了不想掉下馬而已。

在這片沒有邊際的夜色中，寧禾的聲音再次響起。「顧琅予，你不要睡。」

「……我沒睡。」

「我知道你不情願娶我，待你完成心中所願，我就放你自由。」

顧琅予嗤笑一聲，虛弱地說：「難道不該是我放妳自由嗎？」

「好，那你可要守諾。」

「放心吧，妳這女人我不會要。」

接下來一陣子兩人無語，四周只餘風聲呼嘯，寧禾想了一陣子才問道：「你後背的傷……是怎麼回事？」

沈寂了許久後，顧琅予回道：「醉酒時無意所傷。」

「哦……醉酒時怎麼傷的？」

「本殿喝花酒，不行嗎？」

之後顧琅予跟寧禾不再說話，馬兒走到與衙役們分開的地方，有十幾名衙役仍在原地等候她，見他們兩人回來，大喜過望。寧禾命人先將顧琅予送回城，再獨身乘坐馬車慢慢回去。

這一夜，郡守府內忙碌不休，回府後寧禾才從何文口中得知，他們在途中遇到顧姮的人馬喬裝而成的難民，所以精明的顧琅予才會上當。何文與章恪為了將敵方引開，才會與顧琅予分別。

婢女在顧琅予的房間進進出出，端出一盆盆血水，經過半個時辰的細心處理，大夫終於包紮好顧琅予腰際的傷口。燈火通明的廳內，章恪與趙氏惴惴不安，跪地請罰，這畢竟是在阜興城內發生的意外，所以他們兩人深覺大難臨頭。

寧禾說道：「命人守住城門，進出者要嚴查，章大人也受了輕傷，先去調養吧！」

章恪與趙氏忙叩首謝恩，退了出去。

婢女此時端來藥碗，顧琅予意識又陷入朦朧，不太配合，那婢女又是初次伺候身分如此尊貴之人，緊張之下，兩次將湯藥撒進他脖頸處。

只見顧琅予皺起了眉頭，那婢女惶恐跪地道：「殿下恕罪，奴婢……是奴婢笨手笨腳……」

顧琅予即便虛弱，氣勢也不減。「下去。」

他這一喊，廳內的婢女皆不敢逗留，連忙悄聲出了房門。

寧禾無奈地輕嘆一聲，端起藥碗坐在床沿，她舀起一勺藥汁，吹得不燙口之後，才放到顧琅予唇畔，他卻是靜望著她，一動也不動。

勾起唇角，寧禾淺笑道：「怎麼，我餵你，你就不敢喝了？」

顧琅予一言不發，張開了唇喝下湯藥。

何文在旁邊說道：「殿下，這次我們沒有證據。」

「顧姮這般急不可耐地想要本殿的性命，本殿不陪他玩上幾個回合，豈不無趣？」

何文回道：「那殿下先養好身體，待回京再籌劃。」

接著他朝寧禾輕聲道：「皇子妃，殿下就交給您了。」說罷，他放輕步伐離開了屋內。

寧禾將湯藥悉數餵給顧琅予，這一次他竟出奇地配合她。素香接過空空的藥碗，也退了出去。

當寧禾正要從床沿起身時，手忽然被拉住。

顧琅予靜靜地望著她的手腕說道：「傷口裂開了。」

寧禾低下頭，才瞧見昨夜無意間磕傷的那道傷口不時何時已經撕裂，且泛著殷紅。她蹙了蹙眉，方才一心留意顧琅予，竟沒有察覺到疼。

她嗤笑了一聲。「你我真是一損俱損，你傷我也傷。」

萬幸的是顧琅予的傷不致命，他常年早起健身，底子本來就很好，加上這一劍未傷及內臟，算是命大。

寧禾用酒擦拭自己的傷口，她一面擦一面道：「你且睡吧，不要壓到傷處。」

顧琅予似乎沒有睡意，他倚靠在枕上，閉目問道：「妳不知道我在何處，所以牽了我的馬去尋我？」

寧禾「嗯」了一聲，顧琅予輕笑著說：「妳並非如我想像那般一無是處。」

陿。」

聽到顧琅予這麼說，寧禾抬眸瞪圓了雙眸。「你這人的心腸與身分相反，竟這般狹隘。」

「狹隘？我對妳再寬容不過，不然妳再修幾世我都不會娶妳。」他用平靜的語氣說著傷人的話。

寧禾卻笑著說：「是嗎，我修這一世就遇到你，倒楣至極，應該找個神算子先算算你有無天命加身，不然我白白押上這一世，豈不虧了。」

出乎寧禾意料之外，這一次，顧琅予沒再與她怒懟。

寧禾凝眸望去，顧琅予閉著雙目，似乎已經睡了。她起身坐到妝檯前，卸下髮間珠玉，一頭青絲瞬間傾瀉而下，接著她拿起一顆夜明珠，又拿了件披風，正打算去書房，顧琅予充滿磁性的嗓音忽然響起。「妳去哪？」

聽到他的聲音，寧禾停下腳步道：「我去書房。」

「回來。」

對於這個要求，寧禾不禁一怔。

「阜興夜間風勢大，書房很冷。」

他這是……在關心她？

見寧禾愣在原地未動，顧琅予朝她說道：「婢女伺候得不好，夜間總得有個人照顧本殿。」

寧禾微惱。原來是她想太多了，他只不過是缺個婢女而已。

原本她是怕若像昨夜那般兩人同榻，難免會碰到他的傷口，所以她才想去書房的，既然他都開口留人了，她也不再推辭。書房那裡很涼，坐一夜哪受得住？

小心鑽進被中，寧禾睡的這一邊衾被還十分冰涼，一時之間暖和不起來，她忍不住微微顫抖，總覺得今夜她似乎格外怕冷。

燈火已滅，室內黑寂，顧琅予因為傷口疼痛一直沒有睡意，此時他感受到身旁的人正不停發抖，他不禁問道：「妳畏寒？」

寧禾倒不是畏寒，只是不知為何覺得很冷，她低低應了一聲，便沒再說話。

不一會兒，寧禾忽然忍不住連聲咳嗽，覺得一陣惡寒朝她襲來。

顧琅予的聲音傳來。「怎麼了？」

寧禾打了個噴嚏，說道：「有些涼……」

顧琅予沈默了一瞬，回道：「不如妳挨近一些。」

寧禾猶豫了一下，靜靜地裹緊了衾被，沒有回應顧琅予。今日一番折騰，她已疲累至極，合上了眼之後，很快就睡著了。

顧琅予想到寧禾算是救過自己一回，便伸出手將她攬近身旁，當寧禾均勻的呼吸聲傳來時，他也閉上了眼，漸漸入睡。

再次醒來，身側這個女人渾身滾燙，顧琅予心覺不妙，伸出一隻手朝她光潔的額頭探去——果然，她的身體像是火在燒！

沈沈朝外喚了一聲，值夜的婢女立刻入室點燃了燭臺。

視線逐漸清晰，顧琅予俯身望向寧禾，只見她緊緊閉著雙唇，精巧的鼻梁滲出密汗，雙頰通紅。她睡得十分沈，連他急急吩咐婢女去請大夫的聲音，都沒將她吵醒。

素香此時進入屋內道：「殿下，如果請大夫……恐有不妥。」

「去請。」顧琅予沈聲道。他何嘗不知，如果請來大夫，那寧禾懷有兩個多月身孕的事情便會曝光。

這番響動驚醒了何文與章恪。他們見大夫小跑入房，以為是顧琅予出了事，入內一看，才知是寧禾有狀況。

夜半時分，房間內圍滿了人，中年大夫叩首道：「草民參見三皇子殿下……」

昏睡的寧禾終究被吵醒了，她朦朧地睜開眼，只覺室內明亮，讓她的眼睛有些不適應。顧琅予高大的身影在她眼中變成兩個，他正站在她床前俯身望著她。

有人將手指搭在她手腕上，寧禾感到腦子昏沈、身體輕飄飄的，越發覺得冷。

寧禾沙啞出聲。「怎麼……回事？」

顧琅予沒有回她，專心地等待大夫把脈的結果。

中年大夫這一把脈，震驚地瞪圓了雙目，他渾身打顫，驚慌地回身望向身前這身分尊貴的人。

這個男人雙目似箭，犀利地盯著自己，他眸中含著警告，也透露出一股肅殺之氣，他用陰沈的聲音問道：「皇子妃如何？」

大夫垂下頭，再不敢瞧向顧琅予。他懂他的意思，這是在警告自己不要亂說話，縱然他只是阜興一個不起眼的大夫，但他也知道京城的三皇子妃婚前發生過的事情。

他垂著頭，聲顫音微。「皇子妃高熱不退，但是她……體虛，不宜用猛藥，若不用藥，不知可否退燒……」

原來，自己竟是生病發燒。寧禾半睡半醒間聽懂了大夫的話，她懷著身孕，不宜用藥，但若不用藥，又怎能退燒？

此時顧琅予朝後方那群人抬了抬手。「都先退下。」

第二十一章　針鋒相對

霎時，房間內除了顧琅予跟寧禾，只剩下大夫與素香。大夫仍跪在地上，他不敢抬頭，渾身顫抖。

顧琅予望著病懨懨的寧禾，她一頭青絲凌亂地貼在額間，脆弱得讓他有些不忍。

「你要如何醫治？」他沈聲問。

大夫囁嚅說道：「先用夜息香熬出汁液冷敷試一下，若……若不行的話……」他不敢再說下去。

「若不行該如何？」顧琅予追問道。

大夫撲通磕了個響頭道：「殿下，皇子妃的身體本就虛弱，實難抵抗此次高熱，草民醫術不精……」

顧琅予沈默了一瞬。「將胎兒打掉，再退高熱，此法可行？」

「此法不妥，恐會加重皇子妃的病情；若要像尋常人一般用藥退熱，那皇子妃腹中的胎兒產下後或將四肢殘缺、心智難全。」

「你去準備尋常退熱的湯藥。」

顧琅予下了命令，大夫連跌帶爬地出去，素香也離開去幫那大夫的忙。

「我不喝藥！」寧禾迷迷糊糊間將他們的對話聽得一清二楚。她努力地睜開沈重的眼皮，用力搖頭道：「給我冷敷就好，我不要傷害孩子！」
「妳不想喝藥，若難退熱，難道想與他一同隕命？」顧琅予聲寒如冰。
「你答應過我不傷害他的。」寧禾掙扎著想爬起身，沒奈何使不出一絲力氣。
顧琅予坐於茶案旁，目光深沈道：「我不認為妳挨得過這次高熱，若妳不想死，就乖乖把藥喝了。」
「你……你分明是藉機逼迫我。」寧禾終於半坐起身，她虛弱地說道：「難道你不想要虎符了？」
顧琅予心頭一動，但他依舊面不改色，也不再與寧禾言語。
一盞茶的時間過去，素香與大夫將藥碗端入室內。
顧琅予吩咐素香。「灌湯藥給她喝。」
素香端起藥碗，面帶不忍道：「皇子妃，得罪了。」
說著，素香盛了勺藥汁送到寧禾唇畔，卻被寧禾伸手打掉，那碗湯藥直接潑灑在地，素香不禁惶恐地跪下。
顧琅予命大夫再盛了一碗，他沒吩咐素香，而是親自端起藥碗朝寧禾走去。
寧禾忍不住瑟縮往後退，最後靠向牆壁，再無退路。顧琅予握緊手中的藥碗，俯身捏住寧禾的下頷，寧禾用盡力氣想要抵抗，但她根本不敵顧琅予的猛力。
半碗湯藥被灌入，寧禾拚死咳出聲，結果已經入口的湯藥悉數噴灑到顧琅予身上跟床榻上。

顧琅予怒摔藥碗，猛地握住寧禾的手腕，狠狠一拽。

寧禾渾身軟弱無力，顧琅予用勁太猛，這一下讓她狠狠將頭撞在他的胸膛上，整個人宛如凋零的落葉。

垂下眸子，顧琅予凝視著懷中的人，她黑亮的雙眸帶著他看不懂的情愫望向他，明明虛弱不已，眸中的堅定卻依然不減。

「寧禾，妳就不怕死嗎？」顧琅予低聲道，忽然有些挫敗。

「我怕死，但是只要我有一口氣在，我拚了命也要保住我想守護的東西。」

說到底，她會變成這樣，不正是因為用腹中胎兒與自己的性命去保護眼前這個男人嗎？但是他卻如此冷酷無情……

顧琅予不再與寧禾爭辯。懷中這女人倔強得讓他無力招架，如果他真的灌她喝下湯藥，她會發狂地殺了他。

不再堅持自己的想法，顧琅予鬆開了手，任由寧禾的身子跌回床榻上，他垂眸，瞥見她手腕處的傷口再次裂開。

大步踏出房門，顧琅予神色漠然道：「保住胎兒，讓她痊癒。」

聽到這句話，寧禾終於安心地閉上眼，疲倦地睡去。

再次睜開眼，只見燈火微弱，茶色的床帳將室內染上一層朦朧。寧禾起身，掀開床帳，才知她仍在郡守府內。

外面仍是夜晚，那一點微光是從書房傳來的，此刻身旁沒有婢女，寧禾下地行走，覺得身體輕快了不少。

她拿著夜明珠走去書房，才剛到而已，腳步卻止住了。那個人已經停下動作，雙眸望向站在房門處的她。

寧禾率先移開目光，問道：「我的孩兒還好嗎？」

顧琅予也收回視線，垂首淡然道：「他的命大。」

寧禾鬆了口氣，她轉身說道：「明日天亮我就回京城。」

「不想因為趕路導致滑胎的話，就隨妳的意。」

這番像是關心的話讓寧禾怔住，她默默地重回床榻上重新入睡，這一夜，顧琅予都沒再回去，一直待在書房。

天亮時，素香進房見寧禾醒來，欣喜不已，寧禾這才得知自己竟睡了三日，好在她終究挨過了高熱，只是身體還很虛弱，不宜長途奔波。

顧琅予仍須在阜興逗留一陣子，素香說她已請示過顧琅予，他們會一道回京，所以這些時日讓寧禾放心好好調養身體。

此時寧禾瞧見素香眼眶下的一片青色。素香雖是顧琅予的心腹，但對她很是尊敬，也沒為難過她這個名義上的女主人。那一夜她之所以對自己灌藥，說到底是聽顧琅予的命令，因此寧禾不怨她。

過了兩日，寧禾的精力恢復許多，她命素香去請那大夫來看看她手腕上的傷口，女子都愛美，她不希望手腕留疤。

誰知素香囁嚅道：「皇子妃，這是小傷，不要請那大夫來了。」

寧禾見素香神色有異，堅持道：「妳只管去請。」

素香終於說道：「皇子妃，那大夫昨日出行時意外墜落橋下，摔沒了。」

寧禾心中一震，久久無法言語。意外墜落？恐怕與顧琅予有關吧！只因那大夫不是他的人，卻得知了不該知道的秘密，才不能留他。這麼說……是自己害了他！

素香沒再多說什麼，寧禾也只能裝傻。如果讓旁人知道她所懷的不是皇嗣，她與腹中的孩兒都會有危險，即便她已經知道這是顧琅予的骨肉，但不到逼不得已的時候，她不會讓顧琅予知曉。

這一晚，夜風仍舊呼嘯，每颳起一陣風，便將空中的黃沙颳入房內。寧禾坐在鏡子前，伸手抹掉妝檯上的灰塵，腦中忽然間有什麼一閃而過。

她連忙起身，欲出門去尋顧琅予，誰知才走沒幾步，顧琅予已到了房門口。

此刻他身披一件玄金色的大氅，肩上蟠龍紋飛舞，玄金絲線在燈光下閃爍流光。他解下大氅後，素香馬上將其取走放在屏風處垂掛，而後毫無聲息地關上房門退下。

顧琅予身邊的婢女都清楚這位主子的脾性，他不喜人伺候，所以在常熙宮中，寢房內並無人值夜，全在門外候著。

房間內只剩顧琅予與寧禾兩人，他默默走到書房取出筆墨後，淡然道：「替本殿研磨。」

寧禾一直跟在顧琅予後面，聽到他這麼說，便上前撩起袖襬替他磨墨。他似乎急著寫什麼東西，一直奮筆疾書，沒與寧禾搭過一句話。

過了許久，寧禾準備先退出書房，顧琅予卻突然開口道：「將阜興昔日河流的位置都寫下給我。」

寧禾一愣，見顧琅予說完話後又埋頭忙自己的，她便說道：「我去叫何文來幫你。」

「難道讓妳寫幾個字，妳都不願意？」他的聲音冰冷卻飽含怒氣。

聞言，寧禾停下了腳步，靜靜坐在顧琅予對面，執筆照地圖寫下阜興河流的名稱與位置。半個時辰過去，她將寫好的宣紙遞給顧琅予。

看到那張紙，顧琅予愕然地望著寧禾道：「這是妳寫的字？」

寧禾點了點頭，只見紙上一行行字跡潦草扭曲，凌亂難識。

他皺起眉頭，丟開那宣紙道：「妳是名門淑女，想不到字跡竟如此難看。」

寧禾答道：「昔日落水，我連字都忘了，這些都是重新學過的。」

顧琅予似乎不相信，不屑地說道：「那妳是否要說妳連琴棋書畫都已忘得一乾二淨了？」

「正是。」寧禾的表情非常平靜。

顧琅予愕然，他望了寧禾許久，移開眸光後出言諷刺。「妳小時候入宮，在殿上吟過一首詩，又吹過橫笛、奏過琴曲，那時所有人都對妳另眼相看，直誇妳是雲鄴的小才女。」

這件事寧禾從來沒聽阿喜跟許貞嵐提過，她苦笑地搖了搖頭。那些已成過去，他們所有人都不知道，那個溫婉柔弱且滿身才氣的女子已經在流言聲中選擇離開。

顧琅予重新拾起寧禾寫的那張紙，對照著地圖思考起來，他低聲說道：「妳回去休息吧！」

「我有話同你講。」寧禾輕輕說道。

顧琅予仍未抬頭。「說。」

「你可覺得外面的風一日比一日颳得厲害？」

「怎麼？」此時顧琅予抬起頭凝視寧禾，戲謔道：「妳想說妳怕冷，要挨著本殿取暖方能入睡？」

寧禾並未生氣，她面色漠然道：「這不正常。阜興兩年前的雨勢就比往年下得少，如今更是一場雨都難見，而且風勢越來越凶猛，再這樣下去，全城都會被黃沙掩埋。」

經寧禾這麼一提，顧琅予也是一驚，他沈思道：「阜興城內的風確實越來越烈，且城郊的風勢更大……」

寧禾說道：「阜興周圍幾個郡縣應做好防備才是。」

顧琅予這時認真地望著她問道：「如何防備？」

「植樹，若不植樹，到時方圓千里內恐怕都如阜興一般黃沙漫天，難以住人。」

顧琅予思考了許久以後，望著寧禾說：「是本殿疏忽了，一直只想著重建目前停工的水渠，卻忽略如此重要之事。」

既然天不下雨，那就只能從別的地方引水過來阜興。先前因為庫銀不足，建造水渠的工作暫時停頓，如今他身負皇命來此，自然有辦法重啟工程，只是百忙之中他卻沒留意到風沙太大的問題，寧禾倒是點醒了他。

寧禾很清楚，以顧琅予的聰明才智，就算她此刻不說，日後他也會發現這個癥結的。

他沈聲道：「明日本殿便派人去四周各郡縣安排植樹，再請父皇下令增派人手幫忙。」

寧禾瞧了顧琅予的腰際一眼。她看不出他的傷勢如何，但是應該恢復得不錯吧？她沒有逗留，轉身朝寢室去了。

這一回，顧琅予再次忙到天明。

在阜興的日子，寧禾忙著準備壽禮，顧琅予則已經連續十日留宿在書房。此行寧禾攜帶的兩顆夜明珠都派上了用場，一顆放在書房供顧琅予使用，一顆留在了寢室內。

夜晚時分，窗外的風聲仍舊呼嘯，宛如鬼魅不住哀號。寧禾這幾日與幾個貧家孩童接觸後，十分同情阜興的百姓。天不降雨，這是常人最無能為力之事，除了祈禱水渠快些開鑿完成之外，別無他法。

就在寧禾睡意朦朧間，床沿似乎有些下陷，緊接著衾被透出一縷涼風，鼻端處，是那個人身上淡淡的木質清香。她與他並不親近，卻記住了這只屬於他的氣息。

顧琅予在書房忙了許多天，今晚終於回到床榻上歇息了，這令寧禾睡意全無，不知心中是何滋味？

自從發過高熱後，寧禾腹中這個小生命似乎已經在她身體裡穩穩地扎了根，每日晨起時已不再噁心，除了有時候稍微嗜睡了一些，其他並無異常。

黑暗中，顧琅予彷彿知曉寧禾沒有沈睡，他充滿磁性的聲音低沈響起。「明日我們回京城。」

寧禾瞬間有絲詫異，但是也清楚他們待在阜興十幾日了，皇上的大壽即將來臨，是該準備動身回京。她沒有回他，只是閉上眼，聽著他極輕的呼吸聲縈繞耳邊。

離開的時候，阜興城樓下擠滿了大批百姓，他們皆跪地朝馬車叩拜，在阜興的百姓眼中，顧琅予是個極認真且效率極高的救星，他除了重啟建造水渠的工程，還抓到章恪貪污的把柄，誰都沒料到這麼短的時間內他能做到這個地步。

坐在馬車內，寧禾打量著顧琅予，心想他做事的確有手腕。她還沒嫁他時，外人只道他是個極難相處的人，不與朝臣結交往來，也不近女色，個性冷冰冰，但是行事卻很有一套，看來傳言不假。

寧禾見顧琅予朝車簾外瞥去，當他望著跪地的百姓時，眸中似乎有股欣慰。

她忽然抿著唇，低頭一笑。

「妳笑什麼？」顧琅予不解地問道。

寧禾一愣，她抬眸望向顧琅予，忽然起了捉弄之心。「殿下俊朗如男神，妾身能有這等夫婿，怎不心悅之？」

只見顧琅予皺著眉頭，望著寧禾的眼神十分古怪。「何為男神？」

寧禾一陣尷尬，該怎麼解釋他才能聽懂呢？她想了想，說道：「就是世間獨一無二、俊朗多金、品性高潔，最優秀的那種人。」

說完，寧禾覺得似乎不太對，顧琅予哪裡品性高潔了？

然而顧琅予卻扯出一個輕笑，微揚下頷道：「算妳識貨。」

寧禾的嘴角忍不住抽搐起來。真不該誇他的！

四日後，顧琅予跟寧禾一行人抵達京城。甫到常熙宮，顧琅予就換上乾淨的衣裳，立刻去覲見皇帝；寧禾一進門，阿喜就撲上前來。

「皇子妃，您可回來了。」阿喜熱切地望著寧禾，又低頭打量起她的腹部，待宮女離去後連忙問道：「小姐腹中的娃兒可好？」

寧禾含笑點了點頭，此時素香將熬好的安胎藥端入享居後，便悄聲退了出去。

阿喜道：「小姐，三皇子殿下可好？」

見寧禾微微頷首，阿喜又道：「那您可曾告訴殿下，您腹中的胎兒是殿下的親骨肉？」

寧禾沈下臉來。「我說過此事不許再提，也不許告訴任何人。早知妳不聽我的話，當初我絕對不會告訴妳。」

阿喜縮了一下脖子，垂下頭低聲道：「奴婢知道了。」

寧禾午睡起來時，李茱兒與寧知恰巧都過來探望她。

寧知坐到寧禾床沿，憂心道：「一開始妳不是閉門養病嗎，怎麼去了阜興？」

由於寧禾在阜興生了那場病，不得不靜養，顧琅予只好傳信回京城說寧禾去找他；然而之前寧禾偷溜出宮時，對外說是身體不適，不方便見客，因此寧知才有此疑問。

李茱兒也忙問：「妳眼下可好些了？」

寧禾淺笑著回道：「我沒事，當初是憂心殿下一人在外，所以才去尋他。」

李茱兒含笑道：「原來阿禾這般重視殿下。」

聽到這句話，寧禾可說是有口難言，她訕然一笑，忽然瞥見門口處那個高大頎長的身影。

顧琅予？他怎麼會來這裡呢？

寧知與李茱兒見顧琅予出現，有些不好意思地退出去了，顧琅予這時才踏入寢房內，寧禾也掀開衾被下床。

「穿戴好，今夜入承榮殿用膳。」

寧禾坐在鏡子前，她漫不經心地回道：「承榮殿？」

印象中，承榮殿是她新婚第二日向皇上與兩位妃子請安的地方，看來是皇室成員共度家庭時光的地方。

「父皇為妳我準備了晚膳。」顧琅予答道。

「知道了。」

當寧禾走出殿門時，顧琅予正在廊下舉目遠眺，那個方向正是東宮。

寧禾靜靜走到顧琅予身側道：「走吧！」

兩人一同走出常熙宮的大門，到了外面，顧琅予忽然伸手攬住了寧禾的腰。

寧禾心中明白，又該演戲了。

顧琅予望著前方，聲音平靜道：「後日父皇大壽，本殿準備公布妳有孕的消息。」

寧禾心頭一顫，回道：「知道了。」

不由自主地，寧禾垂眸朝小腹望去。雖然懷有三個月的身孕，她的腹部卻依舊平坦，若不是李複保證胎兒很穩，她肯定憂心不已。

第二十二章　懲罰之吻

到了承榮殿外，只聞殿內人聲紛亂，十分熱鬧。

接近殿內時，寧禾看到皇帝與雍貴妃、蘭妃已坐於高處，各皇子、皇子妃皆在殿內相互交談。

在眾人面前，顧琅予牽住寧禾的手，朝她柔聲囑咐。「當心門檻。」

他們兩人朝皇帝行禮入座，皇帝心情愉悅，席間一直與顧琅予討論有關皐興的事。

聊著聊著，皇帝忽然對寧禾開口。「說說看，妳為何跑去皐興？也不先請示父皇。」

寧禾忙道：「都是臣妾的錯，臣妾怕父皇不許臣妾去皐興，所以才擅自前往。」

皇帝板起了臉。「妳沒請示過父皇，怎知父皇不同意？」

寧禾知道皇上不是真的生氣，顧琅予畢竟立了功，他的皇帝老爹自然不會在這個時候動怒。

這麼一想，寧禾不由得軟語嬌嗔。「父皇，您就別再問了，臣妾與殿下才剛新婚，您卻要我們分開，臣妾就是憂心殿下罷了。」

蘭妃笑道：「只怕不是憂心，是思念得緊吧！」

一時之間，承榮殿內笑聲四起。

寧禾忍不住瞥向顧琅予，只見他的面色似乎有一點……紅？這個人竟然會臉紅？

此後皇帝沒再追問寧禾，只叫她好生用膳。寧禾挾了口菜吃，顧琅予稍稍靠近了她一點，聲音輕若未聞。「妳真是……不知羞恥。」

寧禾有些惱怒地回道：「那你要我如何回你那精明的父皇？」

無視於寧禾的抱怨，顧琅予若無其事地替她挾了一塊肉放入碗中，含笑凝視著她說：「愛妃，嚐嚐。」

寧禾回瞪了他一眼，挾起那塊肉放入口中。

他又含笑問她。「如何？」

「甚好。」

接著，顧琅予又挾了一塊肉給寧禾，但是這一次，卻是直接送到她嘴邊。

他滿目似水柔情，俊朗的五官透出一絲暖意，黑眸中皆是她一人的影子，他輕聲說道：「來，再吃一口。」

寧禾平日本就不怎麼愛吃肉，況且顧琅予還挾了一塊肥肉……正當她猶豫時，她的眼尾餘光捕捉到皇帝正與雍貴妃笑談著看向他們。寧禾欲哭無淚地瞪著身旁得意的人，無奈地一口咬下。

用過膳，皇帝領著眾人去御花園賞花。

雖然已是夜晚，但是宮內各處宮燈長明，夜間賞花別有一番旖旎風味。眾人在花園閒逛，此時顧姮朝皇帝說道：「父皇，聽聞此次三皇兄被阜興難民所傷，不知三皇兄可有大礙？」

皇帝有些驚訝地朝顧琅予問道：「怎麼沒聽你說過？難民怎會傷你，你可有事？」

「就是誤傷而已，兒臣不礙事，所以不想小題大作。」顧琅予瞥了皇帝身旁的顧姮一眼，又不動聲色地挪開目光。

顧姮忽然笑言。「父皇，不管怎麼說，三皇兄這次阜興一行都是功不可沒，父皇可有獎賞？」

皇帝朗聲問：「琅予想要什麼賞賜？」

顧琅予低著頭，謙虛地推辭道：「這是兒臣應為父皇分憂之事，不需要賞賜。」

皇帝大笑了一聲，雙眸中閃過的光芒卻別有一番深意。

寧禾不知道自己有沒有看錯，但是據許貞嵐所說，這個皇上生性多疑，顧琅予越是不要賞賜，他反而越加猜忌他。她前一世在職場打拚，不會不知道這種心理。

思及此，寧禾走上前笑道：「父皇，不如臣妾替殿下討個賞賜如何？」

皇帝微微有些詫異，臉上卻仍帶著笑。「妳要討什麼賞？」

「父皇得先答應臣妾，金口玉言。」

聽到寧禾這句話，皇帝無奈地說道：「朕自然是金口玉言。」

「那臣妾想討幾顆夜明珠，求父皇賜賞！」寧禾臉上的笑容既真誠又甜美。

「夜明珠？」

「對！父皇可要答應臣妾，金口玉言。」寧禾眨了眨眼，接著說道：「殿下急著為阜興鑿渠，在書房坐到夜半是常事，所以臣妾想討幾顆夜明珠，好給殿下讀書時使用。」

皇帝不禁疼惜地望了顧琅予一眼，他答應寧禾。「不過是幾顆夜明珠，賞給妳了。」

寧禾歡喜地說道：「那父皇可否再賞些銀兩？殿下將常熙宮僅有的幾箱珠寶都變作銀兩帶去了阜興，臣妾雖為皇子妃，但囊中實在羞澀吶。」

此言一出，顧琅予暗暗朝她瞪了一眼。

此時皇帝哈哈大笑起來，揮了揮手讓辛銓馬上將銀兩送入常熙宮。

寧禾上前將手放入顧琅予的掌心，她抬眸望著他說：「有些涼，你牽著我走吧！」對寧禾而言，她這麼做不過是為他演足了戲罷了。

顧琅予褪去冷淡的表情，掛上了笑意，寬厚的大掌握住寧禾有點冰涼的小手。

他們兩人握著手行走時，寧禾一個抬頭，恰巧對上前方顧衍回首投過來的目光。

顧衍一身青衣，如墨的長髮隨夜風吹起，那雙寫滿了哀愁的雙眼對上了寧禾的視線。他深深地望了她一眼，便轉過頭若無其事地繼續走。

寧禾無言地垂下眸光，此時她的手忽然疼得厲害——顧琅予正緊緊握住她的手。

她蹙眉想抽出自己的手，他卻緊攥著不放，接著她耳邊響起一道諷刺的聲音。「妳要清楚妳眼下的身分！」

寧禾暗惱。她不過是望了顧衍一眼，何錯之有？

深吸了一口氣，寧禾狠狠一用力，終於抽出手，大步往前行去，向皇帝請辭回宮。

從人群中退開後，阿喜這才想起寧禾的披風還在承榮殿內，連忙返身回去拿。

寧禾一人在宮道上行走，她特地放慢了腳步等阿喜。沒多久，寧禾身後忽然有極輕的腳步聲，她心想應是夜間穿行的宮女，便沒有在意。這個晚上她吃得有些多，也不急著走，就當作是散散步消化積食，然而那腳步聲卻一直尾隨著她。

有些疑惑地轉過身，寧禾瞬間怔住。

顧衍獨身站在宮道另一頭，如墨的雙眸裝著濃濃的思念凝視著她。

寧禾心頭微動，卻只是面色尋常地道了一聲「六皇子殿下」便轉身往前行去。

「阿禾。」顧衍走到寧禾面前擋住了她的去路，他有些痛苦地說：「妳就這般不想見我？」

寧禾避開他的目光，音調極為冷淡。「六皇子殿下，你多想了。」

沈默了許久，正待寧禾要繼續往前走時，顧衍出聲道：「知道妳出事之後，我曾不顧一切要去盉州尋妳，可是父皇卻將我禁足，甚至用母妃壓我。」

寧禾靜靜聽著顧衍訴說，卻不知該做何反應。她雖同情原主與顧衍的這段感情，卻在事後細細想過，顧衍若愛原主愛到奮不顧身，還怕沒有機會再娶她嗎？說到底，他終究是退縮了。

不過，寧禾知道自己沒有立場埋怨顧衍，她也不想被扯進他單方面的情意裡。

「六皇子殿下，你我是叔嫂關係，應當避嫌，還請六皇子殿下讓開。」她不帶感情地說道。

顧衍聽到寧禾這麼說，不禁伸出手握住她的雙臂道：「我知事已至此，妳心中定是恨我的。」

說著，他黯然地自嘲一笑。「我悔矣，悔我當初不夠堅定。」

寧禾亟欲掙脫，顧衍卻在此時將她擁入懷中，明明是溫潤如月的人，此刻卻十分強硬。

顧衍痛苦地抱住寧禾道：「往日妳我也曾相伴花叢，執手相擁，看山河好景，如今……我該怎麼辦？」

雖然當初他贊成讓寧禾嫁給自己的三皇兄，可現在看他們感情這般親密，他心中真的不是滋味。

寧禾怎麼樣都無法脫離顧衍的懷抱，只能惱羞道：「六皇子殿下，請你放開我！」

顧衍卻將雙臂收得更緊。「妳可知我看到妳與他在一起有多痛苦？我以為我已給不了妳幸福，所以才將妳拱手讓人。如今妳遠赴千里去尋他，難道短短的時日，妳就已經把心交給他了嗎？」

他痛苦地將頭埋入寧禾髮間，句句哀沈。

寧禾心慌意亂，用盡力氣都無法掙脫顧衍，此刻卻又瞥見宮道另一頭，顧琅予那隱含著怒火的雙目直射而來，阿喜手上拿著披風，也呆站在那裡。

眼前的情況讓寧禾僵住了，縱使四周燈光昏黃，她也清楚地感受到顧琅予的面部表情冰寒至極。

顧衍這時察覺到寧禾不太對勁，他一回眸，正巧撞上顧琅予冷漠的目光。

顧衍的雙臂一點一點鬆開，顧琅予邁步橫在他們兩人身側，他一邊攬寧禾入懷，一邊緊盯著顧衍，聲冷如冰。「六皇弟欺我愛妃，我該如何計較？」

顧衍收回悲悽的目光，對顧琅予說道：「是我酒後失態，不關阿禾的事。」

她終究已是別人的妻了！顧衍拚命說服自己放棄，一雙手緊握成拳。

「六皇弟與吾妻之事已成過往雲煙，若六皇弟仍計前事，皇兄我恐會做出傷人之舉。」

顧琅予撂下這句狠話後，就摟緊寧禾離開。

走回常熙宮的路上，顧琅予的步伐極快，寧禾被他攬住，幾次想掙脫開來自己走，卻遭他摟得更緊。她偏過頭看去，只見他下頷緊繃，深邃的雙目含怒。

拉著寧禾回到享居的寢房，顧琅予的力道終於放輕，寧禾得以掙脫開來，因為走得很急，她此刻有些喘不過氣來。

顧琅予沈聲道：「難道妳不該向本殿解釋？」

「解釋什麼？我為何要向你解釋？」寧禾不解道。

「妳已是本殿的妻子，卻不知廉恥地仍與顧衍糾纏，寧禾，難道妳一點也沒將本殿放在眼裡?!」

寧禾知道這次自己站不住腳，但方才她確實拒絕了顧衍，可是顧琅予似乎沒瞧見她的掙扎，所以才會誤會。她本來想解釋，不過她與顧琅予之間只存在著交易，他又素來冷漠，她何必解釋給他聽？

「是他酒後糾纏我，況且那不過就是一個擁抱……」

「不過就是一個擁抱？」顧琅予出聲打斷寧禾，他低頭逼視她道：「這還不夠嗎？難道真要他吻妳，或是做出其他出格之舉，妳才需要向本殿解釋嗎？」

「說夠了沒有？你我不過是名義上的夫妻，我怎麼樣都不需要跟你解釋。」寧禾步步向後退，然而她身後已是牆壁，再無退路。

面對寧禾一點都不在乎的樣子，顧琅予怒而伸手抵住牆壁，將寧禾的退路斷得乾淨，微微一俯身，他的氣息悉數噴到她肌膚上。「妳果真是不守婦道。」

寧禾惱怒道：「我不守婦道？」

似乎從她穿來後的那刻起，就莫名地被無數人用這個詞辱罵。嫁給顧琅予已有一個多月，她自問從來沒干涉過他，也曾因為擔憂他的安危不顧危險去救他，如今，這個冷漠的男人卻只給她冠上一個「不守婦道」的惡名。

不怒反笑，寧禾不在意地說道：「好，你想如何看待我是你的事，就算我與他糾纏不清，那也是我的事，你我終將是要和離的人，恕三皇子殿下管不著！」

這番話讓顧琅予怒火更熾。從懂事起，他就一直被旁人拿來和顧衍比較，連自己的父皇也不例外；他努力說服自己不去想其他的事情，勉強娶了眼前這個女人，婚後，他相信她真的患上失憶之症忘了顧衍，她甚至千里迢迢去阜興救他，在夜晚牽他的馬兒去尋他。他以為這個女人對他多少有心，但是他錯了，方才，他親眼看到她與顧衍在月下相擁。

身為男人，他的尊嚴已被她踐踏得稀爛，望著她寫滿了倔強的眸子，他不信他一個堂堂皇子治不了這個女人！

低下頭，他狠狠地吻住了她的唇。

寧禾腦中一片空白。顧琅予冰冷的吻就這麼落下，不過片刻，這吻變得熾烈滾燙，他沈重濕熱的呼吸籠罩著她，柔滑的舌在她唇齒間肆意掠奪，健壯的身體將她緊緊箍住，整個人被他成熟的男子氣息包圍。

呆愣了許久的寧禾終於回過神，她伸出手反抗，卻輕易地被顧琅予反剪住雙手。情急之下，她咬住他肆掠的舌，他吃痛地悶哼一聲，她才得以掙脫開來。

唇齒之間腥氣瀰漫，眼前就是顧琅予近在咫尺的俊顏，寧禾終於能舉高手，準備朝他搧去。

顧琅予眼明手快地握住寧禾的手腕，沈聲道：「記住，妳既然是我顧琅予的女人，就不許再與他有任何往來！」

冰冷的話語落下，顧琅予絕然地離開了享居。

寧禾伸手擦掉唇角的一點濕液，身體似乎被抽空，沒有一絲力氣。她遲鈍地走到床榻坐下，腦中一片混亂。

她與他這般爭吵已不是第一次了，但是她沒想到這次竟然惹得他憤怒地吻上她，諷刺的是，寧禾終於藉此確定顧琅予是個吃軟不吃硬的人。不過，這次就算是她理虧，他也不該說她不守婦道，他可知她聽到這話時，心中有多受傷？

可是，這個不近女色的男人竟然會吻她……這恐怕是他有意識以來第一個吻吧？其實寧禾覺得自己似乎沒那麼抗拒他，方才伸出手想甩他巴掌，不過是她下意識的防衛之舉……等等，她這是在想什麼？寧禾狠狠地拍了一下腦門，暗道：醒醒啊，這不過是自己冒犯他身為男子的尊嚴，所以他才懲罰自己罷了！

當顧琅予大步從享居走出去時，身後的宮女皆屏息行禮，不敢出聲。

回到自己的寢房，顧琅予的心情久久不能平復。他為何失控親吻了她？那可是一個失去貞節的女人，他從沒在意過的女人，但也是這個不知天高地厚的女人惹惱了他。

身為男人，又是她名義上的丈夫，她竟然敢與顧衍相擁？雖然他遠遠地瞧見她似乎有在抵抗，但是見到她依偎在別的男人懷中，他就是不痛快；況且，她竟然還敢理直氣壯地與自己爭辯，真是無法無天了，他不好好治治她，豈不枉為男人！

只是……這是他第一個吻，沒想到竟被這個女人占了便宜。

顧琅予沈聲喚了聲「斟茶」，宮女連忙入房替他倒了茶水，舉杯飲下後，他將茶杯狠狠放在桌上，回到床榻上倒頭睡下。何須與這個女人計較？若她今後再敢如此，他一定不會讓她好過。

既然寧禾決定放下這件事，自然不再與顧琅予計較。

隔天白日在院中撞見顧琅予時，寧禾對他抿了絲淺笑，語調也很柔和。「殿下剛剛下朝吧，需不需要妾身安排早膳？」

摸清顧琅予是吃軟不吃硬的性子後，寧禾便打算不再用強硬的態度對待他了。

聞言，顧琅予皺起了眉。他從來沒見過這樣的寧禾，她一雙美眸柔如春水，加上她的五官本來就精緻，此刻朝他綻開笑容，竟是傾城絕色。

他收斂起臉上的疑惑，表情冷淡地說道：「妳今日喝錯藥了？」

寧禾不怒反笑。「妾身從前似乎用錯了方式對待殿下，應當溫婉一些才是，殿下喜歡嗎？」說到最後，她黛眉一挑，眨了眨眼。

顧琅予瞬間有絲錯愕，隨即又皺起了眉頭。這個女人在打什麼主意？他步入自己的房間，沒再理會她。

寧禾忍不住搖頭一笑。瞧，只要她不與顧琅予鬥氣爭論，他就不會再如昨夜那般莫名其妙地「欺負」她了。她以後都要用這個法子對待他，天天爭吵多無趣啊，他皺眉疑惑的樣子讓她心情大好。

正待回享居，院中偏門處卻閃過一抹瘦弱的身影。寧禾心頭一沈，朝那方向快步跟過去。

第二十三章　壽宴報喜

寧禾這一走，才發現自己到了顧琅予的書房外，她走近之後，聽見了裡面清晰的談話聲。

「四皇子殿下在調查殿下每日與皇子妃相處的情形，只等著揪到殿下您的把柄。」一陣無聲的沈寂之後，顧琅予忽然喝道：「誰在外面？」

房門打開後，顧琅予看見站在門口的寧禾，他皺眉道：「是妳。」

寧禾望見屋內的人，那個瘦弱的小內監有些臉熟，似乎是皇帝身邊的人。她有些驚訝，看樣子顧琅予在皇帝身邊有眼線。

顧琅予屏退了那個小內監，望著寧禾說：「妳也聽到了，所以本殿今日起會搬到享居，與妳同床而眠。」

「不可以！」寧禾立刻反對。

「難道妳想讓顧姮如意？」顧琅予不悅道：「這件事就這麼定了，妳放心吧，我不會碰妳。」

可是寧禾急得卻不是這個，她擔心的是，如果她與他感情融洽，那麼顧姮便會認定顧琅予知曉那天晚上的事情，從而對他下重手，但是這件事她偏偏不能告訴他……

寧禾頻頻搖頭。「我們之間有過約定，你不可在我房內就寢！」

「整個常熙宮都是本殿的地盤，寧禾，休再放肆。」顧琅予惱怒道。看到顧琅予這般堅決，寧禾知道她再反對也沒用，便道：「既然他已準備對你下手，你可有應對之策？」

顧琅予並未正面回應寧禾，但是見到他胸有成竹的樣子，她便沒再繼續說下去。其實寧禾知道顧琅予的擔憂其來有自，如果讓皇帝知道他娶了她卻還與她分房而睡，一定會為他帶來不好的影響，可是不管他們兩人感情如何，顧姮都有理由針對他啊……

寧禾像個遊魂似地回到享居，傍晚時分，李複來為她請脈。

「皇子妃眼下身體健康，胎兒已穩，無須特別謹慎了。」

寧禾問道：「明日是父皇的大壽，殿下與你已商議妥當？」

知道寧禾在指什麼事，李複頷首道：「正是，請皇子妃放心，胎兒暫不顯懷，一般人看不出異常。」

李複出了享居後，恰巧在廊下碰見顧琅予，他連忙行禮道：「下官見過殿下。」

顧琅予逕自往前走，李複猶豫了一下，出聲喚道：「殿下。」他方才請脈時，見到素香抱來顧琅予的書本與幾件裡衣，便了解目前的狀況。

聽見他的呼喊，顧琅予停下問道：「何事？」

「皇子妃的胎兒如今雖已穩妥，但行房時仍須小心才是。」身為醫者，李複覺得還是適時提醒才好。

行房……此時顧琅予神色莫測高深，他若有還無地點了一下頭，便進入了享居的書房。

寧禾早在戌時便已入睡，待她子時醒來時，發現枕邊空盪盪，書房映著一抹昏黃的亮光，她起身行去，只見顧琅予正坐在燈下，奮筆疾書。

之前在阜興，寧禾也曾這般靜望他夜間埋入案牘的身影。輕聲返回寢房，寧禾將皇帝賞賜的夜明珠拿去書房。

此時，顧琅予在增亮的一片光明中瞧見了她。

寧禾正將夜明珠放入書房的四個角落，顧琅予就出聲道：「妳不是最喜歡這個東西，怎麼捨得將它們放入書房？」

「那日不都說了嗎，因為你經常在書房坐到夜半，這些都是求來給你用的。」

顧琅予沈默了一會兒，待寧禾放好夜明珠，準備回寢房時，他起身道：「收了這些，本殿要就寢了。」

寧禾回身皺眉道：「你要我？」她繞了一圈才將這四顆夜明珠放到燭臺上，剛一放好，他便說要睡了？

只見顧琅予眉一挑，睨了寧禾一眼，便走入了寢房，一副「妳能奈我何」的神態。寧禾拿他沒辦法，只得伸手去拿夜明珠，沒奈何燭臺高，一個不小心，她便將案上的墨臺打翻。

顧琅予聽見聲響回頭衝進書房，他見她安然無事地站在案旁，似乎鬆了口氣。

寧禾回過身，本來想怒吼顧琅予幾句，但是轉念一想，他畢竟吃軟不吃硬，於是她噘起了唇，眼巴巴地望著眼前這高大的男人。

「殿下，妾身搆不著怎麼辦？」她聲軟如綿，無辜地望著他。

顧琅予心頭微動，不由自主地走到燭臺下，伸手取下夜明珠放入匣內。

寧禾不禁暗自得意，她用帶了點撒嬌的口氣說道：「還有三顆呢！」

顧琅予確實沒有與她計較，聽話地取下另外三顆夜明珠，室內瞬間一片漆黑。此時他濃重的男人氣息朝寧禾襲來，正當她有些恍神時，她的小手忽然被他溫暖的大手牽住。

寧禾正要掙脫，他低沈的聲音就在她耳際響起。「妳看得清路？」

聽到這句話，寧禾立刻不再反抗。在阜興時，她正是因此碰傷手腕，上頭還留下了一道疤，想來是消除不了了。

今夜他們兩個雖然同榻而眠，卻像之前在阜興時那樣楚河漢界、互不侵犯。寧禾不禁祈禱顧姮快些落馬，這樣便不會再有眼線暗中監視常熙宮了。

皇帝壽辰這日，晴空湛藍，清風和煦，皇宮內人聲鼎沸，宮女與內監穿梭忙碌，皇親與官員都入宮為皇帝祝壽，專門用來宴請大臣與招待外賓的宣德殿熱鬧非凡，待一滿座，雍貴妃便宣布壽宴開始。

寧禾低聲問身旁的顧琅予道：「大皇子殿下沒來嗎？」

「他託本殿送了賀禮，沒有受詔前來。」顧琅予斟了一杯酒喝了起來，他輕聲說道：「妳兄長來京了。」

寧禾一愣。「我哥哥來京城了？」

顧琅予頷首道：「今日妳應該會見到他。」

寧禾不禁歡喜地說：「應當是祖母託他入京向父皇拜壽，他要來怎麼不先通知我一聲，我好去城樓接他。」

顧琅予淡笑道：「他早已入京，在京中謀官。」

聽到這個消息，寧禾一怔。「不可能。」

她哥哥寧一生性喜愛自由，祖母許貞嵐也一向不約束他，他怎麼可能來京城做官？

「之後妳自會知曉。」顧琅予又自顧自地飲了一杯酒，未再多言。

寧禾既是期待又是疑惑，只能端坐著看殿內的舞姬表演，待她定睛一瞧，這才發現李茱兒也在人群中跳舞。她妝容精緻，舞姿婆娑，連皇帝都不住拍手稱好。

看到這個場景，寧禾心想，李茱兒長得漂亮、一身才氣不說，性格也十分溫婉，不知京中哪家的公子才配得上她？

一曲舞畢，顧衍起身朝龍椅上的皇帝恭賀。「兒臣祝父皇萬壽無疆，這是兒臣為父皇準備的壽禮。」說罷，他身後的內監忙將禮物呈上。

寧禾望過去，那是一塊極大的玉雕，刻的是龍騰飛舞，上有「萬壽無疆」四個大字。

顧衍的內監躬身稟道：「陛下，這是六皇子殿下親手刻的，為了準備這份禮物，六皇子殿下這兩個月每每都是夜半才睡。」

皇帝目光慈愛，欣慰地收下顧衍的禮物，接著，顧末與顧姮也相繼獻上了賀禮。

顧琅予低聲問寧禾。「妳說妳已備妥，那賀禮呢？」

寧禾勾起唇角道：「不瞞你說，我在阜興時便已準備好了。」

顧琅予沒再多問，此刻阿喜將賀禮呈給他，他接過手，邁步上前，朝皇帝躬身行禮道：「父皇，兒臣也為父皇備了賀禮。」

說罷，顧琅予將手上的錦絹拆開，臉色卻瞬間一沈。

這錦絹中包裹的，是一張泛黃發縐的宣紙，上面的字跡潦草難識。難道這就是她準備的賀禮？他因為相信她為了腹中胎兒會誠心聽命於他，所以才一直沒有問過賀禮一事，此刻她是要害他在眾人面前出醜嗎?!

縱然心中怒火翻湧，顧琅予卻礙於場面未敢發作，只得緊攥著袖中的拳頭。

「這是何物？」內監辛銓將那宣紙呈上，皇帝望了一眼，皺了皺眉頭。

顧琅予無法解釋，寧禾這時起身上前說道：「父皇，這是殿下在阜興時為父皇準備的賀禮。」

皇帝不解道：「這……」

「這是阜興城內的稚子所寫的壽詞，下方還有要呈給父皇的畫。」

寧禾娓娓道來。「百姓十分感激父皇派殿下前去鑿渠，稚子們在街頭遇見殿下，得知父皇即將大壽，便想向父皇表達感激之情，故而那一日有十餘稚子一同書寫這些賀詞，一起做這幅畫。」

皇帝這時才留心到宣紙上的畫與字句，他唸了出來。「福如東海長流水，壽比南山不老松。」

他原本嚴肅的容顏這一刻忽然泛出一抹慈愛。「他們畫的是什麼？」雖然細細看過了，他依然不明白。

寧禾笑道：「父皇可看見了，那井旁所坐的老人是父皇您，父皇正在向稚子們發水，畫中一個稚子歡喜得在父皇臉上親了一口。」

經過寧禾的講解，皇帝動容道：「這些孩子，還為朕畫了兩支龍角。」他泛著笑抬起頭，慈和地望向顧琅予。

顧琅予的心忽然間抽痛了一下，怔怔望著龍椅上的皇帝。這是他的父皇，他卻從來沒有用今日這般眼神瞧過他，從前，他只會這樣看著顧衍，而不是他。

寧禾瞧見皇帝神色如此祥和，心想這個禮物她是送對了。

看著這幅畫，皇帝目光柔和地望向顧琅予。「你有心了，往日朕覺得你沈默寡言，不想心思細膩，知朕所急。快坐下吧，這份壽禮朕十分喜歡！」

顧琅予領命，當他轉身回到座位上後，便握住身邊這個女人的手。寧禾正噙著溫柔的笑望著他，眸裡寫著得意，邀功似地亮起雙眸等他誇讚她。

然而寧禾這般含笑地望了顧琅予許久，他卻沒有反應，她不由得訕訕地收起了笑，拿了一顆枇杷準備剝皮。

出乎意料之外，顧琅予將枇杷從寧禾手上拿走，替她剝皮後送到了她的唇畔。

寧禾愣住，只見顧琅予深邃的黑眸帶著笑意，挺拔的鼻梁下，那有型的雙唇朝她綻起笑來，讓她不禁有些看呆了。這笑容不似從前那般虛情假意，倒像是真誠的，因而使這張俊美的臉更讓人難以抗拒。

「愛妃，張口。」他的聲音充滿磁性又悅耳，低低在她耳畔響起。

寧禾神情呆滯地張開口，如同木偶般吃下他剝的枇杷。

無人知曉，顧琅予的心由方才的震怒到此刻的雀躍歡喜，起伏非常大，即便他做事能力極強，卻從來沒得到自己的父親如此肯定，一時又是喜悅，又是不安。他看著身邊的女人，她靜靜地吃下他剝的枇杷，乖巧的模樣看起來竟有些惹人憐愛。

顧琅予似乎沈浸在這份愉悅裡，又剝了一顆枇杷給寧禾。

寧禾這時回過神，一顆心猛然一跳，她再次吃下顧琅予剝的枇杷後，連忙正襟危坐，目不斜視地望向前方。

此時皇帝朗聲笑道：「春日御花園的景致十分動人，不久前朕命安榮府嫡長孫繪了一幅丹青，今日也該拿上來讓眾卿家陪朕一同欣賞了。」

安榮府嫡長孫……不正是哥哥嗎？

寧禾連忙朝殿門處張望，只見那從門外走來的男兒青絲飛舞，廣袖生風，許久不見，他身上的紈袴之氣盡散，成為一個明朗沈穩的男兒。

歡喜之際，寧禾不禁有些心疼。哥哥不是說過他不喜歡官場，只喜歡縱橫於山水間嗎？

「禮部侍郎寧一叩見陛下。」

哥哥何時任職為禮部侍郎？寧禾的目光遠眺著寧一，朝身側的人問道：「為何我兄長來京我都不知，你卻早已掌握消息？」

「起初本殿以為妳已知曉，但是他不讓本殿告知妳，之後妳便去了阜興。」顧琅予的回答只讓寧禾更不解，不過這時候她不好繼續問下去。

此刻畫軸已經被人拿入殿中，立刻引起一片驚呼。

這幅畫足足有三十尺長，十二尺寬，十幾位宮女小心展開後，繁茂的百花便綻放在眾人眼前。舉目遠眺，畫上之花栩栩如生，恍若正在眼前開放。

寧一這畫作的筆風柔而細膩，不論是長亭，抑或是青空，甚至是御花園所有的宮廊與宮道，都被納入畫中，整體畫風優美流暢。

看著看著，寧禾忽然微瞇起了眼。畫上花叢中，有一年輕女子坐於亭內，女子捧書而讀，雖只有側臉，但是那頭如墨的青絲與精緻的五官十分動人，她的美已與百花融合，這幅畫若無此女子，便失了這份靈動。

「好一幅百花圖！」皇帝從龍椅上走下，步至畫前讚嘆道：「起初你允諾朕將御花園納入畫中，朕當時只當你是誇下海口，未想這幅畫竟是此般恢宏之作……」

皇帝這時瞧著畫上的美人道：「這女子也畫得柔美似水。寧一，你的畫技已超越了朕宮內的畫師，朕認輸了。」

寧一謙遜回道：「陛下謬讚了。」說著，他凝眸望向寧禾。

在寧一的注視中，寧禾走到他身前，說道：「哥哥，你入京已有一個多月，怎麼不與我說一聲？」

「我本想等仕途穩定後再跟妳說的。」寧一寵溺地望著寧禾說：「妳在宮內可好？」

寧禾點了點頭，正要再與寧一交談時，皇帝已開口詢問寧一。「這幅畫中的女子宛若仙人，你作畫時，可知她是哪家女子？」

寧一搖搖頭，目光中似有遺憾，他低聲道：「臣作畫時並未驚擾她，她起身回首，臣只記得她容貌驚人。」

皇帝也頗為可惜地說道：「若知她是哪家女子，朕便將她許配給你。」他低頭仔細看著畫說：「瞧她衣飾並非後宮之人，只怕無處可尋。」

寧禾認真地望了這幅畫幾眼，花叢遮住了女子大半容顏，只見那側顏十分柔美，五官挺立精巧，如墨的青絲披散在雙肩，她斜斜地靠在亭內，慵懶又認真地捧著書。

腦中忽然有什麼一閃而逝，寧禾凝眸望向座位處，滿滿的人群中，她瞧見李茱兒慌亂地垂著頭，雙頰紅透，一雙手也不停地扯著手上的手絹。

寧禾緩緩勾起一抹笑。原來這畫中的美人是李茱兒，她記得李茱兒曾為她送來蘭妃賞賜的那支珠釵，還說有個小官在御花園作畫驚擾了她……

望著寧一，寧禾笑問：「哥哥，你怎不問問畫中的美人是誰，你可瞧清她的樣貌了？」

「瞧清過，但她匆忙離去，我無從得知。」寧一俊美的臉龐有些黯然。

寧禾退回座位上，唇角上揚，止不住喜悅之情。她一直很喜歡李茱兒，不想李茱兒竟然早與寧一有過一面之緣，這可真是上天注定的緣分。瞧寧一那失神的模樣，她是不是應該推一把，讓李茱兒成為她的嫂子？

想到這裡，寧禾又往人群中掃視，只見李茱兒正慌張地從座位上起身，走出了殿門……

好吧，看樣子她只能再找機會說了。

皇帝對這幅畫十分滿意，給了寧一許多賞賜，並賜了「神手」之名，而後殿內又起歌舞。

在這歡愉喜悅的氣氛中，顧琅予忽然在寧禾耳邊低聲道：「李複已在殿外。」

寧禾一怔，心中了然，斟了一杯酒，待歌舞暫告一個段落時，她起身朝皇帝道：「父皇，臣妾敬父皇一杯，恭祝父皇萬壽無疆，日月長明。」

她正舉杯欲飲，卻突然暈眩欲倒，手上的杯盞清脆地掉落地面，身子往後仰去。

顧琅予攙扶住寧禾，沈聲喝道：「宣太醫！」

李複馬上進入殿內為寧禾診脈，顧琅予已與他串通好，因此寧禾一點都不擔心。

皇帝與在場的所有人皆注視著寧禾這邊，李複診完脈後稟道：「恭喜陛下、恭喜三皇子殿下，這是喜脈，三皇子妃已有一個月左右的身孕。」

「喜脈？」皇帝龍顏大悅，步至寧禾身前道：「好啊！朕終於盼到一個小皇孫了，哈哈哈！」

他連聲囑咐顧琅予要好生照看寧禾，也命寧禾不必再待在宴會上，可回常熙宮休息。

寧禾起身之際，視線恰巧撞上顧衍黯然的目光。她移開雙眸，又正好瞥見顧姮陰鷙冰冷的神色。

如今，寧禾已經是諸位皇子妃中最先有孕的一個，這場戲告一段落後，只怕顧姮看顧琅予更不順眼了。雖然寧禾心中有所擔憂，但餘下之事，便交給顧琅予去操心吧！

第二十四章　甜蜜互動

走出宣德殿，已是酉時。寧禾緩緩行到宮道上，身後的阿喜十分歡喜地說道：「如今小姐再也不用偷偷喝安胎藥了。」

寧禾抿唇一笑，阿喜忽然喊道：「前頭那人好像是茱兒小姐。」

遠遠望過去，前處的石亭內坐了一個女子，瞧那側臉，正是李茱兒。

寧禾步入石亭內，李茱兒聽聞腳步聲才回過頭來，她有些驚訝地說道：「阿禾，妳怎麼出來了？」

阿喜回道：「方才太醫為我們皇子妃診脈，才知皇子妃懷有身孕，所以陛下讓皇子妃先回宮。」

「真的嗎?!」李茱兒歡喜地跳起身，挽住寧禾的手臂，又望了望她的腹部說：「恭喜妳了阿禾！這是男孩還是女孩啊？」

「才剛足月，哪裡清楚。」寧禾淡淡一笑道：「妳為何匆匆從宴會上出來了？」

李茱兒有些不自然地偏過頭說：「就是出來透透氣。」

「妳可瞧見那幅畫了？禮部侍郎寧一所作之畫，讓父皇讚不絕口。」寧禾故意說道。

「嗯……」李茱兒垂著頭，唇角微微上揚。「這位寧大人的畫技甚好。」

寧禾心中有些疑惑。李茱兒難道不問她寧一是她兄長的事？

對了，雖然傳召時說了「安榮府嫡長孫」，但是李茱兒對朝政不了解，所以才沒有問她。

寧禾笑道：「我覺得那幅畫沒什麼了不起的，除了畫上的美人讓人驚豔，便沒什麼好看的。」

「怎麼會？」李茱兒聞言急了，忙道：「那幅畫作恢宏，十分耗費心血，那位年輕的大人花一個月就能繪製完成，實乃技藝高超。」

「畫技我不懂，不過妳可知曉，父皇說若能尋到這名畫中的女子，便要將她許配給那位大人。」

李茱兒的面頰頓時飛上兩片紅暈，慌亂地避開寧禾的目光。

寧禾看在眼中，心中了然。想來李茱兒對寧一動了心，而寧一只怕早在那一日就牢牢記住御花園中驚鴻一瞥的女子了。

她打趣道：「茱兒，我在盉州有位兄長，正值弱冠，尚未娶妻，妳在京中可有熟稔的姊妹能幫忙物色？」

說著，寧禾挽著李茱兒的手臂走向常熙宮。

李茱兒搖了搖頭。「我總是待在閨閣，除了與妳結交，便不再識得哪家小姐了。」

「那妳做我的嫂子好了。」寧禾笑著說道。

李茱兒剛恢復平常的雙頰瞬間又紅透，她輕聲道：「不可，我不知妳兄長是怎麼樣的人？」

寧禾勾起了唇角，雙眸皆是笑意，她朝阿喜暗暗投去一眼，示意阿喜去將寧一請來。

李茱兒就這般扭捏地與寧禾一路同行，到了常熙宮大廳，她便說道：「我已將妳送回來了，妳懷著身孕，可不要四處走動啊！」說罷，她便要離開。

寧禾留住李茱兒。「茱兒，我可是說真的，我哥哥今日也來向父皇賀壽了，不如你們兩人見上一面。」

李茱兒連忙搖頭。「不必、不必。」

「難不成妳心中已有中意的郎君了？」寧禾臉上帶著一抹賊笑道。

聽到寧禾這麼說之後，李茱兒竟窘得有些手足無措。她不禁暗嘆，眼前這個小美人實在太過羞赧，難怪顧琅予會說她不知廉恥、不守婦道，和李茱兒相比，她實在……太放浪了。

阿喜此時已經回來，一雙大眼滿是笑意說道：「皇子妃，大公子來了。」

李茱兒想要迴避，寧禾卻握住她的手道：「妳就看我哥哥一眼吧，人都已經來了。」

寧一剛入大廳，便直接朝寧禾走去，他上下打量了她許久，一雙黑眸飽含濃濃的思念，問道：「妳都有孕了？」

寧禾笑著說：「這些事待會兒再聊，我為你介紹一位我的閨中友人可好？」

她見李茱兒垂著頭不敢看寧一，便說道：「茱兒，這是我哥哥。」

寧一這才瞧見緩緩抬頭的李茱兒，他頓時怔在原地，出神地望著李茱兒。

李茱兒也呆住了，連自己手上的手絹倏然掉落在地都沒察覺，只是癡癡地看著寧一。

寧禾與阿喜好不得意，她們瞧著那四目相對的兩人，深深覺得這姻緣是上天注定的。

此刻寧一已回過神，他彎腰拾起李茱兒的手絹，遞至她眼前道：「那日御花園衝撞的竟是小姐，還請小姐不要介意。」

李茱兒緩緩接過手絹，聲若蚊蠅。「是我驚擾了公子作畫。」

寧禾佯裝不知情地說道：「茱兒，原來那畫中的美人竟然是妳！父皇可是金口玉言，說只要尋到那美人，就要將她許配給我哥哥！」

李茱兒羞紅了雙頰，慌亂道：「阿禾，我、我只是無意撞見了寧大公子。」她的聲音漸漸變弱。「原來他就是妳兄長……」

寧禾拉過李茱兒，輕聲對她說：「茱兒，我哥哥為人清高正直，雖然是風流才子，卻從不拈花惹草，如果可以，我希望妳能給我哥哥一個與妳相知的機會。」

李茱兒一雙好看的眸子明明充滿了喜悅與感動，卻因一時不知所措，沒有回答寧禾。

寧禾見狀便對寧一笑道：「改日哥哥再來找我聊聊，此刻天色已晚，就煩勞哥哥替我送送茱兒小姐吧！」

目送他們兩人離開常熙宮，寧禾心中十分歡喜。原本寧一不喜束縛，也覺得一般世間女子庸俗，但是李茱兒不同，她單純美好，若真能嫁給寧一做她的嫂子，她相當樂意。

參加皇帝的大壽後，寧禾有些疲累，戌時便要洗漱睡下。

她正坐在菱花鏡前梳頭，望著鏡中風華正好的女子，微微有些驚豔。穿越而來時，她只覺得這副身軀的臉龐美麗動人，但那時她覺得寧知的容貌還在她之上，可此刻望著鏡中這膚白唇紅的女子，只見她眉目之間風韻流轉，增添了些許成熟嫵媚，雖然已卸妝，氣色卻仍是相當不錯，這種美更上了一層樓。

無意識地嘆了口氣，當寧禾放下手中的篦節站起身時，發現有個人佇立在房門口，他的身體有些搖晃，似乎微醺，雙眸迷醉地望著她。

素香斂眉道：「皇子妃，文先生說殿下飲多了酒，故而送來享居。」

「將殿下扶回常居寢房。」寧禾淡聲說道，慢慢走向床榻。

為了掩人耳目，目前顧琅予的確與她同寢，但是她今晚已經很累了，實在不希望身旁睡個酒鬼。

哪知顧琅予像是沒喝醉，他有些踉蹌地走入房內，素香欲伸手扶他，他卻甩開手道：「退下。」

素香出去後，顧琅予走到寧禾身前，望著她說：「今日壽宴上妳給了本殿一個驚喜。」

「我說過要是你肯放過我與腹中的胎兒，我便全力幫助你。」

「做得不錯。」顧琅予望著寧禾，只見她淡淡地望著自己，不再是宣德殿上那個笑著向他邀功的女人，她一臉平靜，微微蹙了蹙眉。

他有些疑惑，這個女人為何越看越美，美得讓他冰凍的心微微鬆動了。原本他心不甘、情不願地娶了她，但是婚後接觸的這段時日，儘管這個女人讓他有點心煩，但是更多時候都能幫上他的忙，他有難時，她似乎也總是關心著他……對了，她只是因為怕他失勢而殃及她腹中的胎兒，所以才會對他這麼好。

只是如此而已。

「出去吧，你喝醉了。」寧禾想勸退面前這個有些不清醒的人。

「本殿沒醉。」

寧禾皺起眉，嘆息一聲道：「殿下出去可好，你醉了。」她放柔聲音，怕惹怒他。

「本殿說過我沒醉！」顧琅予的聲音忽然拉高，端起了皇子的架子說道：「替本殿更衣。」

「素香——」寧禾剛喚出聲，顧琅予已拉住她的手腕，微一用力，便將她帶入臂彎中。

寧禾一頭青絲瞬間傾瀉而下，只能怔怔望著他。

素香推門而入，瞧見房內旖旎一幕，連忙垂首關上門退下。

「你！」寧禾亟欲掙脫顧琅予的懷抱，他卻將雙臂收緊，一個打橫抱起她往床榻走。

寧禾一顆心慌亂不已，她推著他的胸膛，大叫。「顧琅予，你要幹什麼？」

顧琅予本來就高大，加上喝過酒後身軀更沈，他將寧禾抱到床榻上後便壓住她，順勢將昏沈的腦袋埋入她的頸項。

濕熱的呼吸撲在肌膚上，寧禾瞬間心跳加速，當他微微一動，她的脖頸處便傳來一陣酥癢感。

「顧琅予，你休要亂來！」驚慌之下，寧禾奮力地想推開身上這沈重的身軀，然而顧琅予並沒有反抗，任由她掙脫他的控制。

緩緩地坐起身，寧禾發現顧琅予緊閉著雙目，已經睡了過去。

寧禾沈聲喚著素香與阿喜，可不管怎麼呼喊，她們都沒有進來，她心知是素香看到剛才那種情況，直接帶走了阿喜。

無計可施之下，寧禾想自己把顧琅予拖下床，可當她握住他的大手時，他竟睜開眼道：「本殿只是想睡個覺，妳要做什麼？」

寧禾愣住。「你不是醉了嗎？」

顧琅予眉毛微微一挑。「本殿沒醉，區區一杯酒而已。」

寧禾此時察覺顧琅予的眼神的確很清醒，那……他為什麼要拉她入懷、抱她上榻，難道只是為了嚇唬她？

「那你方才……」

「本殿看不慣，捉弄、捉弄妳不行嗎？」他竟一副霸道有理的模樣。

寧禾惡狠狠地瞪了顧琅予一眼，這才上榻睡下。她只希望風波快些過去，這樣他就不用每日睡在她的寢房了。

第二日，寧禾睜開眼睛時，發現枕邊空盪盪，顧琅予不知何時已經起床了。她方用過早膳，寧知便來了常熙宮，而後李茱兒與蘭妃、雍貴妃等後宮諸位皇妃都前來祝賀她有孕。

雍貴妃帶來不少滋補藥材，前前後後對寧禾囑咐了許多需要注意的事，蘭妃也傳授了一些經驗給她，眾人在享居待到正午，便各自離去。

之後幾日寧禾的心情都很不錯，經常與李茱兒一起玩鬧。

這一日，從御花園信步回到享居後，寧禾一連吃了兩碗飯，她在庭中坐到夜色降臨，才起身回寢房，一進房間，卻見顧琅予身著裡衣，有些慵懶地倚在她平日常坐的那把太妃椅上。

寧禾是第一次瞧見他放下防備的模樣，此刻他正閉目小憩，少了點凌厲，添了些隨興。不想吵醒顧琅予，寧禾放輕了步伐走進寢房。

豈知顧琅予忽然睜開眼，劍眉微挑道：「妳當真不似尋常貴女，懷著身孕還敢四處走動。」

寧禾笑著回應他。「你不也不似尋常男子，敢娶特殊的女子嗎？」她話中之意略帶諷刺。

聞言，顧琅予從鼻子裡哼了一聲出來。

寧禾走到他身前，居高臨下道：「起身。」

顧琅予有些難以置信地望了寧禾一眼，似乎沒想到她會突然命令起他來。

寧禾心中暗惱。自從得知顧姮的眼線在監視他們之後，她不得已要與他同榻而眠，儘管他沒有任何踰越的舉動，但她心中總歸是不舒服的。

見他仍好整以暇地坐著，寧禾無奈道：「殿下，起來，我要更衣。」

「妳求我啊！」

寧禾不禁傻了眼，他今天是哪根筋不對啊？

「這是本殿的地盤，妳卻命令本殿，難道不是該用求的，拜託本殿起身迴避嗎？」

原來他是這麼想的……寧禾還以為顧琅予這廝看過她前一世讀的霸道總裁系列小說呢！她有些欲哭無淚，正要開口順著他的心意來，腦中忽然靈光一閃。

她不是早已摸清他的脾氣嗎？如果冷冰冰地跟他說話，他還能跟她扯上幾句，但若是她……

寧禾不禁浮起一抹壞壞的笑容，她抿了抿唇，嘆息一聲。「既然殿下覺得這是殿下的地盤，那妾身也請不動殿下了。」

說罷，寧禾緩緩卸下髮間的珠釵，一頭青絲如墨瀉下，接著她又解開腰帶，脫下外衫。

顧琅予內心卻在冷笑，她想藉此逼他自己走？這個女人似乎在試探自己的底限，他怎能如她的意呢？

這麼一想，他便平靜地地坐著，絲毫沒有離開的意思。

寧禾看見顧琅予不動，不由得暗惱，但她依舊鎮定地解開盤釦，脫下裡層的長裙，這層衣裳褪去之後，再脫一層，便只剩下褻衣了。

用眼尾餘光掃過去，只見顧琅予仍端坐在原處，甚至好整以暇地捧起茶盞淺抿一口，眸中的得意說明他料定她不敢。

寧禾這下是真的惱怒了，若是往日，只怕顧琅予早已退避三舍，可今日他卻好似深諳她的心理，還不離去。

她望向他，放軟了聲音說道：「殿下，妾身可要更衣了。」

顧琅予淡淡「嗯」了一聲，仍然不動如山。

寧禾望著他，深吸了一口氣，瞬間解下最後一層衣裳，只剩一件碧色的褻衣。在這薄薄的遮蔽中，她那玲瓏有致的身段若隱若現，為她添上一抹絕色的嫵媚。

顧琅予屏息靜靜望著眼前這如夢似幻的一幕，全身的血液頓時洶湧翻騰，他霍然站起身，大步走出了寢房。

在他身後，寧禾嬌豔的紅唇緩緩勾起，雙眸全是笑意。褻衣與短褲只是類似她前一世前衛一點的穿著，但是這個人啊……她忍不住搖了搖頭。顧琅予，從不曾親近女色的你，怎能不羞呢？

寧禾養胎的這些時日，皇宮平靜無事，不過今日有場宮宴，是青郡的瑞王來京拜訪，皇帝要舉行晚宴款待他們一行人。瑞王是皇帝的表兄，理應在承榮殿宴請他們一家，不過此番還邀請了大臣們列席，因此在宣德殿舉辦。

當寧禾與顧琅予走向宣德殿時，前方有個年輕女子款款走來，她步至他們兩人身前，行禮道：「見過三皇子殿下與三皇子妃。」

顧琅予淡淡掃了她一眼，便挽住寧禾的手要往前走。

顧姮走到他們面前，斜長的眸子瞇了起來。「三皇兄，你不認識靳虞郡主了？」

見顧琅予不發一語，顧姮便朝寧禾笑道：「三皇嫂，這是靳虞郡主，妳不知道吧？」

寧禾勾起紅唇笑道：「是瑞王爺之女，靳虞郡主？」

在寧禾眼中，面前這個女子氣質出眾、膚白貌美，在珠寶的裝飾下，顯得光彩照人。

顧姮道：「那三皇嫂定然不知，靳虞郡主還小時，便嚷著長大後要嫁給三皇兄做皇子妃呢！」他打趣似地說道，暗中打量寧禾與顧琅予的神情。

靳虞連忙惶恐道：「那是臣女年幼無知，三皇子妃當不得真，不要見怪。」

寧禾又怎會讓顧姮得逞，她笑著回道：「郡主不必解釋，就算年少的事是真的也無妨。」她望著顧琅予，雙目含情。「我家殿下從小到大都俊朗迷人，我倒是覺得郡主跟本宮眼光一樣好呢！」

顧琅予心頭一動，用溫柔的目光回望著她說：「愛妃這嘴真是甜啊！」

他們兩人就這樣笑著走入宣德殿，留下身後的顧姮暗自惱怒。

第二十五章　終成夫妻

晚宴上，觥籌交錯，歌舞喧騰，待到覺得無趣了之後，寧禾便藉口孕期疲憊走出宮殿，李茱兒追上她，對她笑道：「我為妳腹中的小娃娃做了件小衣，我們去拿。」

寧禾正要與李茱兒同去，卻忽然感到有些頭暈，她說道：「不如讓阿喜隨妳去取來，我在此地等候妳們。」

阿喜領命與李茱兒離去後，寧禾便在月色下尋了一方石凳落坐等候。寂靜中，忽然傳來一串腳步聲，寧禾循聲望去，不禁一怔，是顧衍。她立刻站起身，打算避開。

「阿禾。」此時顧衍出聲喚住了她。

逼不得已，寧禾轉身低頭向他行了禮，之後便欲離開。

「阿禾，為何刻意避開我，妳可知我的心情？」

顧衍這黯然失落的聲音，讓寧禾頓住了腳步。

「六皇子殿下，妾身與殿下理應避嫌。」她並未轉身，而是凝望著遠方重重宮闕。

「妳往日從不喚我殿下，只叫我六郎，為何妳我會變成如今這樣……」

寧禾望著漸漸被夜色吞噬的建築，緩步往前，說道：「殿下只當寧禾已死，世間再無寧禾與六郎。」

忽然間，寧禾的手腕被人緊緊握住，顧衍沈痛道：「妳就在我眼前，我如何當妳已死？」

寧禾回頭望去，只見顧衍眸底除了哀痛，還翻騰著怒火。她知道，顧衍一心沈溺於過往的美好，眼下又見她與顧琅予在人前賣弄恩愛，心裡怎麼會好受。

「寧禾已經死了，在安榮府一片塘水中，用性命換了她的貞節！」寧禾直直望住他道：「她死的時候只想用命回報你這一份情，但是她既然重生，就再不是從前那個寧禾了。」

顧衍不懂寧禾話中深意，他執著而急切地回道：「就算妳忘記了，我也可以一件一件說給妳聽。妳五歲時認識我，總愛跟我在一起嬉耍，妳回盂州後，我向妳許諾長大後要娶妳為妃。只要有出宮的機會，我總會去盂州看妳，那些時日我們最開心，第一次牽妳的手、第一次輕輕吻妳的臉頰、第一次揹著妳過小溪、第一次為妳綰髮……」

他的聲音柔和得不像話，目光飄到很遠的地方。寧禾的心忽然一陣抽痛，她明明知道這不是自己的情緒，卻任由顧衍握住她的手。

顧衍垂頭凝視她，低聲道：「那麼多屬於妳我的記憶，我從不敢忘……」

說著，他湊向寧禾，在她額間輕輕落下一吻，接著他伸出手，擁緊站在自己面前的人。

此時，重重的腳步聲，打破了這寧靜美好的一幕。

一個滿身怒火的男人疾步行來，他將顧衍拽開，臂膀攔在寧禾身前，凌厲的眸光似箭，怒吼道：「這一次，你還想如何解釋?!」

寧禾這才回過神，她望著顧琅予臉上怒色洶湧，想起方才顧衍說的那些話與親吻她的舉動，她真的不知道該怎麼辦？

難道要她說方才那陣心痛不是她的情緒，而是原主尚未消散的意識？顧琅予是不會信的！

寧禾緩緩移開目光，花叢下，不知何時已跪了幾名宮女，而不遠處的迴廊，宮女、侍從皆跪地俯首，無人敢直視這邊。

原來，這不受控的舉止，眾人早已瞧見了！

寧禾閉上眼，此刻就算她想解釋，也說不清楚，睜開眼，她往常熙宮的方向走去。

「我不想解釋。」顧衍不懼顧琅予的怒火，直直望向他說道：「我要去向父皇求娶阿禾！」

顧琅予擋住了顧衍的路，冷聲道：「父皇疼你，你便能欺我之妻？」

「我與阿禾青梅竹馬，早已互定終生，如果沒有那件事，她根本不可能嫁給你！」顧衍終於說出自己的想法，他再也不想忍耐了。

原本以為他給不了寧禾幸福，所以在顧琅予求娶她時，他才站出來替他說話。他以為自己能看著心愛的女人得到幸福，但是原來看她含笑凝望別的男人、懷上別人的子嗣，是這麼痛苦的一件事！

顧琅予望著這個弟弟，方才顧衍所說的那些話，他都聽到了。寧禾與這個男人曾經花前月下，那些過去他都不曾參與，而他明明不愛這個女人，為什麼會這麼難受與難堪呢？

難道是因為顧衍？因為他不僅奪走了父皇的寵愛，還要搶走他的皇子妃？

顧衍堅決地繼續說道：「我現在就去見父皇！」

此話一出，顧琅予周身的氣場瞬間變得冰冷肅殺，他走上前，握緊的拳頭狠狠往顧衍身上砸。

四周的宮女低聲驚呼，有人立刻跑去向皇帝稟報。「三皇子殿下與六皇子殿下在外面打起來了！」

顧琅予跟顧衍兩個人在宴會結束後被召入承榮殿，皇帝望著兩個一身傷的兒子，怒火中燒。

「怎麼不接著打？打殘一個，朕便少操一份心！」

顧衍唇角掛了一絲殷紅，白玉的面龐青紫一片，他跪地朝皇帝懇求。「父皇，兒臣要重娶阿禾！」

皇帝錯愕地愣在原地，隨即龍顏大怒道：「孽障！你可知自己在說什麼?!」

顧琅予望向皇帝道：「身為皇兄，兒臣先動手的確不對，但是父皇已經聽到了，六皇弟欺我皇子妃，辱我在先。」

皇帝踱步到顧衍身前，望著原本俊朗的兒子此刻的狼狽樣，恨鐵不成鋼地踹了他一腳。「她已經是你的皇嫂，你還要執迷不悟嗎？」

望著顧衍眸中的倔強，皇帝痛心疾首地連連喘氣，一旁的蘭妃連忙扶住他，不住勸他不要動怒。

皇帝看了看衣裳已被扯破的顧琅予道：「你下去吧，父皇會處理此事。」

待顧琅予走出大殿，皇帝才緩緩開口道：「若你執意要娶寧禾，朕只能賜死她。」

聞言，顧衍驚愕地瞪大雙目。

此刻皇帝已經恢復平靜，他對顧衍道：「今夜罰你跪在常熙宮門口，向你三皇兄道歉。」

待失魂落魄的顧衍離開，蘭妃才半是猶豫、半是擔心地說道：「陛下，您當真會賜死阿禾那孩子？」

過了半晌，皇帝的聲音才低低響起。「朕不這麼說，他會收回心思？」

長長嘆息一聲後，他又道：「如今她懷著老三的骨肉，朕自然不會置皇孫於不顧。」

話雖如此，皇帝心中卻十分擔憂。這儲君之位到底該給誰？如果顧衍登基，他會不會對顧琅予不利，好把寧禾搶過來？但是若顧琅予登基，顧衍又豈能平安？

這麼一想，皇帝心中更是舉棋不定。

夜色深邃如墨，顧琅予回到常熙宮時，大步走向享居，此時何文忽然上前稟報。「殿下，六皇子殿下被罰跪在常熙宮門口。」

顧琅予沒有回應，只是握緊雙拳，逕自走入享居。

素香為他掀起寢房門口處的珠簾，只見室內的夜明珠在角落散著清冽的光輝。

寧禾背對著顧琅予坐在妝檯前，纖瘦的身影在光芒中似是幻影。他從來沒想過要正眼看她，可是曾幾何時起，他總是忍不住多瞧她一眼。

顧琅予自認並不懂愛，卻覺得寧禾每次抬頭，用那雙閃亮的眼睛含笑望著他時，讓他很滿足。方才對顧衍動怒，甚至動起手來，一點也不像平日穩重內斂的那個自己。上次他還能當作他們是一時失控，但今日呢？他親眼瞧見顧衍親吻她的額頭，他的聲音彷彿還在他耳畔——第一次牽手、第一次親吻、第一次為她綰髮……

緩緩走上前，顧琅予低頭靠到寧禾耳邊，望著她在菱花鏡中的影像說道：「我揍了他。」

寧禾透過鏡子凝望著身旁的人。他的衣裳被扯破、頭髮凌亂，面龐雖然無傷，但脖頸處卻有一片瘀青。

「我聽人說了。」

「他就跪在常熙宮門口，妳不想看看我將他傷成怎麼樣？」

寧禾不想多說，只道：「我已是你的皇子妃，旁人的任何事，我不關心。」

「妳當真不關心？」顧琅予聞著寧禾鬢髮間的清香，聲調漸漸變冷。「不關心，又怎會與他相擁，不拒絕他的親吻？」

現在這個情況，讓寧禾直覺想要避開，顧琅予雖然面無怒色，卻平靜得不尋常。

寧禾站起身，顧琅予卻擋在她身前，她放軟了聲音道：「你別再舊事重提，我知曉分寸。」

「妳的分寸就是如此？」顧琅予聲音低沈。「連迴避的意思都沒有，就在眾人眼前令我難堪？」

寧禾睨著顧琅予，字字清冷。「別忘了，我們只是名義上的夫妻。」就算今日是她讓他難堪，但他們早就約定好將來要和離，他如此針對她，令她十分不快。

顧琅予冰冷的目光籠罩著寧禾，接著忽然俯下身堵住她的唇，綿密的吻鋪天蓋地襲下，在她推卻的過程中，他霸道的舌乘機侵入，在她齒間糾纏。

寧禾被顧琅予握住雙手，毫無抵抗的餘地，他的吻太過強烈，讓她吃痛地悶哼出聲。

聽見了她的輕呼，顧琅予抬起頭，深沈的黑眸中映著她氣喘吁吁的影子。

只是名義上的夫妻？

「本殿就跟妳做一回真正的夫妻！」顧琅予低聲說道。

寧禾還來不及回應這句話，只覺得一陣天旋地轉，便被顧琅予打橫抱起。她又驚又怕，驚慌道：「你做什麼？放開我！」

然而顧琅予的臂膀結實有力，寧禾實在掙脫不了，他將她放到床榻上，沈沈地壓住她的四肢，不給她任何機會掙脫。

寧禾大喊道：「你不可以這樣，我們，我們不是夫妻！」

「今夜過後就是了——」

話音剛落，無數濕熱的吻將寧禾接下來要說的話全堵住了，接下來他的唇從她唇上移開，滑向鬢間、耳邊……渾身的熱度不斷上升。他衣衫褪盡，可再次壓向她時，他終究留意著她的情況，稍稍避開她的腹部。

這一瞬間，寧禾整個人僵如木偶，當她如夢初醒，偏頭避開那綿密的吻時，他的唇便繼而落在她頸項間。

她為什麼忘了與他交戰的準則呢？正面與他交鋒，是非常愚蠢的一件事。

帳幔在他們兩人的糾纏中緩緩垂下，半密閉的空間裡，顧琅予濃厚的男子氣息包圍著寧禾，退無可退時，她只能無力地囁嚅道：「我懷有身孕，你不可以……」

「李複說過妳可以。」顧琅予回了這一句後，就解下寧禾最後一層遮蔽，溫熱的大掌從她頸項滑下……

寧禾不敢看顧琅予赤裸的身體，一顆心不住顫抖。他灼熱的肌膚緊緊貼著她的，尤其是那身下的堅硬滾燙，這一刻，她知道自己終究躲不開……

當身下撕裂般的疼痛襲來時，寧禾死死抓著他的後背，再沒有力氣抵擋，只能任由他步步進逼。

顧琅予低頭瞧見寧禾蹙緊了黛眉，白皙的雙頰泛著潮紅，唇瓣在他方才強烈的吻後微微紅腫。身下這個女人終於在此刻變得安靜，他輕輕撥開她耳際散亂的黑髮，一顆冷酷的心不由得生出憐惜，動作也變得輕柔。

痛感一點一點消散，最後快感漸漸蔓延至全身。寧禾靜靜望著眼前這個男人，他剛硬的輪廓變得柔和，那雙一直沒什麼溫度的眸子，正溫柔地凝視她。

他為什麼……要這樣對她？

不休不止的纏綿在一陣子之後終於停了下來，顧琅予一聲低吼從喉間逸出，寧禾則是大口喘息，香汗淋漓。

顧琅予拉過衾被蓋住寧禾裸露的肌膚，低聲道：「從現在起，妳我已是真正的夫妻。」他不用再聽她講那句惹他煩心的話了。

床榻上，寧禾的表情呆滯。這一世的她，第一次就這般被他強占。

她望著顧琅予爬起身，後背那條被髮簪劃傷留下的疤清晰可見。他從床沿隨手拿起一件裡衣披上，露出緊實的胸膛，那隆起的肌肉上，仍有滴滴熱汗。她這才知道他胸膛上有三顆紅痣，宛若開出了一朵紅梅，其餘地方還有她方才捶打時留下的紅印。

往後她要如何面對這個男人？剛才她似乎沒自己想像中那麼抗拒，一點一點任由他攻占……是她動心了嗎？她明明發誓今生不再談及男女之情，也不想讓顧琅予知曉她腹中孩兒是他的骨肉……

衾被中緊握成拳的手緩緩滑下，卻觸碰到不屬於被褥的潮濕。寧禾有些困惑地伸出手一看，才發現白皙的指尖赫然沾著醒目的鮮血。

「啊！」她驚喊道：「流血了，流血了，我的孩子……」她幾乎哭出聲來，無助而驚恐地望著顧琅予。

顧琅予臉色一變，沈聲朝門外命人去請李複。

眼眶中的淚水滑下，寧禾咬牙道：「如果我的孩子出事，我一定不會原諒你！」

李複入房後，很快就察覺情況不對勁。他快步上前替寧禾把脈，凝神許久才放下心來說道：「皇子妃的胎兒沒事。」

顧琅予低聲道：「你仔細把脈，她……她流了血。」

李複一愣，再次搭脈細診，仍是道：「胎兒確實安穩，除了皇子妃血脈翻湧，心跳快了些，沒有任何不對。」

寧禾同樣疑惑不已，她確實沒感覺到腹部有何異常，那麼床上為什麼會有血跡？

李複猶豫了一會兒，才說道：「殿下可是行房過於猛烈……」

顧琅予的神色十分難辨。他身為皇子，自然不可能告訴他人這是他有意識以來的初次，只是他顧及她有孕，力道已經放輕了，怎麼還會……

「本殿沒有。」

李複沈思了半晌，忽然間雙目一亮，帶著些遲疑說道：「殿下，這……應是女子二次的落紅。」

聽罷，寧禾白皙的臉頰瞬間通紅。她這下終於反應過來，女人初次有無落紅都很正常，有些則是第二次也會有落紅，所以她才……

顧琅予雖然也很尷尬，卻是淡聲道：「下去吧！」

待李複退出去後，他掀開衾被，望著被褥上那一抹殷紅，心中升起一種莫名的情愫。他繼而凝望還在發愣的寧禾，似乎覺得他們之間多了難以言喻的牽絆。

沒多久，寧禾已在帳裡穿好裡衣，她看也不看他，只說：「你出去。」

此時房門口傳來阿喜的聲音。「殿下、皇子妃，六皇子妃求見。」

寧禾知曉寧知前來的目的，顧衍被罰跪在常熙宮門口，寧知來這裡，只是為了求情。望向顧琅予，他正意味深長地看著她，寧禾還沒開口，他卻知道她要說什麼。

盯了她許久之後，顧琅予才說：「差人送六皇子殿下與皇子妃回成如宮。」

他向來不是心胸狹隘之人，要對付顧衍還早，他不會只將目光放在當下。

移開眸光，顧琅予走出了寢房。

第二十六章　奮不顧身

寧禾起身走到鏡子前。方才顧琅予的動作雖然輕緩，但是親吻她時卻相當猛烈，她的頸項與肩頭上，皆布滿了紅印。她目光出神地越過菱花鏡，不知望向了何處。

說真的，寧禾摸不清顧琅予的心思，他明明厭惡她，為何又要表現得像是吃醋一樣？

「敷藥。」顧琅予突然又出現在寧禾身後。

「我說了要你出去！」寧禾低喊道。

「寧禾。」顧琅予俯下身，在她耳邊道：「妳別再激我。」

寧禾沒回頭看他，此時阿喜已經換好了潔淨的被褥，她便起身要去床榻，才剛踏出一步，顧琅予就擋住她的路，在她面前拔開手上一個小巧的藥瓶。

草木清香瞬間在寧禾的鼻端瀰漫開來，在這異常的氣氛中聞著讓人很舒心，她垂眸凝望，只見他修長的手指沾了藥，朝她脖頸處輕抹。他的力道很輕，掃過她的肌膚時，觸得她酥酥癢癢。

寧禾沒退開，她緩緩抬頭，看不清他那深邃的雙眸透露出些什麼。

「打人一個耳光，再給口蜜吃，這就是你對待人的方式？」她冷冷道。

「本殿只是想讓妳知道，有些事情不是妳說了算。」

抹完藥之後，顧琅予拉緊寧禾的衣襟，將那藥瓶拋入妝奩中，返身躺到床榻上。

看到他的舉動，寧禾近乎崩潰，今日不管她怎麼做，就是趕不走他。想起方才那番被迫進行的雲雨，她不知該做何反應，難道就當作什麼都沒發生，仍像從前一樣對待他？

咬了咬唇，寧禾將頭扭開。自己真能做到嗎？

這一夜，同榻的兩人各懷心思，閉上了眼，卻是徹夜無眠。

隔天寧禾下床後，全身仍是有些痠軟。阿喜伺候她梳洗，一雙明亮的大眼不住地往她脖頸間轉悠。

那些紅痕雖比昨夜淡了一些，卻依舊清晰。寧禾從妝奩中拿出那瓶藥，對著鏡子開始塗抹。

阿喜有些歡喜，但知曉自家主子心中不樂意，只敢小聲道：「小姐，您不要怪殿下，你們本來就是夫妻……」

「昨夜之事，不許再提。」寧禾蹙了蹙眉，將那藥瓶丟入妝奩中。

此時素香入房道：「皇子妃梳洗好後，先用早膳吧！」

寧禾微微有些詫異。往日需要請安時，她都是去雍貴妃與蘭妃那裡再回常熙宮用膳，今日素香怎麼會提前端來呢？她瞧著抬入房中的膳食，有一碗米粥、一碗芙蓉蛋，還有一盅雞湯？

「本宮早膳只食粥，不須其他食物。」

素香垂首道：「這是殿下打早吩咐的。」

寧禾低著頭，不知顧琅予打的是什麼主意？

用過早膳，寧禾去向雍貴妃與蘭妃請安，寧禾與顧姮的皇子妃張綺玉一起進入殿內，寧知已經先到了。

今天一路上，有無數的目光向寧禾暗暗投來。昨夜顧琅予與顧衍的事，恐怕已人盡皆知，一向愛說教的雍貴妃反常地沒提這件事，想來是皇帝已下了命令。

一結束請安，寧禾連忙朝寧知的方向走過去。

「長姊，妳等等我。」

寧知今日並未與寧禾同行，寧禾望著這個長姊，愧疚道：「阿禾愧對長姊，但是請相信阿禾今後必定不會再莽撞行事。」

沈默了許久，寧知看著她說：「三妹，過去我不跟妳提這些事，但是現在，我想跟妳說幾句話。」

寧禾連忙點頭。

她們兩個走得極緩慢，待四周漸漸沒什麼人時，寧知才說道：「昨夜謝謝三皇子殿下差人送我們離開。」

聽到寧知這麼說，寧禾趕緊搖了搖頭。

「阿禾，能嫁給他，我已知足，而且也很感激妳。」寧知的雙眸閃過一絲哀傷，她靜靜道：「成親時我便想，花上一、兩載，他總會釋懷，所以我沒怪妳。」

寧禾聽了以後更加愧疚，自己雖然性格要強，卻明白是非，此刻就算是寧知要她道歉，她也不會拒絕。

「妳我兩人各自覓得歸宿，能一同嫁入皇室也是緣分，但是今後，我不想再看到我們殿下為往事傷神。」

這一刻，寧知直直凝望著寧禾，只見她那雙好看的鳳目深沈莫測，有些疏離，也有些果決。

這眼神扎痛了寧禾的心，她緩緩點頭。「我都明白。」其實她不但明白寧知對顧衍的那一份深情，她自己也不想與顧衍有任何牽扯。

寧知這時勉強地笑了笑說：「謝謝妳，三妹。」

為了回應寧知，寧禾也扯出一個笑，卻知曉她與寧知之間的情誼，已不似最初了。

回到常熙宮，寧一與李茱兒已在享居內等她，寧禾見到他們兩人，心情終歸是輕鬆了一些。

寧禾後來才知道，原本喜愛自由的寧一會來京城做官，是因為她曾胡謅顧琅予與何文兩個人有斷袖之癖，寧一擔心她一個人在皇宮寂寞，就帶著許貞嵐寫的舉薦信入京為官，待一切穩定後，才在皇帝壽辰那一日見了寧禾。

寧一憂心地問道：「三皇子殿下待妳如何？」

「甚好。」寧禾回得不鹹不淡，她知道昨夜的事情寧一必定也有耳聞。

「妳為何要招惹六皇子殿下？」寧一有些惱怒地責備寧禾。

「哥哥認為是我招惹他？」寧禾冷笑了一下，並不想再解釋。

李茱兒朝寧一責備地瞪了一眼，對寧禾道：「阿禾，我知道妳的性子，雖然與妳認識的時間尚短，不過妳是非分明，一定不會做這種事。」

寧禾感激地望著李茱兒。看樣子她這個哥哥還是深受大男人的思想影響，竟不如她剛認識的一個小姑娘開明。

寧一原本還想再說幾句，卻被李茱兒的眼神給制止了。

望著用眼神溝通的兩個人，寧禾終究將那些不愉快拋在腦後，嘖嘖道：「茱兒可厲害了，將我哥哥治得服服貼貼。」

李茱兒羞澀地笑道：「阿禾，別胡說。」

「我可沒胡說，不如我向蘭妃娘娘替你們求了這樁婚事。」寧禾打趣地說。

寧一斂眉道：「妳還是照顧好自己，專心養胎吧！」

在享居待了片刻，由於寧一還有政務，便先行離去；李茱兒則又陪寧禾說了一會兒話，待寧禾有些累了，就告辭回惠林宮。

轉眼間，寧禾已懷孕將近四個月，她的腹部漸漸隆起，於是她藉口身體不太舒服，因此獲准每日不用再去請安，若有出席宴會或覲見皇帝的需要，阿喜會小心在她衣服腰部周圍別上一些較大朵的珠花，以免露餡兒。

那件事情過去之後，她沒再碰到顧衍，顧衍也未再提及。

至於顧琅予……他們日日同榻而眠，談話的內容與往日相差無幾，但是兩人之間的氣氛似乎不再像以前那般尋常。

這天寧禾午睡起來才要用膳，素香端來餐點，是烏雞燉春芝與幾盤葷、素菜。她望了桌上的菜一眼，說道：「本宮不是說過這幾日不想吃油膩的？」

寧禾原本胃口就不好，如今天氣又比之前熱，她實在吃不下。

素香有些地無奈說：「皇子妃，這是殿下吩咐的。」

寧禾埋首扒了一口飯，不再說話。自從顧琅予第一次命人將早膳做得太補之後，她就抗議過了，所以他沒再管過她的伙食，誰知今日又開始了，這到底是什麼意思？

不再繼續深思，寧禾一心挑著盤中的兩樣素菜，一口也沒動過雞湯與肉食。

沒多久，享居內響起一串沈穩有力的腳步聲。不論是夜晚，抑或是清晨，寧禾都會在朦朧的睡夢中聽見這聲音，因此她連看都不用看就知道是誰。

抬眸，顧琅予已走進房間來。寧禾望著他，一身夏衫將他強健勻稱的身材襯托得很巧妙，她沒由來地想到那一夜，臉頰驀地發燙。

「為何不吃肉？」顧琅予皺眉沈聲道。

寧禾淡淡道：「我的伙食還需要殿下每日安排嗎？」

顧琅予的眉頭皺得更深了，可寧禾只顧著用膳，未再主動搭理他。

「有件事，妳要幫本殿。」沈默了一會兒，顧琅予低聲說道。

這句話一出口，房內侍立的婢女全都識趣地退下。

顧琅予正色道：「七月妳舅父會回京，他手上的兵權可能易主，屆時父皇應會調一支兵力給他，妳要他請旨領左騎軍。」

寧禾這才抬起頭，有些不解地對他說：「我只知道左騎軍是去年整建、最不起眼的一支兵力，不過五萬人，平日在農地勞作，既無經驗也沒實力。」

「沒錯，就是這支兵力。」

寧禾疑惑道：「既然我舅父有得選，為何要選他們？」

「妳已是本殿的皇子妃，在旁人眼中，一定會認為妳舅父向著本殿，他若主動領其他良兵，父皇或會疑心於我。」

「或許父皇不會起疑心，只會認為那是我舅父個人的選擇。」

顧琅予冷笑了一下，說道：「父皇，他是世間疑心最重之人。」

「你有沒有想過與父皇好好相處……」

「這些事情妳休要管。」

話還沒說完就被打斷，寧禾望著顧琅予冰寒的神情，知曉他介意婉貴妃之死。後來她才知道，何文當初的說法避重就輕，其實婉貴妃是被顧衍的母妃敏貴妃誣陷，導致皇帝遠離了婉貴妃。三載過去，一場急病，婉貴妃拒食湯藥，死在寒冬裡。那年，顧琅予十一歲。

從此之後，他成為皇宮裡最不受寵的皇子，家族也逐漸沒落，為了博得皇帝注目，他刻苦讀書，從不與臣子結交，這才重新建立起自己的地位；不過，儘管表面上他不結黨營私，寧禾卻相信他應該暗中培養了自己的勢力。

見寧禾一逕沈默，顧琅予以為是自己方才的話說得重了。他望著她一身緋色宮裙，那縐紗煙羅衫穿在她身上特別好看，襯得她肌膚白皙，只見她端起一杯茶入口，修長的手指與那青釉茶盞映襯得相得益彰。

看著看著，顧琅予忽然握住寧禾的手問道：「怎麼留疤了？」

寧禾垂眸一望，他說的正是她在阜興時磕傷留下的疤。

將手抽了出來，寧禾起身道：「這件事我知道了，你若無其他事，就去忙吧！」

顧琅予無語，他的目光不由自主地落在她微微隆起的小腹上，眸中有一股說不出的深意。

從那天之後，寧禾有幾日沒再見到顧琅予，她猜想他應該是為了朝廷政局忙碌吧。

用過晚膳，夜幕降臨，寧禾坐到院中沐浴晚風，這才感覺稍微涼快些。

慵懶洋洋地坐上石凳，任由煙紗散花裙垂到了地上，她身處合歡花叢下，慵懶地拿著一把搖風綾絹扇輕搖。

「阿喜，去拿些水果來。」她不愛吃飯，卻極喜歡吃水果。

當忙碌多日的顧琅予步入享居庭院時，見到的就是這樣一幅如詩美畫。她長裙垂地，側影婉約，晚風吹過時，合歡花飄然墜落，俏皮地落在她髮間。她緩緩搖著手上的扇子，不曾察覺花雨讓自己沾了一頭花瓣。

緩步走上前，顧琅予伸手從寧禾髮間拿下一瓣落花。

感受到身後的動靜，寧禾以為是阿喜來了，便輕輕地喚了一聲。「去拿顆夜明珠來照照，我想再坐一會兒。」

「聽說妳近日飯吃得很少。」

低沈的聲音響起，寧禾才知道顧琅予站在她身後，她回眸望了他一眼，又將頭扭開，淡淡地「嗯」了一聲。

「就不怕傷及妳的孩子？」顧琅予坐到寧禾身旁道。

「恕殿下的期望要落空了。」寧禾冷冷回了他一句，就起身準備離開。

誰知她才走了幾步，顧琅予突然旋身一把攬住她。

「小心！」

他緊抱著她閃到一旁，接著忽然抽了口氣，待放開她時，整個人踉蹌倒在地上。

狀況來得太突然，寧禾來不及反應，只見顧琅予唇色泛白，額間冷汗直下，原本沒什麼表情的臉龐，在這一刻竟痛苦地扭曲。

寧禾愣愣地蹲下，終於反應過來大喊。「來人！快來人——」

她緊張地問顧琅予。「你怎麼了？」

「有蛇……」他虛弱地吐出這兩個字。

寧禾驚慌地環顧四周，這才發現合歡花叢旁的牆角處傳來窸窣聲，隱約有一條細長暗影順著宮牆爬行。

她吃力地扶起顧琅予，好讓他靠在自己肩側，又喊道：「你哪裡不舒服？可千萬別睡著！」

李複匆匆趕來，就地為顧琅予診脈後才鬆了口氣道：「是毒蛇，但是並非劇毒，下官先施針。」

寧禾這才放下心來，放手讓李複醫治。此時她的眼尾餘光瞥見院門外竄出一道人影，她立刻沈聲大喝。「抓住他──」

聞訊趕來的何文命人將那人拿下，他匆匆上前，望著雙唇由白轉紫的顧琅予，擔憂不已。

寧禾朝宮女吩咐。「閉宮門，任何人不許出入。」

李複施針放血後，又拿出藥丸讓顧琅予服下，隨即命人抬顧琅予回寢房休息。

寧禾問身旁的何文。「難道是顧姮？」

何文沈思道：「我先去審訊那人，請皇子妃照顧好殿下。」

寧禾回到享居寢房，只見顧琅予的面色漸漸好轉，已昏睡過去。望著他仍舊有些蒼白的面容，她心情頗為複雜。方才他瞧見有蛇，才會轉身拉走她；他明明被蛇咬中，卻還是待她站穩後才倒地。

她如果再看不出顧琅予的心思，就是裝傻了！那樣一個向來沈穩又冷淡的人，獨獨面對她時經常暴跳如雷，還這樣不顧自身危險救她。

眼眶中泛起濕氣。寧禾眨了眨眼，將淚水逼回去，她將手伸入被褥中，握住了顧琅予的手。

「你可不要有事，說到底，你是我孩兒的父親呢……」她苦笑著，低低在他耳邊呢喃。

一個時辰後，何文入室稟報，那個侍從雖是顧姮的手下，但並非放蛇之人，他不過是想將消息傳遞出去。

寧禾問道：「你打算如何？」

何文回道：「殿下昏迷之事，不宜讓外人知曉，屬下怕旁人乘機加害殿下。」

聽到何文的回答，寧禾沈思不語。

何文繼續說道：「既然已經揪出了四皇子殿下的眼線，屬下想將此人……」

平日再溫和不過的人，此刻卻眼含殺機，寧禾很快就知曉何文話中之意。

她沈吟道：「將此人帶到父皇面前，告訴父皇，殿下被蛇所傷。」

何文大驚道：「不可以，若被旁人知曉，恐怕會立刻對殿下下手！」

寧禾凝視著顧琅予沈睡的臉龐，緩緩道：「如果被人知曉他目前的情況，的確可能會趁虛而入，但若是父皇知道了，一定會派人嚴加守護的。」

何文權衡利弊得失後，聽從了寧禾的建議。

第二十七章　怦然心動

深邃夜色下，寧禾匆匆在宮廊下行走，她鬢髮凌亂，眼帶淚花，跪到了皇帝的寢宮門前。

「父皇，求您救救我們殿下！」寧禾喊道。

大內監辛銓憂心急問：「三皇子妃，殿下出了什麼事？」

「煩勞公公稟告父皇，臣妾求見。」

此時皇帝已經睡下，當辛銓將他從睡夢中喚醒時，他頗為不悅。

寧禾進去寢宮後，立刻跪地哭泣。「父皇，您快救救殿下吧！」

「又出了何事？」皇帝望著淚痕未乾的寧禾道：「什麼事要妳半夜跑過來哭訴？」

寧禾擠出眼淚說道：「三皇子殿下在庭院被毒蛇咬傷，常熙宮當時亂成一團，有個侍從卻鬼鬼祟祟想逃跑，在臣妾審問之下，才知道他是四皇子殿下的侍從，不知為何竟跑入了常熙宮……」

皇帝心頭一沈，問道：「琅予現在如何？」

「殿下身上的毒性尚未清理乾淨，仍是昏迷不醒。」寧禾低著頭，還作勢用手絹擦了一下眼角的淚水。

聽到這句話，皇帝立刻站起身，由辛銓為他披上龍袍後，便大步走出宮門。

情。

進了常熙宮享居寢房，望著面容蒼白的顧琅予，皇帝布滿皺紋的面容看不出是什麼表情。

「那個侍從人呢？」皇帝沈聲問道。

寧禾命人將那個侍從帶來，在皇帝的威嚴之前，他供出自己是受顧姮指使潛入常熙宮，但是並未放蛇。

聞言，寧禾馬上跪地，眼眶含淚、聲音顫抖。「父皇，殿下安分守己，在朝堂上兢兢業業，在朝堂外也不與人結仇，為何莫名其妙有毒蛇跑進來？再說了，皇宮腹地廣大，怎麼偏偏就是常熙宮遭蛇擾？臣妾與殿下正在對月賞花，結果殿下卻不幸中了蛇毒……父皇，若殿下醒不過來，臣妾與腹中的孩子該怎麼辦……」

皇帝望著寧禾梨花帶雨的控訴，沈聲命人傳顧姮去承榮殿，又囑咐寧禾照顧好顧琅予。待皇帝離開後，寧禾這才輕聲遣退房內眾人，她轉過身，就見到顧琅予正微眯著眸子看她。

見顧琅予已能睜開眼，寧禾急切地上前握住他的手說：「你醒了，有沒有哪裡不舒服？」

顧琅予望著寧禾許久才說：「妳放心，我命很硬。」

這一刻，寧禾真的忍不住了，淚水倏然滑落，她握緊他的手說：「命硬就好，我還等著你被封為儲君呢！」

望著寧禾淚眼矇矓的模樣，顧琅予緩緩抬起手抹掉她的眼淚，浮起一個虛弱的笑。

寧禾也對著他笑，卻是道：「你此刻一點也不俊。」

「本殿不是男神嗎？」

寧禾破涕為笑。他竟還記得她在離開阜興的馬車上說的那句玩笑話。

「我餵你吃藥！」寧禾這才想起李複囑咐的事情——醒來後讓他第一時間吃下一顆藥。她連忙拿藥丸餵他，又親自端水來讓他喝。

顧琅予覺得全身無力，尤其是被咬到的那條腿好像有點麻木，他很想閉上眼休息，但是第一次見這個女人這般替他憂心，他忽然捨不得睡了。

其實方才寧禾與皇帝的話他都聽見了，他沒想過她這麼沈穩睿智，藉機將矛頭指向顧姮，一顆冷硬的心忽然間變得柔軟，每次望著她，他就覺得自己一點一點沈淪。

「你睡一會兒？」寧禾輕聲問。

顧琅予點了點頭，卻捨不得將眼挪開。

寧禾靜靜地望著他，唇角含笑，完全沒察覺此刻的她有多溫柔。

四目相對中，他們恍若能在瞬間明白彼此心中所想的，沒有人開口，卻勝過千言萬語。

前一世，寧禾不是沒有愛過，顧琅予情急之下選擇保護她，她能看出他心中對自己的重視。從最初被他剝奪自由的憎惡，到此刻心中泛起難以言喻的情愫，她能察覺自己似乎動了心，卻不敢接受。

寧禾不明白自己的心境是何時開始轉變的，是知曉他是腹中孩兒的親生父親時，還是那一夜，常熙宮內兩個人真正成為夫妻那時？

看到顧琅予撐不住了，閉上眼沈沈睡去，寧禾才起身寬衣睡到他身側的床榻上。

第二日，顧琅予的情況已大有好轉，但寧禾讓他繼續裝睡，試圖把事情變嚴重；可是寧禾卻忘了顧姮擁有三寸不爛之舌，皇帝傳她過去，只見顧姮在殿上聲淚俱下，說那名侍從只是替他去常熙宮詢問寧禾需不需要安胎補品而已。

顧姮朝皇帝磕了個頭，落淚道：「父皇，兒臣若當真想害三皇兄，怎麼不乾脆放一條劇毒之蛇呢？」

寧禾恨恨地偷瞄顧姮。她總算弄清楚了，身為長輩，皇帝不願看到自己平日孝順天真的孩子哭泣，對那些膚淺的花言巧語也十分動容。

難以遏制心中怒火，寧禾跪地啜泣道：「父皇，臣妾不敢冤枉任何人，殿下尚在昏迷當中，臣妾腹中的孩兒也盼望他的父親早點醒來，請父皇為我們殿下做主！」

最後，放毒蛇咬人這個罪名雖然被顧姮躲開，但是皇帝終究還是替顧琅予出了口氣，將顧姮禁足一個月。

寧禾忿忿地回到常熙宮，回到寢房一看，見到顧琅予在侍從的攙扶下，已能下地行走。

她連忙說道：「你怎能隨意下床？快躺回去。」

顧琅予卻執著地說：「本殿身體素來硬朗，不能因為區區一點小傷連躺兩日。」說罷，他繼續嘗試行走，甚至甩開了侍從的攙扶。

寧禾見顧琅予那隻受傷的腳支撐起來很吃力，一直緊張地望著他，待他終於走著坐到椅子上，她一顆懸著的心才落下。

顧琅予的額間滲出細汗，卻是笑笑看著寧禾說：「妳憂心我？」

寧禾拿出手絹替他拭去額間的汗，沒回他話。

他忽然握住她的手腕，凝視著手腕上那道肉疤，說道：「這傷疤甚是難看。」

「比不得你後背那條……」話才出口，寧禾便知自己說溜了嘴，顧琅予並不知道她就是他印象中那個西柳閣的女子啊！

看顧琅予對這話沒什麼反應，寧禾連忙轉過身，將阿喜端上來的藥遞到他面前，說道：「吃了吧！」

顧琅予接過藥，配上水一口吞下。

過了幾日之後，顧琅予已經痊癒，但是他身體才剛好，便趕著出宮去處理事情。

這天晚上，他風塵僕僕地從宮外回來。寧禾早已梳洗完畢，她穿了件裡衣，對著窗戶，倚在貴妃榻上懶洋洋地乘涼，任由微風吹動她一身薄紗與一頭青絲，聽聞熟悉的腳步聲傳來，她微微勾起了唇角。

顧琅予走上前，低頭一望，鼻子差點噴血。寧禾那身絲滑柔軟的衣料，為她鍍上一層朦朧的柔色，因是夏日，領口開得低，一片春光傾瀉而出。

偏偏這個女人一點也沒察覺，一雙美如星辰的眼眸凝視著他，朝他綻出一笑，加上胸口那起伏……顧琅予挪不開眼，只覺得渾身躁熱。

俯下身，他吻住她。

唇舌交纏間，寧禾沒有抵抗，任由他擷取她的甜美。

顧琅予的大掌順勢滑入裡衣內肆意遊走，他滾燙的大掌在她柔軟處揉捏，霎時令寧禾呼吸困難。她避開這個綿長的吻，按住他不安分的手。

寧禾急促地喘息，她抬眸凝望面前的人，他正用熾熱的眼神回望她。

過了許久，顧琅予才挪開手，從懷中拿出一個奩盒。

寧禾好奇地問道：「這是什麼？」

顧琅予將奩盒打開，一只白玉手鐲正安靜地躺在裡面。看到眼前的東西，寧禾整個人失神，一句話都說不出來。

拿出玉鐲放在一旁的茶几上，顧琅予又命阿喜端來皂水，他握住寧禾的手，親手將她手背打濕後，才將玉鐲套進手腕，接著他又用清水將她的手清洗乾淨，抿笑看著她。

寧禾怔怔地望著顧琅予說：「你出宮就是為了這個？」

「路上看見就買了回來，只要妳戴上，就看不出那條疤了。」顧琅予緊緊盯著寧禾，如墨的眸中帶著柔情，他勾起唇角微笑道：「明月初回，白玉配伊人。」

寧禾呆呆看著左手手腕，上面的玉鐲巧妙地遮掩住那道傷疤，她回以一笑，輕聲道：「這般詩意，我聽不懂。」

「夜深了，睡吧！」

寧禾任由顧琅予牽著她躺到床榻上，衾被中，玉鐲細膩潤澤的觸感沁入心中。她無意識地轉著手腕上的玉鐲，心想，曾幾何時，顧琅予心思也這般細膩了？

這一天，寧禾在宮裡待得無趣，她所食甚少，漫步庭中時也意興闌珊，顧琅予瞧出寧禾的不對勁，便道：「我帶妳去城中走走？」

寧禾雙眸迸出喜色，連忙頷首。

他們兩人坐上馬車一同出了皇宮，馬蹄噠噠踏響了青石板，穿過熱鬧的集市。

顧琅予吩咐侍從道：「行得慢一點。」

這份細心讓寧禾有些感動，他這是在意她的身子。

待馬車停穩後，只見他們到了一處湖畔。顧琅予下車牽住寧禾的手，讓她佇立在湖畔望著一大片粉色荷花與碧綠荷葉，眼前明明是悠然寧靜的美景，她卻微微退了一步。

察覺寧禾的反應，顧琅予有些疑惑。「妳不喜歡賞荷？」

搖了搖頭，寧禾道：「也不是不喜歡。」她望著被風吹開的一圈漣漪，不由自主地又往後挪了挪。

顧琅予這時已明白她為何如此，他暗嘆了一聲，擁住她道：「我們換個地方？」

「嗯。」寧禾知道自己怕水，即使所處的地方很安全，她還是有些恐懼。

之後，顧琅予帶寧禾去了一片木槿園，這是京城臨郊的一處休閒去所，時值午後，有許多男女結伴而來。

這個木槿園位於山腳下，空氣中充滿花香，聞著便讓人撫平夏天內心的浮躁，多了些許安寧。

寧禾望著在四周亭臺中落坐的男女，笑著看向顧琅予說：「原來這裡是個約會的地方啊！」

「約會？」顧琅予雖然是第一次聽這個詞，卻懂寧禾的意思，他勾起一笑道：「若妳喜歡，我們可以常來。」

「流連花前月下，豈不是荒廢了你這一身治國才智？」

「不怕，本殿是天下獨一無二的男神。」

寧禾忍俊不住，一雙美眸皆是笑意。「不要再說這個詞了，你我知曉便是。」

「此刻不就只有妳我兩人嗎？」顧琅予已屏退侍從與婢女，他牽住寧禾的手，穿過木槿花叢搭建的拱門，往花叢深處緩步行去。

寧禾忽然說道：「這裡好像離大皇子殿下的府邸不遠。」

顧琅予微微頷首。

「大皇子殿下當真是私藏新錢幣之人？」寧禾低聲問道。這件事一直沒下文，但她懷疑顧姮多過顧琻，所以想藉機證實一下。

顧琅予回道：「他沒策劃劫持任何人，也沒私藏新錢幣。」其實這些事稍微調查一下就知道了，可他們的父皇不知是否想藉機教訓他的長子，仍不願乾脆解除禁足之令；不過那五千箱新錢幣，確實還沒找到下落。

這個答案印證了寧禾的猜測，她說道：「那一日在金鑾殿上，我見他欲言又止，似是有不敢言的苦衷。」

顧琅予靜默了一瞬，才道：「他府邸上養的那數十名男子，皆是男寵。」

寧禾驚訝地說：「他喜歡的是男人?!」

顧琅予點點頭道：「五年前，他被暗傷後不舉，無法行房事，更別說誕下子嗣。他每每去煙花地，召的皆為男伎。」

寧禾呆愣地望著顧琅予說：「可他有皇子妃……」

「為了他的聲譽，大皇嫂怎敢聲張？」

原來顧琀的難言之隱是這個！他出生時，皇帝十分重視他，因而為他冠上「琀」這個玉字旁的名字，其實顧琀為人忠厚誠懇，原本深得皇帝歡心，但自從受傷不舉後，整個人便萎靡不振。

寧禾有些感慨地說：「皇家果然不是一個好地方。」

「嫁給本殿，妳後悔了？」

寧禾笑了一笑，沒有回答。雖然眼下他們似乎接受了彼此，然而自穿越後，她便為自己的心上了一道鎖，目前這種程度的感情，還離敞開她的心門很遠……

坐到一處石亭內後，顧琅予便一直握著寧禾的手，靜靜地凝望她。

寧禾被他看得不自在，有些緊張地說：「不是來賞花的嗎，盯著我看做什麼？」

「就算百花有萬種風情，哪抵得過妳一顰一笑？」

這話霎時讓寧禾的雙頰有些發燙，她嬌瞋地瞪了他一眼，心中暗嘆這人平常硬得像顆石頭，誰知竟如此會說情話。

見顧琅予仍凝視著自己，寧禾忽然起了捉弄之心。她湊到他唇畔落下一吻，然後勾起笑，柔媚地望著他說：「殿下說得妾身心花怒放，這是獎勵殿下的。」

「這點獎勵恐怕不夠。」說罷，顧琅予已欺上身來。

他吻得細膩溫柔，一手攬住她的腰，一手撫著她一頭青絲。微風吹過，花瓣簌簌落下，兩人緊緊相擁，只想吻到天荒地老。

過了好久，直至寧禾呼吸急促，忍不住將他推開，這個綿長的吻才結束。她雙頰酡紅，眼神迷離地望著他。

顧琅予似是壓抑不住內心的渴望，他充滿磁性的聲音響在她耳邊。「阿禾……」

這是他第一次這麼叫她。

寧禾望著他，紅唇緩緩上揚，淡笑道：「你眼角有東西，我幫你擦擦。」

見顧琅予乖乖閉上了眼睛，寧禾便悄悄地從身後花叢中折下一朵木槿花，先是故意掃過他的眉眼，接著憋住笑開口道：「頭髮上也有。」

說著，她輕輕將那朵木槿插入他的髮冠間，望著這挺拔高挑的男人頭上頂著一朵盛開的木槿花，她的唇角揚得更高了。

「嗯，好了。」她輕咳了一聲道：「我們回宮吧！」

顧琅予牽住寧禾的手，當他們走出木槿園時，侍從與阿喜瞧見他頭頂那朵醒目的花，很是吃驚；不過他們瞧見寧禾眸中隱藏的捉弄與告誡，便都將頭垂下，拚命忍住笑。

阿喜連忙撩起車簾，笑得歡喜。「殿下、皇子妃請上車。」

回到常熙宮後，便有人來傳顧琅予去御前。

寧禾獨自用過膳後，倦意襲來，她在庭院內走了一圈就回到寢房，梳洗後即上床歇息，須臾進入夢鄉。

顧琅予回常熙宮時，聽阿喜說寧禾已入睡，便放輕了步伐。走近床前，只見她的容顏安詳柔和，他望向衾被下她那微微隆起的小腹，目光深邃。

離開享居寢房，顧琅予走到常居的書房，召來李複。

李複不知其意，只道：「殿下，今日下官已為皇子妃請過脈，一切正常，胎兒發育健康……」

感受到周遭的空氣似乎異常冰冷，李複緩緩抬頭看去，只覺顧琅予的神色難辨。

寂靜過後，顧琅予低沈道：「那麼皇子妃的身體如何？」

李複有些疑惑，自己方才明明已經稟報過了啊，但他還是回道：「胎兒健康，只是皇子妃身體柔弱，還是需要吃些補藥。」

說到這裡，李複恍然大悟，忙道：「這兩個月夫妻同房對胎兒沒什麼影響，殿下動作輕些便好。」

顧琅予卻依舊沈默，過了一會兒才說：「若此時打掉胎兒會如何？」

李複倏然抬起頭。原來殿下竟是這個意思！

他愣了半晌，連忙搖頭道：「不可，皇子妃體質本就偏弱，且孕期已久，若此時打掉胎兒，輕則皇子妃今後再難受孕，重則將血崩不止，一屍兩命。」

如墨的黑眸莫測高深，顧琅予的聲調恢復平靜道：「你下去吧！」

第二十八章　託付真心

自常居走到享居，顧琅予佇立廊下，遠眺著東宮，目光迷離。

從最初對寧禾的厭惡，到她救了自己一命，然後自己漸漸被她吸引、為了她吃醋發怒……曾幾何時，他竟在意起一個女子。

雖然她已是他的妻，卻身懷不知何人的骨肉，從前他能忍，是因為他們注定要和離，可眼下，他卻變得不想容忍這個孩子的存在。

收回眸光，顧琅予走進享居，寢房內，漆黑一片中，依稀能看到有個身影走到桌案旁。

顧琅予走上前，擁住那個人。寧禾聞著他那讓人熟悉的氣息，並未受到驚嚇。

「怎麼起來了？」

「我想喝點水。」

「應當喚婢女來做。」

「不要緊。」

顧琅予斟了一杯水遞到寧禾面前，待她喝下後，便打橫抱起她走去床榻。

本以為他只是抱自己上床，但是他的手卻一直柔柔地撫著她的眉眼與鬢髮，寧禾有些無奈地說：「夜已深，該睡了。」

「一起睡。」

說著，他的手繼續撫摸著她的眉眼，又移至胸前，解下她衣襟的盤扣。

黑暗中，顧琅予的氣息粗重，寧禾按住他的手，說道：「我不方便。」

「李複跟我保證過，輕一點便不要緊。」

說罷，顧琅予再沒有猶豫，他褪盡她的衣衫，扯下自己的衣物，丟到一旁。

床帳落下，他的吻落在她脖頸處，接著緩緩移至唇畔，柔滑的舌探入，密密的吻如雨鋪蓋。寧禾摟住他的頸項，心底深處像是盈滿了一汪春水，柔情地回應他。

成熟的男子氣息包裹住寧禾，顧琅予的吻移至她耳邊，含住她的耳垂，寧禾嚶嚀一聲，他的吻順勢從她頸間一路滑下，引得她全身輕顫……

與那一夜的強迫不同，這一次，他們都在意著彼此，因為心底有一份愛意，所以動作火熱中又帶著輕柔。

顧琅予放緩了動作，愛憐地進攻，儘管如此，寧禾仍是輕呼了一聲。這副身體尚且不熟悉人事，依舊帶有痛感，但是他極盡溫柔，當痛楚過去後，便是如上雲端的飄忽快意。

在他一次一次的進逼中，她再也忍不住輕吟出聲。許久後，他才低吼一聲，顆顆熱汗滴落在她身體上。

顧琅予喘著粗重的氣息，將癱軟的寧禾摟入懷中。

「熱。」她不適地低喊一聲，氣息急促。

「阿禾——」他將下頷抵著她的額頭，輕聲一喚。

「真的不要緊嗎？」明明已經發生，寧禾還放不下心地問了一句。

「不要緊。」

歡愛過後，寧禾整個人渾身痠軟無力，她點點頭，閉上了眼，很快睡了過去。

第二日，當寧禾起身時，顧琅予已經去上早朝了，她穿戴妥當後坐於鏡前，阿喜在身後替她綰髮，望著她頸項與胸前的點點紅印，嘴角忍不住上揚。

寧禾自鏡中瞧見阿喜的神色，莫名地有些臉熱，她瞪了一眼道：「笑什麼？」

「小姐與殿下琴瑟和諧，阿喜心中自當歡喜。」

寧禾輕揚唇角道：「去廚房吩咐一下，我等殿下下朝後一同用早膳。」

阿喜想了想，猶豫道：「小姐，既然殿下與您已為夫妻，是不是該讓殿下知曉您腹中……」

「阿喜，此事我自有分寸，妳往後不要再提了。」寧禾微微嘆息道。

她與顧琅予之間確實有了些感情，但是皇家的男人今生只會娶一個妻子嗎？經過這些事，她不再恨顧琅予奪走她的自由，但她還需要一些時間才能告訴他實情。

阿喜為她綰好髮後，寧禾從妝奩中挑一支青玉釵插入髮髻。她記得顧琅予總愛在髮冠間斜插一支青玉簪，這麼做也算夫唱婦隨吧？

朝衣櫃中探去一眼，寧禾抿唇淺笑道：「取那一身。」

她挑的是一件青煙紫繡遊鱗曳地長裙，那青煙紫繡，正與她髮間的青玉釵相呼應。

將衣服穿上身，寧禾對鏡自顧，只見鏡中那五官原本就精緻的女子，今日更增添了一股雍容氣息，不過她的鎖骨處有一抹紅印，由於衣襟稍淺，未能掩蓋住，不過好在身處享居，她並未多加理會。

顧琅予下朝歸來，望著桌上熱氣騰騰的早膳，對寧禾勾起一笑。這個笑容讓寧禾微微暈眩。即便他早已不像往日那般凌厲冷漠，她還是有些不習慣。

「妳特地等本殿？」他走近她身前，不顧在房內四個角落侍立的婢女，低頭往她臉側印上一吻，說道：「這身長裙極襯妳。」

寧禾害臊地推開他道：「坐吧，等你等得我都餓了。」

坐下後，顧琅予先替寧禾盛了一碗湯，接著他的目光便落在她鎖骨處的紅印上，雙眸灼灼。

察覺到顧琅予的視線，寧禾雙頰泛紅地瞪了他一下。

顧琅予說道：「今晚在承榮殿用膳，瑞王與世子、郡主過不久就要離開，所以父皇再次設宴款待他們。」

寧禾點了點頭。

用過早膳，顧琅予便去書房處理公務。寧禾學起女紅，想為腹中孩兒做件小衣，結果到午時左右便昏昏沈沈，乾脆睡了一覺，待她一覺醒來，已到了去承榮殿用膳的時辰。

阿喜為她重新綰了髮，但是她鎖骨處仍能見到那一抹紅痕。嘆息一聲，寧禾拿起筆，邊看鏡子，邊畫上一朵木槿花，可畫了幾筆，卻不甚滿意。

寧禾搖搖頭。反正只是遮掩用的，畫不好就算了！她站起身，顧琅予正走進寢房，他望見寧禾長裙曳地、盛裝打扮的模樣，唇角不由得向上揚起。

走到寧禾身前，顧琅予低頭瞧見她鎖骨處那朵花，眸中笑意甚濃，讚道：「這朵木槿開得好看。」

「有你髮間那朵好看？」寧禾笑問。

看顧琅予一臉無奈，寧禾又說：「可我覺得畫得不夠好。」

顧琅予聽了之後，便親自為那朵木槿花加了幾筆，等他們兩個都滿意了，他才寵溺地攬住寧禾走出常熙宮。

顧琅予跟寧禾走到通往承榮殿的宮道上時，顧衍與寧知正從成如宮走出來，兩組人馬就這麼撞上了。

顧衍怔怔地望了寧禾一眼，隨即將頭移開，也沒與顧琅予打招呼，便轉身離去；而寧知輕聲喚了一聲「三妹」後，便去追顧衍了。

寧禾心裡有些不好受。就因為一個顧衍，她們姊妹兩個再也回不去了。

「在想什麼？」顧琅予問道。

寧禾淡聲道：「沒想什麼。」

「妳可曾埋怨？」

寧禾疑惑地問：「埋怨？」

顧琅予停下腳步，轉頭凝望她。「埋怨我娶妳。」

聽到這個問題，寧禾有那麼一瞬間失神，最初，她對這件事感到厭惡，但眼下……顧琅予待她確實有情，她不是看不明白。

「往後，我可以揹著妳過溪，可以為妳綰髮。」

寧禾怔怔地望著他說：「為何說這些？」

「那一日，他不是說這些都是你們的第一次？往後，這些可都不用他操心了。」顧琅予話中帶著醋意。

寧禾失笑道：「這些我都忘了，況且，就算我記得，我也不會對他動心。」

顧琅予緊緊地盯著寧禾說：「那妳可有對本殿動心？」

寧禾愣住了，顧琅予從來沒這般認真過，這讓她一顆心忽然間跳得很快。

最初，她不想再涉及男女之情，可如今她有了身孕，難道真的要讓孩子沒有父親疼愛嗎？這是他的骨肉，她應該告訴他的！

沈默了許久，寧禾回道：「顧琅予，我寧禾雖然名聲已壞，但若你待我真心，我便回以真情。」

顧琅予鬆了口氣，俊朗的面龐浮起笑容，說道：「往日之事不要再提，既然妳我已是夫妻，我自當真心待妳。」

寧禾望著他，緩緩綻出一個明媚的笑容，接著說道：「其實我心眼很小，身為我的丈夫，只許有我一個妻子，不知你能否做到？」

顧琅予凝視著她，鄭重說道：「我雖然生在帝王家，卻不喜三妻四妾。」

寧禾知道，因為後宮爭寵，婉貴妃被人陷害、鬱鬱病逝，所以他厭惡妻妾成群。

接著，顧琅予忽然俯在寧禾耳邊，用充滿磁性的聲音挑逗道：「本殿答應妳了，但……妳可要受得住夜夜敦倫。」

面頰倏然滾燙不已，寧禾抬眸睨了顧琅予一眼，然後揚起唇角道：「我還想告訴你一件事。」

「妳說。」

此時，前方忽然有個內監疾行而來，朝他們行禮道：「殿下，陛下在催了。」

寧禾無奈道：「先走吧！」

孩子不能沒有父親，既然她已決心跟身旁這個人好好生活下去，那就等宴席結束後再尋個機會告訴他吧！

進入承榮殿後，皇帝責備顧琅予到得最晚，他只得回說寧禾身子不便，所以走得慢些。

瑞王連忙起身為顧琅予解圍，寧禾看了過去，只見靳虞郡主正坐在瑞王旁邊，癡癡地看著顧琅予。

上次她說想嫁給顧琅予只是小時候的玩笑話，但是憑女人的直覺，寧禾覺得靳虞確實對顧琅予有意，不過眼下，她相信顧琅予方才的話是真心的。

其實皇帝並非真心怪罪顧琅予，待他與寧禾落坐後，就宣布開宴了。

席間，寧禾環顧四周，除了顧琻仍舊選擇不出席，以及顧姮因為被禁足未到場之外，各皇子、皇子妃都來了。

蘭妃此時發現寧禾鎖骨處的那朵木槿，眼睛一亮，說道：「這朵花畫在鎖骨處倒是別致，阿禾，妳點子真多！」

說起來，蘭妃自己也有兒媳婦，可她總覺得寧禾投她的緣，便直接呼喚寧禾的名字。

這廂寧禾正要開口，那廂顧琅予卻恰巧聽到蘭妃的話，他抿起一絲笑說道：「蘭妃娘娘，這是我畫的。」

寧禾沒料到他會在眾人面前說這句話，一時之間呆住了。

蘭妃也詫異不已，雖然看到顧琅予與寧禾人前感情和諧，卻不想平素冷漠之人會執筆在妻子的鎖骨處繪上一朵木槿。此時蘭妃望向他們兩人的目光，既是曖昧又是欣慰。

說完，顧琅予繼而與皇帝談笑，又不時回首望向寧禾，深邃如墨的雙眸皆是笑意。

寧禾微微揚起唇角，用笑容回應他。

蘭妃接著問寧禾。「阿禾，茱兒常去妳那裡，妳可知道她近日是什麼情況？本宮瞧她常一人在房中獨樂，問她如何，也不如實告訴本宮。」

寧禾笑道：「難道茱兒沒跟娘娘說？」

見蘭妃搖頭，寧禾道：「阿禾可否替自家兄長求娘娘開恩，替他與茱兒做個媒？」

蘭妃雙目一亮，這才道：「妳是說，茱兒與寧侍郎他們兩個……」

寧禾點了點頭，卻無意間瞥見雍貴妃沈得發寒的容顏。她知曉雍貴妃因為自己的兒子顧姮被禁足一事相當惱怒，興許此刻正不待見她。

「何時的事，本宮竟然完全不知？」蘭妃相當訝異。

寧禾沒再看雍貴妃，只將事情的來龍去脈告訴蘭妃。蘭妃自當不會拒絕，畢竟寧一是安榮府嫡孫，又得皇帝賞識他的畫技，加上他本身年輕有為，是京城中眾多女子中意的良配，茱兒這個她疼愛卻是庶出的妹妹若能得此姻緣，她自然再欣喜不過。這麼一想，蘭妃對待寧禾就更親近了些。

至於寧禾，她心中惦記的卻是能調動五萬精兵的虎符。她清楚蘭妃待她與寧知十分親厚，其一，是她與寧知性格真誠；其二，無疑是蘭妃知曉顧琅予與顧衍是儲君的最佳人選，不管交好哪一個，都不會對她有損。

這一點，寧禾並不介意，各取所需，本就是在皇宮內的生存之道。

寧禾端起一杯茶水，又瞧見靳虞的目光緊緊跟隨著顧琅予，她除了暗暗嘆息，別無他法，誰教顧琅予不僅身分尊貴，長相也這麼吸引人呢？

宴席正要散時，寧禾發覺雍貴妃有些異樣，她的面色格外嚴肅深沈，像在等待什麼。就在雍貴妃側眸朝殿門暗暗望去那一刻，寧禾瞧見門口走來一個內監。

他跪地道：「啟稟陛下，有喜事啊！」

「什麼喜事？」皇帝問道。

那內監俯身拜道：「方才四皇子妃身體不適，到偏廳休息，太醫前去診脈，原是四皇子妃已懷了身孕！」

「當真?!」皇帝頓時欣喜不已。

雍貴妃這時換上一張臉，朝皇帝笑道：「恭賀陛下喜添皇孫！」

「哈哈哈哈……」皇帝龍顏大悅，他望著顧琅予道：「先是琅予有了好消息，再是姮兒的皇子妃也懷上身孕，如此朕可添了兩個皇孫了！」

話音剛落，眾人皆恭祝皇帝，祝賀皇室有此等喜事。

然而雍貴妃卻憂心道：「陛下，綺玉身體不適，想來是因為憂思姮兒惹怒陛下而被禁足，身懷有孕之人若揣著一顆擔憂的心，如何養胎？」

皇帝沈吟道：「琅予，你怎麼看？」

顧琅予目光深邃，低聲道：「為了四皇弟妹身體著想，請父皇不要難為四皇弟了。」

就這樣，顧姮再次躲過懲罰不說，還反被皇帝賞賜了許多東西。

回到享居的寢房，屏退眾人後，寧禾十分無奈地說道：「想奪一個儲君之位，就這般難嗎？」

「妳且等著，本殿一定將天下取到妳眼前，讓妳做皇后。」顧琅予自信地說。

寧禾噗哧一笑說：「你倒是提醒了我，若你當上皇帝，會不會多娶幾個妃子？」

「如果本殿娶了，妳會如何？」顧琅予戲謔道。

寧禾正經起來，認真地看著他說：「我的丈夫只可有我一個妻子，若他娶了旁人，那便跟旁人過日子去吧！」

「跟旁人過，那妳如何？」

「當然是離開他。」

顧琅予握住寧禾的手，無奈一笑道：「妳竟當真了？若我為帝，後宮只為妳一人而設。」

得到顧琅予的保證，寧禾終究恢復了笑容。

此時顧琅予低頭細看寧禾鎖骨處那朵木槿花，忍不住俯身吻了上去，寧禾立刻感覺到一陣如觸電般的酥癢，接著他又摟緊她，開始用唇四處探索。

「太熱了，別抱著我。」孕婦本就怕熱，如今剛步入農曆六月天，又被一個大男人緊摟在懷，真是熱上加熱啊！

顧琅予卻不放開寧禾，糾纏間，兩個人已經到了床榻。

「這種天氣……還是不要吧！」寧禾想要拒絕，她一邊推他的臂膀，一邊說：「而且，我還有話要跟你……」

顧琅予卻不由分說，用綿長的吻堵住了她的嘴。

其實寧禾一點都不知道，當她說會對他回以真情時，顧琅予有多歡喜，若不是在眾人面前，他一定要將她擁入懷中，狠狠地親上幾口。

溫熱的大掌滑入衣衫，顧琅予覆住寧禾那因懷孕而更加豐盈的柔軟，下身滾燙堅挺。

當他挺身進入時，她忍不住呻吟出聲。

這一夜，芙蓉帳暖度春宵……

——未完，待續，請看文創風595《偏愛俏郡守》下

為流浪貓狗加油 和貓寶貝 狗寶貝
廝守終生(一定要終生喔！)的幸福機會

對人來說，貓寶貝狗寶貝只是生活的一部分，
但妳（你）對牠們來說，卻是生活的全部，領養前請一定要考慮清楚——

▲ 等著回家的小男孩　Q霸

性　　別：男生
品　　種：米克斯
年　　紀：5個月大
個　　性：親人、活潑、聰明
健康狀況：已結紮，2017年已施打疫苗。
目前住所：台中市霧峰區

『Q霸』的故事：

Q霸是和其他4個兄弟姊妹一起在台中霧峰山區裡被發現的，中途不忍心將這些可愛的毛孩子留在山裡，便將其帶下山，妥善照顧。

事實上，Q霸短暫有過幸福的日子。因為生得特別討喜、可愛，當時很快就有人願意認養Q霸；然而，萬萬沒想到，對方卻很快地反悔了。Q霸對那個曾待過的家其實已經有了感情、信任，也第一次有了專屬於自己的疼愛，可終究還是失去了。Q霸那時好似也知道自己被退養，中途感受得出牠的情緒很低落，因而很心疼牠。

Q霸很親人，是個活潑又聰明的毛孩子，中途希望能為牠找到一個美好的家，讓Q霸再次擁有曾感受過的溫暖，能夠一直一直的幸福下去。若您願意讓Q霸永遠有家的幸福及溫暖，歡迎來信leader1998@gmail.com（陳小姐），或傳Line：leader1998，或是搜尋臉書專頁：狗狗山-Gougoushan。

認養資格：

1. 認養者須年滿20歲，有穩定經濟能力，並獲得全家人的同意。
2. 須同意簽認養寵物切結書，並讓中途瞭解Q霸以後的生活環境。
3. 同意送養人日後之追蹤探訪，對待Q霸不離不棄。
4. 同意讓Q霸絕育，且不可長期關、綁著Q霸，亦不可隨意放養。
5. 為讓中途對您有更深入的瞭解，中途會先有份線上問卷請您填寫。

來信請説明：

a. 個人基本資料：姓名、性別、年齡、家庭狀況、職業與經濟來源等。
b. 想認養Q霸的理由。
c. 過去養寵物的經驗，及簡介一下您的飼養環境。
d. 若未來有結婚、懷孕、出國或搬家等計劃，將如何安置Q霸？

文創風
594

偏愛俏郡守 上

國家圖書館出版品預行編目資料

偏愛俏郡守 / 卿心著. --
初版. -- 臺北市 : 狗屋, 2018.01
冊 ; 公分. --（文創風）
ISBN 978-986-328-815-2（上冊：平裝）. --

857.7　　　　106021471

著作者　卿心
編輯　連宓均
校對　沈毓萍　簡郁珊
發行所　狗屋出版社有限公司
地址　台北市104中山區龍江路71巷15號1樓
電話　02-2776-5889～0
發行字號　局版台業字845號
法律顧問　蕭雄淋律師
總經銷　知遠文化事業有限公司
電話　02-2664-8800
初版　2018年1月
國際書碼　ISBN-13　978-986-328-815-2

本著作物由北京晉江原創網絡科技有限公司授權出版

定價250元
狗屋劃撥帳號：19001626
網址：love.doghouse.com.tw　E-mail：love@doghouse.com.tw